宮本研 エッセイ・コレクション 1
［1957–67］

夏雲の記憶

宮本新 編

一葉社

宮本研エッセイ・コレクション1［1957―67］

夏雲の記憶　目次

i

ii

iii

iv

v

vi

凡　例

一、『宮本研エッセイ・コレクション』は、著者の創作作品以外で、雑誌、書籍、新聞、公演パンフレット等に発表されたほとんどの文章を収録したものである。初出発表年ごとに四巻に分け、さらにテーマごとに章立てをして、各章内は原則として発表年月日順に配列した。

一、収録した文章については、明らかな誤植、誤字、脱字、事実の間違い以外は、原則として発表媒体の原文どおりに掲載した。ただし、旧漢字や略字等は引用文を除き新字体や現代表記に改め、振りがなは難読と思われるものに限って付した。

一、数字は、基本的には「和数字、十百あり」で統一した。また、書籍や演劇・映画等の作品名は、『　』で表記した。

一、本文中の小見出しは、著者自身によると認められるものだけを残し、それ以外は省いた。

一、本文中に、現在から見て不適切と思われる表現があるが、著者の文意を信頼・尊重し、また本書の性質と執筆時の時代背景や社会状況等も鑑みて、そのままとした。

一、本文中〔　〕で表示したものは、今回の編集にあたって編者が付した注記である。

一、各収録作品の末尾には、初出発表時の媒体とその年月を記した。中には、後に別の媒体に再録されたものもあるが、その媒体名等はここでは省略した。

カバー写真／1965年10月、ベルリン
本　扉写真／1954年8月、鎌　倉
写真提供・宮本　新
装　丁・松谷　剛

i

夏雲の記憶

——O一等兵のこと

九州は熊本の西南、遠く東支那海にひろがる海上に、切支丹やからゆきさんで知られている天草という群島がある。その、地図に載ったり載らなかったりする大小いくつかの離島の一つに、大矢野島というのがある。それがぼくの郷里である。——昭和二十年の八月ぼくはその島で敗戦を迎えた。数え年でちょうど二十歳、満で十八か九の年である。

その頃、ぼくは勤労動員で大牟田にある三池染料という大きな軍需工場に配属されていたのだが、栄養失調で帰休を許されて島に帰っていた。体の方は間もなく回復したが、土地の医者が無理をするなというし、工場に残っている親友のYからは「何もいいことはない」から戻って来るなという手紙も来ていたし、工場に戻るのがひどく億劫《おっくう》になっていた。日中は芋畑一面の葉という葉がぐんなりしてしまう程の暑さではあったが、日に何回か出る警報のほかは、至極のんびりした毎日だったからである。

そんなある日、ぼくは村の小学校に駐屯していたある一人の兵隊と知り合った。ぼくより四つか五つ年上の、背の高い温和な感じの若い一等兵で、ぼくは彼のことをOさんとよんだ。O一等兵の日課は、小学校から寺に下宿（?）している隊長のところへ、村の往還を通って日に三度の食事を運ぶことだった。彼はそのゆきかえりを、途中にあるぼくの家に立寄るようになったが、その最初の日のことをぼくはよく覚えている。遠慮がちに部屋に上って来たOさんは、そのままぼくの本棚の前に立った。そこにはそう沢山ではない書物が並べてあったのだが、彼は本屋の店先でするように、背をこごめて本を抜き出したり頁をめくったりしていた。そして、軍服のよく似合う後姿をみせながら、「貸してくれる?」と聞いた。「仲々読めなくてね」ともいった。その時のOさんの声が兵隊のそれでなかったことを覚えている。ぼくは相当にくたびれた襟の二ツ星を眺めながら、Oさんはなぜ幹候を志願しないのだろうと不思議だった。彼は早稲田の政経を出ていたのである。「班長もお前はバカだというんだけど、兵隊になろうと思って入ったんじゃないものね」。Oさんは明るく笑った。「こんなもの読んでるんだよ」、彼は読み古しだけどといって二冊の本を物入れから出すと、袖をめくってすぐ立ち上った。『イタリア語入門』『ラテン語入門』という本だった。

ある日、まさかと思っていたこの島が艦載機の空襲をうけた。十数機のグラマンが船着場をくりかえしくりかえし銃撃したのである。敵機が去ったあとの現場は凄惨だった。狙い撃ちされた巡察船（駐屯していた部隊は船舶兵だった）から血まみれの死傷者が運び出されていた。戦死者が荒筵《あらむしろ》に並べられたそばを、沢山の兵隊が声をあげながら負傷者を収容していた。ぼんやり突っ立っていたぼくは、担架からはみ出した片腕がねじれたままぶら下っているのを見て、ああこれが戦争かと思った。担架を担いだ兵隊の中にOさんを発見して、ぼくはほっとした。

それから二、三日たったある日、ぼくは熊本に行く用事があって船着場に出ていた。連日の空襲で欠航かも知れないと聞かされていた矢先、ポンと肩を叩かれた。Oさんだった。「乗せてあげるよ」、彼はそういって始動をかけている大発（上陸用大型発動艇）を指さした。先日の負傷者を本土の病院に運ぶのだそうである。ぼくたちは甲板の下の小さな日蔭に腰をおろした。風のない炎天だった。負傷者たちは、布を拡げただけの天幕の下で死んだように動かなかった。「もう駄目なんだよ」、Oさんは眩しそうに帽子の庇をひいた。

エンジンの単調な響きに揺られながら、ぼくたちは黙って並んでいた。背中の鉄板が灼けつくようだった。高い空に雲が流れていた。するとOさんが呟くように何かいった。顔を向けたぼくに、「自由はいいなあっていうんだよ」ともう一度いった。「Oさんは自由主義者ですか」、びっくり顔できき かえすぼくにOさんは答えなかった。そして、おこったような声で、「戦争はもうお終いだね」といった。次の出来事の前だったから、八月の初旬——六日か七日頃だったろうか。

八月九日の朝、ぼくは漁船で沖に出ていた。十時頃だったか、一瞬の閃光とともに、何かが爆発したらしい遠鳴りを感じた。警報は出ていなかった。しばらくすると、島原半島の方から巨大な黒煙が上った。方位に明るい漁師たちは、「長崎の方角ばい」といった。黒から白に変った煙のかたまりは、次第に高い柱となり、やがて見事なキノコの形に開いた。真夏の光線を吸って、雲母のようにキラキラ光るピンク色の雲は、いつまでもその形をくずさなかった。

陸に上ったぼくたちは、それが広島に落された新型爆弾と同じものであることを聞いた。その時、ぼくはOさんがいった「戦争はお終いだね」という言葉を思い出していた。

天皇の放送はそれから数日後のことである。敗けたのか負けないのかさっぱり分らぬ放送をめぐって村は騒然となったが、それもながくは続かなかった。どこの家でも電灯のカバーを外しはじめた。

「そんなことがあるものか、そんなことがあるものか」と、ぼくは何度も口でいった。不思議に涙は出なかった。ぼくはいたたまれない気持で親友のYに手紙を書いた。だが、入れちがいに工場にいるFから葉書が来た。Yが空襲で死んだという知らせである。直撃弾で即死、遺体は裏山で重油をかけて焼いたという。

しばらくたって復員したOさんから手紙が来た。「東京に行きます」と書いてあった。戦争のことは何も書いてなかった。

ぼくは、毎日寝てばかりいた。

（「麦の会公演『反応工程』パンフレット」1958年10月）

従心所欲……

ジャズを芝居で書いてみようと思った。

ジャズが芝居で書けるものかどうか、もちろん、大いに疑わしい。だいいち、そんな必要があるのかどうか、それからして問題だ。

ジャズは、いうまでもなく歌舞音曲のたぐいである。とすれば、すでにして歌舞音曲たりえているものをさらに戯曲において試みようなどという、秩序をみだす悪心をなぜぼくがいだくにいたったか。ジャズはジャズ、ドラマはドラマ、経済のことなら池田ナニガシにまかせておけばよいではないか…………。


泉大八には魯迅がすんでいる。疑う者は『ブレーメン分会』をみよ。そこにはまぎれもない阿Qがいる……。

そこをそうおさえれば、どうにか、まあ、お芝居にはなる。が、お芝居になったとたんに、現代の阿Qたちはもうそこにはいない。この、パターンや秩序をメリメリとふみやぶってとび出したがる阿

Qたちをゴキゲンにさせる形式はなにか――。

ジャズだ。エネルギーが形式をたえず破壊する形式が、音楽でいえばジャズだ。正確には、形式を破壊する無形式がジャズだ。とすれば、なんとかしてひとつジャズをからめとってみせよう。しかもそれを芝居で、と一念発起したって、芝居書きのぼくにとってホマレでこそあれ、決して無分別などというものではない。

ということは、つまり、いうところのミュージカル・プレイということになるのかならないのか。


去年のメーデー。作曲家のくせに秩序をみだして新劇人会議の「青芸」の列にいる林光を発見したので、これ幸いと肩をならべながら問答した。

「ミュージカルスとはそも何ぞや」

「いいがたし」

「規範たるべき理論、学説ありや」

「いまだなし」

「しからば、模範たるべき映画、舞台は如何」

「なし。されば、汝これをつくるべし」

――この問答によって、ぼくの気はいっぺんにかるくなった。そしてそれはいまだになりっぱなしである。そして、自問自答――

「汝はそれにて満足するや」

「すでに汝の知るところならずや」

『反応工程』『日本人民共和国』とこんどの『メカニズム作戦』との関係については、他に書いた。また、外来的のリズムであるジャズと伝統的なそれである日本語との仲たがいや、その仲裁にまつわる苦心談の数々については書かぬ。なぜなら、なによりもまずそれはぼくの問題であり、おそらくぼくだけの問題であるからだ。そのために、『メカニズム作戦』の舞台がある。

舞台。——いうまでもなく、泉大八、林光、観世栄夫、それに「青芸」の若い俳優諸君との共同の作物である。

ココロノホッスルトコロニシタガッテノリヲコエタカ、コエナカッタカ

——さて、それが問題である。

（『青芸〈『メカニズム作戦』公演パンフレット〉』1962年7月）

作品について
――『明治の柩』

いま書き上げたところです。

――二百六十枚、二百字詰の原稿用紙にすると、五百二十枚。机の上におくと、七～八センチメートルの高さになります。

いま書き上げた、というのは、実は、すでに書き上げていた二百六十枚の初稿に手を入れおわったということで、これがほぼ上演稿になるわけですから、こんなことをいってもなかなかわかってもらえないと思いますが、ほんとにほんとに、ホッとするような嬉しいような悲しいような、何ともいえぬ複雑な気持です。

幕が上がってしまえば、あとはもう幕が下りてしまうまでの何時間かがいわばお芝居です。しかし、たったそれだけのために、作家という一人の人間は、ほんとになぜ、こんなにたくさんの時間や頭のはたらきや体力や原稿用紙をつかうのだろうと、腹立たしくなるほど不思議な思いがします。そして、こんどは、それに負けないくらいのエネルギーが、たくさんの俳優や演出家やスタッフによって注がれるのです。それほどまでにしてつくられる演劇とは、いったい何だろう、と本気で考えてしまいます。演劇が、これで世の中の何の役にも立たなければ、まったく死んでも死にきれぬ思いです。

作品の内容や作者の意図や創作上の工夫や苦心については書きません。舞台をみていただければわかることとです。編集の係の人からの注文もあるのですが、それを書くとやはり、二百六十枚ぐらいかかることになりますので、いまは書きません。

ただ、みて下さる方たちのために申し上げておかねばならないことは、作品の分量からいって、四時間はたっぷりかかるだろう芝居だということです。ぼくだったら、そんなにながいお芝居は決してみません。そこがつらいのですが、ぼくとしては、ぜひみて下さいということをいいたいのです。そして、途中で帰りたくなるような芝居ではおそらくない、すくなくともそのつもりで精いっぱいぼくは書きました、ということをやはりいいたいとおもいます。

書いている間、ぶどうの会の人たちにはたいへんお世話になりました。書くための条件や環境についてのわがままを、いろいろと聞いていただきました。そして、何よりも嬉しいことは、こんどの作品に全員がエネルギッシュにとりくんでくれていらっしゃる様子だということです。作者として、こんなにうれしいことはありません。きっと、いい舞台ができ上がるに違いありません。ご期待下さい、ということころでしょうか。

夏がおわって、やっと涼しくなってきました。秋です。またぞろ寒くなってくるまでのみじかい時間を、うんと有効にすごしたいものです。さいわい、ぼくの体も心も、いま最高にごきげんさんです。

（『ぶどう通信』１９６２年10月）

明治のイメージ

『長脇差忠臣蔵』という映画を観た。『キングコング対ゴジラ』を観にいったら、いっしょにやっていたのである。なかなかおもしろかった。

幕末の東海道。徳川の将軍様が長州征伐のため京都に下られるとかで、沿道の茶店や百姓家が眼ざわりだから、取りこわしてしまえ、という命令が浜松の殿様から出る。オロオロするばかりの民衆にかわって、ナントカいう貸元がこれに反対する。ところが、その親分は無礼者とばかりに打ち首、一家は解散という破目にはあいなる。それから数年。子分たちが四十七士ばりの苦労をしながら敵討のチャンスをうかがっているうちに、長州征伐が失敗して、こんどは官軍が江戸に攻め上ってくる。浜松城が頑強な抵抗をする。猛烈な激戦。そのなかをナントカ一家のヤクザ四十七人が本拠に突入して殿様の首級をあげ、めでたく本懐をとげる。——と、まあ、こういった話である。バクチ打ちと勤王討幕とを結びつけたのがアイデアなのだろうが、歴史的考証をやってみると、案外無鉄砲な作り話ではない。

たとえば、清水の次郎長が登場して、長州藩の桂小五郎という勤王の志士をかくまったりするのだが、この次郎長親分は、実は明治二十六年まで生きていて、晩年には床の間にナポレオンの額をかけて、英雄は肝胆相照らすなどと悦に入ったりしていた人物であるが、かれは明治維新を支持したほうの組で、駿河湾かどこかで官軍と幕軍が海戦をした際は、大政や小政らをつかって官軍の死体引揚げ作業に協力したりしている。もちろん、相当もうけたはずである。

へえ、そうか。——と思われる方が多いと思うが、浪花節などになじみすぎると、ついそんな錯覚をおこしかねないのが、明治である。遠近法がうまく利かないのである。

田中正造と聞いて、あの人なら知っている、と答える人は少ない。鉱毒事件や直訴の話をしてみても結果は同じである。無理はない。生まれたのが百二十年も前で、没後を数えても五十年にはなる。ぼくたちの年は、せいぜい二十か三十。ずいぶんむかしの話にはちがいない。

だから、この田中正造が衆議院議員になって、当時の帝国議会で鉱毒問題の演説をぶちまくっていたころ、次郎長親分が新聞かなにかを読んで「政府のやり方もちっとひでえじゃねえか、大政」といったかも知れない、などと想像することも十分できるわけである。不思議なものだ。

また、この戯曲の第二幕で、日露戦争の講和条約に反対の国民大会が出てくるが、この時の政府は桂内閣である。つまり、次郎長親分に助けられた男が明治三十八年の内閣総理大臣なわけである。もしかしたら、田中正造は月形半平太総理大臣とやり合ったかも知れないというわけである。

月形半平太が総理大臣になったかどうかはともかくとして、人間にとっても社会にとっても、明治が、あらゆる変革と造型を可能にする性質をおびて熔岩のように流動するあつい時代だったことは明らかである。事実、あらゆる人たちによってあらゆる変革と造型の可能性が、まことに熱っぽい努力で試されている。よかれあしかれ、その結果が一九六二年の日本だ、といってしまってはミもフタもないが、しかし、あからさまにいってしまえばそういうことになる。

書いてみておどろいたのだが、明治の三十年代から四十年代にかけての時期、いってみれば、流れ出した熔岩が冷えて固まろうとするこの時期は、〈明治〉とはいっても、手をのばせばすぐそこにあるといった感じで、ぼくたちの時代とつながっている。『キングコング対ゴジラ』と『長脇差忠臣蔵』とが同時上映されるにはされるだけのわけがあるというものである。

かといって、〈明治〉と現代とが直接につながっているわけではない。直接につなげて比較対照することができないではないが、それでは何にもならない。そんな小細工はぬきにして〈明治〉をみ、考えてみたら、何かしらがとび出してくるにちがいない、ぼくたちにとって〈明治〉はたしかにそういうものでありうるものである。

作品について書きたいことはたくさんある。あるけれども、よくよく考えてみると、それらのことはすべて作品のなかに書きこんでしまったような気がする。としたら、いまここであらためて書くことはもう何もない。どうぞ、舞台をごらんになって、いっしょに〈明治〉というものを考えてみては下さいませんか、というしかない。

（『東京労演』１９６２年11月）

西洋音楽を論じて作品の意図に及ぶ

ことしの夏――といっても、ほんの二カ月とすこし前でしかないのだが、こんどの作品を仕上げるためにぼくは伊豆のある旅館にこもっていた。川音のきこえる、静かな民芸ふうのつくりのおちついた仕事場だった。

十日ほどたったある日、ぼくは、ひょいとその気になって、その旅館の一隅にあるこれまた民芸ふうのバーに行ってみた。週日だったらしく、客の姿もなく、ひとりの少女がひっそりとグラスなどをみがいていた。お酒はいらない、というと、かの女は「レコードでもおかけしましょうか」と、一枚のLPをプレーヤーにのせてくれた。――それが、ジャズメッセンジャーズの《Moanin' with Hazel》だったのである。

ジャケットの裏に書かれた解説などをもって補えば、この盤は、「クラブ・サン・ジェルマンにおけるアートブレーキーとジャズメッセンジャーズ」の名が示すとおり、一九五八年のクリスマスの三日前の晩、かれらがパリのサン・ジェルマンなるクラブでおこなった演奏の録音である。第一集、第二集とあって、あわせて翌年度のディスク大賞をもらったというおまけがついているのであるが、〈モーニン・ウィズ・ヘイゼル〉というのは、その第一集のはじめに出てくる時間にして十分あまりの演奏である。これがいいのである。

それがどのようにいいのか、ということを文字で伝える方法がないわけではないが、演劇は劇場でみるべきであると同様、音楽はやはり二つの耳で聴いてみるにこしたことはないのであえて書かないが、曲は、作曲者でもあるボビー・ティモンズのピアノによってのっけからテーマを切り出す。すぐれた一幕劇の開幕をみるおもいである。主題をくりかえしながらしきりによびかけるピアノに、リー・モーガンのトランペットとゴルソンのサックス、メリットのベース、それにアート・ブレーキーのドラムスがつぎつぎに応える対話があって、ソロに入る。ペット、サックス、ピアノ、リズムの順でバトンを渡していくのだが、このピアノの「ブローが実に圧巻で、聴いているうちに溜息が出そうな陶粋感」(解説による)にひきこまれるという段取りになる。そして、この途中で、その晩かぶりつきにいたヘイゼルという女優さん(で歌手でピアニストの由)の法悦のさけびが一声はいる。この事故を記念して、この晩の“Moanin'”演奏には爾後〈with Hazel〉の名が冠せられることになったというのだが、なるほどとおもわせる迫力である。ついでにいうと、ヘイゼルさんのさけび声、これまた解説によれば、「主よ、めぐみを!」と発したのだそうである。

心が洗われた、というメタフォアがある。ありふれてしまった比喩だが、風呂ずきな日本人にはわりにぴったりくる。ぼくが〈モーニン・ウィズ・ヘイゼル〉を聴いた時の気持はまさにそれにちかいものだった。ということは、モダン・ジャズとはいえ十二分に正統的な骨格とスタイルをもったこの曲によってすら洗われるような状態でぼくがあったということでもある。たしかに、何カ月もかかった〈明治〉とのおつきあいで、しかも〈柩〉がそろそろ出来上りつつあった頃合いでもあってみれば、モダン・ジャズによって新鮮な衝撃をうけるだろうくらいのことは当然である。だから、それはそれでよろしいのである。

ところが、生理的にも心理的にもあかをおとしたつもりで聴きふけっているうちに、すこしばかり不安になってきた。モダン・ジャズを聴いている自分と『明治の柩』なる戯曲を書いている自分は、いったいどこでどうつながっているんだ、という心配である。たしかに、〈ジャズ〉と〈明治〉とでは、いささか、どころではなく、はなはだ様子がちがっている。お前さん、いったい何をやっとるんやね、というわけである。いつもはたいして気にとめないことでも、作品を書いている最中にはつい気をつかってしまうことがあるものだ。いやいや、とぼくは考えた。お前には『メカニズム作戦』という、ジャズなどをつかったハイカラな芝居があるではないか。あれだって戯曲だ。まんざら縁がないわけではない。とすると、いや、としてみてもである。『メカニズム作戦』と『明治の柩』は、こりゃいったいどういう具合いにつながるのかいな。——まことに難儀な話というべきである。

ジャズなどにうつつをぬかしている場合ではない。と、ぼくは部屋にもどるや原稿用紙にむかってそうつぶやいてみた。が、作品にむかってみると、不思議に違和感や罪悪感はわいてこない。これはこれでいいんだ、という、むしろ自信のようなものがあぐらをかきはじめるという始末。その自信のようなものが、実は、何幕何場かで〈戦友〉というなつかしい歌をうたわせるふんぎりをつけてくれた。「ここはお国を何百里、離れて遠き満州の……」という、あれである。いくたびもそれを登場させることを躊躇したこの歌が、舞台の上でいかなる意味においても健康にうたわれるかどうか。たのしみである。

ついでにいえば、この歌が作曲された年にルイ・アームストロングが生まれている。一九〇〇年（明治三十三年）。ジャズの発生が、それをさかのぼる三十年だとすれば、日本の近代はジャズとともに生まれ、育ち、歩いてきたことになる。奇しき因縁というべきだろう。

こんどの作品、はじめ『渡良瀬川（仮題）』とあったのが『明治の柩』ということになった。実をいえば、『明治におけるナショナリズムの諸問題』という題名を考えていたのだが、そして、どうしたわけだかひどくそれが気に入っていたのだが、演出者の竹内敏晴をのぞいてみんなが反対した。それでは学術論文だというのである。だれも芝居を観にきてくれないよ、というのである。観てもらえないと困るのでしぶしぶひっこめた。そしたら、やはり『渡良瀬川』がいちばんいい、という話になった。しかし、これにはぼくが反対した。別に、川の話を書こうとしたわけではないからである。そして、『明治の柩』ということになった。そしたら、こんどは「柩」なんて縁起がわるいという文句である。そういう人は、柩と棺桶が同じだと思いこんでいるか、人の一生のうちで他人がもっとも集まるのはその人の柩の前だということを知らないか、どっちかである。こんな縁起のいいものはないはずである。そして、じゃお前は、川ではなく柩を書きたかったのか、と問われれば、はい、と考えるだろう。ぼくは明治の柩を書きたかったのにはちがいない。

『渡良瀬川』ではなく『明治の柩』でなければならぬというぼくのこだわりは、だから、たいそう箇単な理由しかもっていない。〈渡良瀬川〉、つまり、足尾銅山の鉱毒事件、それに対する反対運動、そして、得体の知れぬ魅力をたたえた運動の指導者田中正造を書くことを直接の目的としなかったから、というにすぎない。ぼくは〈明治〉を書きたかっただけである。しかも、これまで戯曲の素材としてははずされていた〈明治〉の後半期を書きたかっただけである。そして、そのことのためには、鉱毒事件と田中正造をどうとらえるかという仕事ととりくむのが一番だ、と考えたからにほかならない。

田中正造には「義人」というレッテルがはられている。佐倉宗五郎的イメージが流布されている。「義人」などという、そんな失敬なよび方はない。田中正造を書こうとしたわけではない、といっても、そんなレッテルをはがすくらいの仕事はもちろんさせていただいた。そして、それができたというのも、実は田中正造を書こうとしなかったからだとおもっている。というよりは、それがやりたいばっかりに、ぼくは田中正造を書こうとしなかったのにちがいない。そして、それを可能にさせるのにジャズが与って力があったのだといえば、話がとびすぎるというものだろうか。いずれにしても、銅像戯曲なんてのはつまらない、ということははっきりしている。

渡良瀬川の現地は、上野駅から汽車でたった一時間。そこには、強制破壊をうけた谷中村の「遺民」とよばれている人々もいられる。史蹟もある。研究者もいらっしゃる。ぜひ取材に行け、行くべきだというおすすめもあった。が、ぼくはあえて行かなかった。そして、初稿があがり、改稿も無事おわったあと、つい数日前はじめて現地を訪れた。何カ月かの間ぼくの頭脳のなかにだけ存在していた、渡良瀬川や谷中村や森や樹や家や道やを眼のあたりにした時、川や村や森や樹やが寸分のちがいもなく実在していることを知ったことの安堵感をもつと同時に、田中正造はもはやぼくの頭脳のなかにしか存在しない、その人だけが田中正造なのだ、という一抹の感慨にぼくはおそわれた。ぼくは、執筆のための取材に現地に行かなかったことを、いまでもよかったとおもっている。

最後に、現地の方々をふくめ、お名前をあげることができないほどたくさんの方々のご協力や示唆によってこの作品が生まれたこと、および、ことしが没後五十年にあたること、公演の二日目――十一月三日がその誕生の日であることを記しておきたいとおもう。

（「ぶどうの会公演『明治の柩』パンフレット」1962年11月）

こんな戦後

「アメリカには帰ってもらわねばなりません。」

板付という米軍基地からのジェット機の爆音が、教室の空気をバリバリと圧倒し去ったあとの白々しい静寂のなかで、若い助教授がポツンとそういった。――戦争にまけて、ぼくが軍靴をはいて、ある大学に通っていた時分だから、一九四七、八年の頃だったろう。

「アメリカには帰ってもらわねばなりません。」――とその助教授はキリキリした調子でそういったのだが、ぼくはめまいがするようなおもいでその言葉を聞いた。

戦争は敗けで、九州だけのパルチザン戦もお流れで、ジープとチューインガムがやたら街にあふれて、だから山に入っては日がな一日不貞寝ばかりしていたぼくが、あてのない不貞寝にもあきてヤッコラ体をおこして学校に出はじめた。その鼻先であった。

めまいがするようなおもいだった、というのは、〈撃滅〉しそこなったアメリカに対する、憎悪や執念がぼくの体の中にまだくすぶっているところへまったく逆の、というよりは、まったく新しい角度から〈打倒〉しなければならぬアメリカへの憎悪の思想が、猛烈なスピードで突進してきたからである。避けるひまも何もあったもんじゃないというのがその時の実感である。

ぼくはたちどころに〈左翼〉になってしまった。そして〈撃滅〉的アメリカと〈打倒〉的アメリカとの心情的癒着には気づかぬまま、戦争中、「大本教」や「ひとのみち」やといっしょくたにして不吉なヴェールをかぶせていた「マルクス主義」をおそるおそるひらいてみた。一冊一冊いろんな本を読んでみた。何もかも新鮮で、そしておどろきだった。やっとぼくは自分の脚で地面に立ったという気がした。そして、その時、戦争の本質を、物事や事柄の意味を、人間の幸福や不幸の原因をこれほど明快に解析できる思想がありながら、そしてその思想を自分の身につけた人がいながら、なぜこんな形で日本人が〈戦後〉をむかえねばならなかったのか、という誰にむけようもない憤りをぼくはもった。そのことをいろんなものにぼくは書きつけた。そして、それを戯曲の形にまとめてみたのが『反応工程』である。一九五七年から八年にかけてのことだからちょうど十年がたっていた。『反応工程』という作品のなかに太宰というインテリの戦前マルクシストが登場するが、かれはすでにおどろきや尊敬の眼ではなく、ぼくの冷たい批判の眼なざしにさらされている。だから、その時にはもう〈撃滅〉的アメリカと〈打倒〉的アメリカがぼくの心情のなかであの時見事に癒着したのだという問題は、理屈の上ではいちおう解決されていたといっていいだろう。癒着した個所にはメスが入れられ、切開手術の経過は良好だった。しかし、時候の変り目に時々いたむことがある。——もうひとつ作品を書かなくてはいけないな、とおもった。そして、書いた。それがこの『日本人民共和国』である。

そういう意味では、『反応工程』と『日本人民共和国』は、作品の形ではどうあれ、ぼくのなかでは二部作をなしている。登場人物にしても、役の名前こそちがえ、人物形象の上ではまったく、あるいはほとんど同一の人物が出てきたりする。大きなちがいといえば、『反応』の主人公が田宮という動員学徒であるのに対し、『共和国』では矢田部という若い労働者が主人公になっていることだろう。

『日本人民共和国』は東京の職場演劇合同公演として初演された。安保闘争の年、一九六〇年の十二月である。この作品の上演のためにはらってくれた全逓中央郵便局などの職場サークル・麦の会など地域サークルの努力とその成果に対するぼくの感謝の気持はいまもつよいのだが、上演の時期が安保闘争の直後であったためか、この芝居はおもいがけないほどさまざまな反響や論議を生んだ。そのおもいがけない反響のひとつに、たとえば、ある〈左翼〉政党からのお叱言もあった。これはサークルの連中にもまったくおもいがけなかったものであったらしいが、しかしそれはお叱言にとどまらずに、あとでこの作品が、そのあとの『メカニズム作戦』とともに岸田戯曲賞の候補にのぼった際、あんな反動的な作品に賞をやってはいけないという趣旨の文章がその政党の雑誌にのったりまでした。ずいぶんお節介な話である。何もひとがもらう賞金にまで口を出す必要はないではないか、とその時おもったのだが、しかし、〈左翼〉的な作品がほかならぬ〈左翼〉からしつこくつきまとわれたという点でも、一九六〇年という年はある大きな変り目であったのだと、いまになればおもうのである。

ぼくにしてみれば、二・一ストを素材にして、戦後における精神史に一つの区切りをつけようとしたわけだが、その作業を可能にする前提として、「戦争はもう終ったんだ。いつまでも戦友じゃねえや」と劇中で矢田部にいわせることのできるぼく自身の〈戦後〉の時点に立っているつもりで自分はあったのだが、しかし〈現実〉はすでに〈もう一つの戦後〉につきすすんでいたということでもそれはある。

思想は現実を見とおし、歴史を先取りすべきであるのに、ぼくの思想はいつも現実と歴史に先まわりされてしまう。これでは困るのである。どうやらもうひとつ〈日本人民共和国〉を書かねばならないらしくある。

（「三期会公演『日本人民共和国』パンフレット」１９６３年４月）

この作品の前後左右
――『明治の柩』あとがきにかえて

もう二年になる。

一九六一年の夏だったか秋だったたか、わたしは、この作品についての依頼をぶどうの会からうけた。そして、二冊の本を受け取った。大鹿卓さんの『渡良瀬川』と『谷中村事件』である。

ぶどうの会の創立十五周年を記念する公演の演目として予定されていることや、ぶどうの会がこの《鉱毒事件と田中正造》という題材をどのようにあたためてきたかということやについての説明を聞きながら、その時、わたしはかなり当惑していた。そそられないのである。むろん、いくつかの理由があった。

それはしかし、ちょうどその頃すでにあるモチーフにつきうごかされながら別の作品の構想にとりかかっていたという一般的な理由からというよりは――それとも関係があるのだが――《鉱毒事件と田中正造》をぶどうの会のために戯曲化するという仕事から当然でてくる次のような特殊な理由からであった。

はしょっていえば、まず、その題材とその題材に関心をもち執着しているぶどうの会という演劇集団の体質とでもいうべきものへの違和感であった。それを別のいい方でいえば、そのころのわたし――ということをいまのわたしといいかえてもおなじだが――とはひどくかけちがった方向にむいた関心や執着のもち方へのわたしなりの反発、あるいは嫌悪感といったようなものでもあった。そのことと、もう一つは、その題材をどのような方法で作品に仕上げるか、仕上げることができるかという、わたし自身の作劇術の問題であった。そして、それらのことがもっと具体的にはどんな意味をもっているのか、ということのためにわたしはたとえばこんなことを書く――。

もう二十年になる。

一九四二年か三年かの夏、ひとりの少年が中国大陸から門司にむかう連絡船の甲板に立っていた。中学校の三年か四年生だったから、数え年で十七か八。むろん、戦争中である。少年は、当時日本の占領下にあった北京にいたのだが、夏の休暇を利用して計画したその船旅は幼年の日にそこを離れたままの日本への少年のはじめての訪問だった。船が日本に着いた。日本は島だった。しかし、甲板の上でむずがゆいおもいで眼をこらしていた少年をおそった衝撃は、あこがれの故国が島だったことよりは、その島々をおおっている樹々のくろずんだ緑だった。その色は疲れはてたようにくろっぽく、ちっとも美しくなかった。幻滅であった。が、やがて郷里の熊本へはしる列車のなかで、第二の衝撃が少年をおそった。少年は、窓の外を流れていく風景のなかに異様なものを発見した。沿線にならぶ家々だった。一枚一枚丹念にかさねられて屋根をおおったカワラだった。それらは、雨にぬれてウロコのようにくろく光った。人間が出たり入ったりしていた。それが日本人だった。ブルッとした。この国の人たちは、あんなに小さい形のものを几帳面に一枚一枚ピッチリとかさね合わせて平気で暮している。何という人たちだろう——。しかし、第三の衝撃が待っていた。それは、キリシタンで知られた故郷の島に少年がたどりついたとき、かれをおそってきたコトバだった。いちどに笑いかけてくるたくさんの顔からとび出す音声は、少年をひどく困惑させた。何日かまえまでは、日本語だけにかこまれて暮してみることにあれほどあこがれていたのに、何というヒソヒソ、ヌメヌメしたコトバだろう。北京ではコトバは顔や腹の筋肉の力をかりなければ出てこないのに、日本では唇が物をたべるときの形をしてみせるだけでコトバになる。それが日本語だった。そして、もう一つおまけの衝撃が——これはしばらくしてからだが——加えられた。それは、海にうかんだ島の一つ一つは、日本の島ではなく、それぞれ何とか左右衛門や何兵衛という持主がいて、その所有物件だという事実の発見だった。島はそのまま日本でもなかった。

少年は、北京をおもった。日本はいやだとおもった。日本人はいやだとおもった。中国にいますぐ戻りたいとおもった。そして、戻った。

《鉱毒事件と田中正造》をぶどうの会のために書くか書かないか——という問題をまえにしてわたしが当惑したのは、むろんいま書いたことと関係がある。それがそっくりそのままあてはまる、というふうにはもちろんならないのだが、《鉱毒事件と田中正造》をぶどうの会の関心や執着の方向で書くということは、わたしにとっては、くろずんだ樹々にかこまれ、ウロコのような屋根の下で暮している人々を、物をたべるときのような日本語で書かねばならぬことを意味していた、ということにほかならない。違和感ということを、反発とか嫌悪感とかの言葉とむすびつけていったのもそのためである。二十年もまえに日本がわたしにあたえた一連の衝撃は、一九四四年以降余儀なく日本に住むことになったわたしの体のなかに、突起した岩のように居すわっている。そして、いつのまにか、その岩の上からものを見るという習慣がわたしにはついた。そこからはかなりよくものが見えた。わたしは、いわばご機嫌であった。が、いつのころからかまわりがかすみはじめたのに気づいた。風化がはじまったのである。

日本の敗戦から十八年、わたし自身にもいろいろなことが起きた。戯曲を書きだしたこともいろいろなことのなかの――しかし、大きなひとつであるが、わたしは盲滅法な書き方をしながらも、たえずくろい樹々やウロコの屋根をおもいうかべ、それらが倒れたり吹きとばされたりする様を、そしてそれだけを書こうとしてきた。が、いくつかの作品を書いたあとで、それもよいが、そんな書き方はこの作品でやめにしようと考えた。『日本人民共和国』がそれである。

倒れたり吹きとばされたりする様をではなく、倒したり吹きとばしたりするものを書くのが作品ではないか、と考えた結果でもあるが、それをやろうとしたのがはじめにちょっとふれた『メカニズム作戦』である。《鉱毒事件と田中正造》を書かないかという話があったのは、その作品のモチーフがだんだん形をとりつつあったちょうどその時期のことだったのである。

大鹿卓さんの二冊の本をひらいてみたのは、それから半年以上もたってからだった。物事に対するひとりの作家の執着というか執念というか、すさまじいばかりだった。敬服した。が、そこには、予想したとおり、わたしを困惑させるあのくろい樹々とウロコの屋根とがあった。しかし、すでにその時『メカニズム作戦』を書きおえていたわたしはそれほど困惑はしなかった。むしろ、よしそれなら徹底的に打ち倒し吹きとばしてやろうと勇み立ったくらいであった。

しかし、それとは別のやっかいな問題がひかえていた。コトバの問題である。あの物をたべるときのような日本語の問題である。

実は、『メカニズム作戦』における重要な計画のひとつはこの日本語の問題であった。物をたべるときのではなく、体中の必要な筋肉を総動員するのでなければでてこないコトバを見つけ、これをつかって物をこわそうとたくらんだのであった。ジャズを発条にしたのもそれである。成果があがったかどうか知らない。が、あがっていないなら、もう一度やってみるだけである。一度や二度ではなく、やりつづけねばならぬ仕事である。——だが、こんどは明治である。ジャズというわけにもいくまい、というのがわたしの苦心であった。が、ここにこうして作品がある以上、その苦心については語るまいとおもう。

ともあれ、上演の結果は好評であった。賞をもらったりもした。好評だったことは、しかし、わたしにとってはひとつの屈託である。わたしはわたしなりにかなりやった。が、やはり屈託はのこる。作品を書くということは、もともとそういうことなのかも知れない。

公演が成果をあげたとすれば、それはもちろん、演出の竹内敏晴、旗中正造を演じた桑山正一をはじめぶどうの会諸兄姉による一団の努力によるものである。十年もの間この題材に執着しつづけ、出来上って来た身なりかまわぬ戯曲におそらく当惑しながら、なおも執着しつづけた気魄のようなものが舞台に生命をあたえたことは疑いないのだ。わたしは、といえば、もうはじめっから当惑のしっぱなしなのである。わたしは、ぶどうの会の執着に対して、また一部始終をハラハラしていただいた山本安英さんと木下順二さんに対して、ことに、十年まえぶどうの会のためにこの題材の劇化を企てられた木下順二さんには同一題材を手がけようとした後進の立場から、それぞれ正しく答ええたかをおそれないわけにはいかない。ここにもまた、わたしの屈託がある。

はやくから《渡良瀬川》という仮題で親しまれてきたこの題材に、いろいろな事情をしりぞけてあえて『明治の柩』なる題名をあたえた理由については、すでにほかに書いた。東京からわずか一時間の行程にある現地に取材行をしなかったのは、渡良瀬河畔のくろい樹や屋根がすでにわたしのなかに牢乎としてあったことにもよるが、《鉱毒事件と田中正造》をとらえることはそのまま《明治》をとらえることになるだろうし、ならねばならぬという同一の理由に端を発したものである。

しかしながら、《渡良瀬川》ではなく《明治》に視点をすえたことによって、わたしは各方面にわたる厖大な文献や資料に眼をさらさねばならなかった。わたしにとっては最初の、そして意外な経験であった。それら八十冊をこえる貴重な書籍、文書、資料の大部分と活字をこえた助言とを惜しまれなかった塩田庄兵衛さんと木下順二さんをはじめ、各種のご援助をいただいたその他の方々にあらためて感謝しなければならない。

それら文献のうち、執筆にあたって裨益するところとくに大であったもののみを参考のため摘記すれば左のごとくである。

大鹿　卓　『渡良瀬川』『谷中村事件』
木下尚江　『田中正造之生涯』『神・人間・自由』『田中正造翁』
永島与八　『鉱毒事件の真相と田中正造翁』
柴田三郎　『義人田中正造翁』
柳田　泉　『日本革命の予言者木下尚江』
師岡千代子　『風々雨々』
塩田庄兵衛・渡辺順三　『秘録大逆事件』（上・下）
五日会　『古河市兵衛翁伝』
荒畑寒村　『寒村自伝』
隅谷三喜雄　『日本社会とキリスト教』

なお、劇中において旗中正造を尾行する角袖の斎藤巡査を演じて好評だった田辺皓一君が、東京公演と大阪公演との間に急逝した。ふかく哀悼の意を表したい。死の直前まで斎藤巡査を愛し、誇り、舞台への復帰を念じつつ逝った同君に対し、作者としてはただありがとうというよりほかその死をかなしむ言葉をもたない。

一九六三・六・一五

（未來社『明治の柩』１９６３年６月）

わたしのミュージカル
──『メカニズム作戦』の前後

泉大八の小説『ブレーメン分会』を原作とするところの『メカニズム作戦』が上演されたのは、一九六二年の七月である。劇団は青年芸術劇場。作曲が林光、振付が堀内完、美術が朝倉摂、演出は観世栄夫であった。ずいぶん昔だったような気がするのに、まだ二年しかたってない。

当時の批評はひとしなみにこの作品をミュージカルスとしてあつかっていたけれども、そしてそれはそれとしていいのだけれども、作品の執筆にかかる直前におけるスタッフのミーティングでは、かならずしもミュージカル・プレイを意図しない、そんなものはない、すくなくとも日本にはまだない、だから歌や踊りや芝居を自由にふんだんにつかって思いきりやってみる、出来上った舞台をどんな名前でよぶかそれはだれかがやってくれるだろう、われわれはわれわれが執着してやまぬ原作のテーマに思いきり自由な舞台表現を与えることに力をつくしてみようではないか──ということだったとおもう。その意味では、ジャンルとしてのミュージカル・プレイは意図しなかったといっても、それへのわれわれなりの一つのアプローチは示されていたわけである。

思いきり自由に……ということは、むろん、お手本がないのだから勝手気ままにということではない。この作品の場合、むしろ、そのことは作劇や作曲の方法論であった。勘定してみないとわからぬが、当然かなりの数の新曲がつくられた。流行歌や俗謡や労働歌のもじりやアレンジもあった。そして、作品全体のリズムはジャズで統一された。テーマがそれを要求したわけである。ジャズ・ミュージカルスである。若い劇団としては大きな負担だったにちがいないのだが、演奏はすべてナマでおこなわれた。よくやったものである。

外来的のリズムと何千年の生活を背負っているわれわれのコトバとがいかに不仲であるかという、大きく出れば日本の近代と現代を根こそぎひっくりかえす作業につながっていく問題や、また、小野十三郎のいう「歌と逆に。歌に。」という意味での「歌」をうたうためには、まずわれわれのなかの何が死なねばならぬかという問題やがある。ミュージカルス、やるべし。だが、それ、有楽町に行って何百円か出せば買えるという代物ではまずない。が、それだけにいっそう……という問題でもそれはある。

『メカニズム作戦』のクライマックス・シーンで、群衆のうたう労働歌が次第にジャズにアレンジされながらツイストの乱舞になり、最高頂に達した一瞬すべてが静止し、次の瞬間〈おれたちはほしい〉というテーマに移る局面の展開は感動的ですらあった。新劇のお芝居なんかもうやめたあ……とその時ちょっぴりそうおもった。味をしめたというのだろうか、ミュージカル・プレイへの執念は、以来かなりのものである。そして、こんどはひとつ、和讃や説経節やの土産的のリズムやメロディをつかって……などと考えはじめている。

せんだって、テレビのジャズ・フェスティバルの録音中継で、原信夫とシャープ・アンド・フラッツだったか、〈梅ヶ枝の手水鉢〉のおみごとな演奏を聞いて、年がいもなく昂奮したりした。どうやら、本気にならないわけにはいかない。

（『新劇』１９６４年10月）

『ザ・パイロット』の美学

はじめにお断りしておかねばならないことがあります。それは、この文章のテーマは、『ザ・パイロット』のドラマトゥルギーについてということなのですが、実は作品を書き上げてまだ半年しかたっておらず、まだ上演されてもおらず、いろんな批評も出そろってはおらず、従って作者であるぼく自身、この作品がもっているさまざまな問題点について充分に客観的な認識をもちえていない状態でこの文章を書こうとしていることです。もともと、自分の作品について書くのはつらいし、情ないことですが、しかし、ただいまの状態でドラマトゥルギーの問題を書くとすれば、ぼくとしては『ザ・パイロット』を離れては書けないわけですから、ますますつらいし、難かしいのです。

でも、逆に、作品の具体的な創作過程とからみ合った、実感的なドラマあるいはドラマトゥルギーの問題のこんなふうな書き方もまた一興ではないかと考えますので、『ザ・パイロット』という作品の世界に入ったり出たりまた入ったりの論法でひとつ、書いてみます。大きな問題や小さな問題、種類のちがう問題がいろいろと出たり入ったり、交錯し合ったりすると思いますが、実をいえば、それがまた『ザ・パイロット』というヘンな作品のスタイルでもあるわけですので、しばらくご辛抱ください。

1

『ザ・パイロット』は『新日本文学』という雑誌の十月号（一九六四年）に出ています。何人かの人が気がついてくれたのですが、戯曲作品にはふつう題名の次にかならず〈時〉〈所〉〈登場人物〉というのがついているのに、この作品にはそれがありません。どういうわけだ、というのです。でも、そのことには大した理由はないのです。面倒だから省いたのです。読めばわかるからです。それより、そのことにも関係があるのですが、題名の次に余計な文字が二つついているのです。〈戯曲＝四幕〉と〈ぶどうの会上演台本〉という文字です。原稿にはわざわざ入れないでおいたのに、編集部の人が気を利かして入れてくれたのです。困りました。雑誌をみて、あわてて苦情をいったのですが後の祭りでした。

それはどういうことかというと、書きはじめる時も書き上げた時も、ぼくはこの作品が〈四幕〉の〈戯曲〉であるとは必ずしも考えなかったし、まして〈台本〉などとは思っていなかったからです。〈時〉〈所〉〈登場人物〉を省いたのもそのためです。では、『ザ・パイロット』は戯曲ではないのかというと、上演台本としての必要な条件は充たしているし、すぐにでも上演できる形も備えています。にもかかわらず、そういう戯曲としての目印をいっさい省こうとしたのは、〈戯曲〉とか〈幕〉とかの用語はもっとも厳密な意味で用いられねばならないという考えをぼくはもっているからです。つまり、ぼくとしては、『ザ・パイロット』は厳密な意味での〈四幕〉の構造をもつ〈戯曲〉ではないと考えたのです。同じ考えから、各幕にも第一、第二、第三、第四ではなく〈喜〉〈怒〉〈哀〉〈楽〉というおかしな記号をつけたのです。これまでのぼくの作品のほとんどは題名の次にすべて何幕という記号をもっています。ただひとつの例外として『メカニズム作戦』があります。あれは〈プロローグとエピローグをもつ14の場面〉となっています。〈幕〉ではなく〈場面〉なのです。それはなぜかというと、『メカニズム作戦』はドラマではなくドラマ以外の何かであるからです。ということは〈幕〉という記号をもつぼくの作品はドラマとして書かれたものだということです。そういう意味において『ザ・パイロット』にはどうしても〈四幕〉という記号をつけたくなかったのです。出来上りの体裁をみれば〈台本〉でもあるし〈戯曲〉でもあるだろう、しかし作品の構造や方法の点で果してドラマであるだろうか、もしドラマでないとしたらいったい何だろう――そういう疑問、というか、問題がぼくにはあり、そしてそれをそういう形でぼくは提出しようと考えていたわけです。

七面倒な話です。しかし、面倒でもそこのところははっきりさせておく必要があるような気がします。その必要がなぜあるかという問題については『文学』という雑誌（一九六三年六月号）に「現代演劇とリアリズムの諸問題」という文章を書きましたのでここでは触れませんが、ただその文章の中でくりかえし書いたことでこの場合に関係のある文句を引用すると、たとえばこんなのがあります。

「劇でなくともよい。が、なぜ劇を」

これだけでは何のことやらさっぱりですが、すこし説明を加えるとこうです。――すなわち、従来ぼくたちは演劇イクオールドラマというふうに考え、あの芝居にはドラマがない、などと演劇批評の基準にすらして来たようだが、すこしちがうのではないか。「ドラマはたしかに演劇だといえようが、演劇はそのままドラマということにはならないのではないか。つまり、ドラマではない演劇もありうるのではないか」。でないと、ピランデルロやブレヒトやヨネスコやベケットなどのドラマではない演劇は演劇でなくなってしまう。だから、ぼくたちの演劇は必ずしもドラマである必要はない。しかし、そうであればあるだけ、ドラマをやる以上はなぜドラマをやるかという問題を現代という地点で正確に検討してみる必要がある。すなわち、「劇でなくともよい。が、なぜ劇を」。

しかし、いまのはこの文句の中の劇をドラマと読んだ場合の意味であって、劇という字を演劇と読んだ場合はもう一つの意味がつけ加わって来ます。こうです。――ぼくたちがやるのは演劇でなくてもいい、しかし、演劇をやる以上はなぜ演劇をやるかという問題をはっきりさせる必要がある。演劇は芸術かも知れないが、しかし芸術はイクオール演劇ではない。いってみれば、そういうわかりきった問題をもう一度検討してみる必要があるのではないか。そういう意味です。その文句の中にぼくはいまいった二つの意味をふくませたというわけです。

あとの場合、すなわち、演劇でなくてもいい、しかし演劇をやる以上は……という問題には説明が要ります。――ジャンルの問題です。芸術のジャンルには大きな分類として叙事詩、抒情詩、劇の三つがあるという、あの問題です。そのことを、話を『ザ・パイロット』に戻しながら、創作過程にそって書いてみようと思います。そのほうが書きやすいし、わかりやすいと思うからです。

2

『ザ・パイロット』を書こうと思い立ったのは三年前です。ある友人からこんな話を聞いたのです。――広島に原爆を投下した飛行士の一人にクロード・イーザリーという元空軍少佐がいる。その男が強盗をはたらいてつかまった。テキサス州のダラスという町。調べてみると勲章までもらった町の英雄である。警察は冗談はおよしなさいと家に送りとどけた。ところが、この男すぐまた強盗をやった。また送りとどける。またやる。また送る。またやる。あんまりやるので裁判になる。もちろん無罪。またやる。こんどは精神病院。しかし、脱走してまたやる。また無罪。キリがないのでやめますが、イタチゴッコみたいに六回も七回も強盗をやったわけです。ところが、不思議なことに、この男は強盗に入っても物をとらないのです。そして、手錠をかけられながら大声で叫ぶのです。おれは原爆を落した犯罪人だ！——つまり、イーザリーという男は、原爆投下を犯罪だと考え、それを証明しようとした。しかしアメリカの社会はなぜか彼の有罪を証明しようとしないばかりでなく、彼を狂人として軍の病院に監禁した。彼を病院から出すにはワシントンの司法省から直接の指令が要る——。

これは芝居になると直感的にそう考えたのです。お話自体がすでに〈ドラマチック〉なのです。そのままでも〈ドラマ〉になる、そう思いながら資料などをいろいろ読みました。そのままでとなると、舞台はアメリカのテキサス、登場人物は全部アメリカ人。ぼくは、よく古本屋の店頭などにある例のブックのギャング物やミステリーなどを読みはじめました。あいつ英語で芝居書くらしいぞという噂が流れたのもその頃ですが、ぼくは当時本気でそう考えたこともあるのです。でも、そのプランは致命的な欠陥をもっていました。もし英語で書けたにしても、俳優さんと観客が迷惑しはせんかね、という問題です。ぼくは計画を変更しなければなりませんでした。そこで考えたのが、主人公のイーザリーを日本につれて来るというプランです。なかなかいいプランです。そして『ザ・パイロット』はこれで書かれています。

ところで、さきほどのジャンルの問題ですが、実はかなりたってから、ぼくはイーザリーを主人公にした小説が日本に二つもあることを発見したのです。堀田善衛さんの『審判』。いいだ・ももさんの『アメリカの英雄』。一つは『世界』という雑誌、もう一つは『新日本文学』という雑誌にそれぞれ連載された長篇小説です。困ったことになったわい、と思いました。なにも同じ話をたくさんの作品にすることはないではないか、という気持なのです。しかも、読んでみておどろいたのには『アメリカの英雄』はアメリカ人しか出て来ないアメリカだけの話。『審判』は主人公が日本にやって来た日本での話なのです。——でも、その時のぼくはもう後にひけない状態になっていました。

そこで武蔵は考えたわけです。「劇でなくともよい。が、なぜ劇を」と。

もちろん、戯曲をと劇団からは委嘱されたし、しかも公演期日も決っていることではあるし、さしあたり作品は仕上げねばならないのだけれども、考えてみると、ぼくが小説ではなく戯曲を書かねばならぬ理由はもともと何もないはずなのです。小説だってかまわないはずです。にもかかわらず、ぼくはなぜ『ザ・パイロット』を戯曲の形で書こうとしているのか。さきほどの二つの場合に直していえば、演劇でなくてもいいのになぜ演劇をえらぶのか、ドラマでなくてもいいのになぜドラマを書こうとするのか、という問題です。どうでもいいようなことですが、やはりぼくはそのことを考えざるをえませんでした。そして、結局、当面の事情として自分は小説ではなく戯曲を書かねばならぬ破目にあることを確かめた上で、ともあれ、作業を進めることにしたわけです。

『アメリカの英雄』も『審判』も、方法や作風は正反対といっていいくらい違うのですが、ぼくにはそれぞれおもしろかったし、刺戟もうけました。でも、二つとも分量にすれば二千枚から三千枚の作品です。もしぼくもまた小説で書くとしたら、題材からみてほぼ同じくらいの枚数を必要とするでしょう。しかし、戯曲でとなるとせいぜい二百枚で仕上げねばなりません。何千枚もの分量を必要とする内容を、省略したりダイジェストしたりするのでなく、わずか二百枚におさめてしまうことのできる方法、いってみれば、それが劇の方法です。木下順二さんの言葉をかりると、「縮小再生産なら、狭いところで再現するより広いところで再現したほうがいい」のであって、「狭いところでこそ、はじめて現実が質的に再現される」のがドラマの方法です。

そこまではよかったのですが、さて然らばという段になってみると、はじめあれほど〈ドラマチック〉にみえていた題材が、いつの間にかすっかりそうではなくなっているのです。アーサー・ミラーの『るつぼ』みたいな芝居になっていたかも知れないものが、そうはいかなくなってしまったのです。というより、その時にはもう、さまざまの妙ちきりんなイメージの断片が勝手気儘にそこいら中をはねまわっており、そいつらをどう取って押え、それにどんな表現をあたえるかの努力にぼくは懸命でした。率直にいえば、ドラマなんかどうだっていいという気持でした。

3

しかし、主人公を日本に連れて来て日本人に対決させようという、基本的なシチュエーションのそのような変更によって、ぼくはさまざまな新しい創作上の困難に当面しなければなりませんでした。それらのひとつひとつについて述べる余裕はいまありませんが、そのうちのいくつかの問題はこうです。さきほども書きましたように、それらの問題は勝手にはねまわる断片的なイメージの姿をしかとらないのですが、よく観察してみると三つほどの大きな固まりに区分されるように思えました。一つは、原子爆弾のイメージ。二つは一つの文明がもう一つの文明と交錯するイメージ。三つは、日本の戦後というイメージです。大ざっぱにいえば、この三つのイメージが卍巴《まんじともえ》とばかりに組んずほぐれつやっているのです。

原子爆弾という怪物。ぼくたちはこいつをどう考えたらいいのか、どう考えることが出来るかという問題。ぼくたち人類の死命を制しているこの怪物の正体を見た人はありません。そう、原爆の正体はぼくたちの眼には見えないのです。広島や長崎、あれは結果です。アメリカやソビエトのどこかに貯蔵してある原爆、あれは装置です。そういう装置や結果としての原爆ではなく、人類にとっての意味としての原爆はいったい何であるのでしょうか。

ギュンター・アンデルスという人が「将来起きるものに私たちは〝戦争〟というイメージをもってはなりません」といっています。アンデルスさんは、テキサスの病院にいるイーザリーのためにケネディ大統領に手紙を書いたり、イーザリーと文通したり（『ヒロシマわが罪と罰』という本にまとめられています）、日本に来て平和行進にも参加したことのあるオーストリーの哲学者ですが、長崎の原爆資料館でビール瓶と人間の指とが癒着した陳列品を見てつよい衝撃をうけ、これはまさしくシュールリアリズムの作品だ、そしてこういう作品を生み出すことの出来る時代にわれわれは住んでいるのだ、とある本に書いています。その通りだと思います。そのことを芸術の方法の問題として定式化してみせたのが、映画では『二十四時間の情事』のアラン・レネであることはいうまでもありません。あの映画に登場するフランスの女優さんは、ヒロシマを現実の広島にではなくフランスのヌヴェールという町に見たわけですが、ぼくたちはぼくたちのヒロシマやナガサキをどこで見ることが出来るのでしょうか。

順序は逆になりますが、日本の戦後という二つ目のイメージがそのことに重なって来ます。いまの映画でいえば、ぼくたちのヌヴェールはどこだろうかという問題です。ひらたく、戦争＝戦後体験の問題といってよいかと思います。むろん、日本の戦後といっても、それは論文の題目ではなく、ひとりひとりの日本人の、戦後二十年の体験の質の問題です。そして、それは単に戦後だけの問題ではなく、日本の戦後を形づくっているそれ以前の時間とそれ以後にひらけていく時間をもふくみこんだものであるべきです。重層的な、というか、歴史的な時間の中でおさえられた戦後です。そういう戦後がぼくというひとりの人間の中でどんなふうに成立するのでしょうか。

三つ目の、一つの文明がもう一つの文明と衝突し、交錯するという問題。これは、アメリカと日本、アメリカ人と日本人との対立、衝突、交錯の問題です。『ザ・パイロット』の中では、アメリカ人の元飛行士クリス・リビングストンと元監視哨員祝六平太の対立、衝突、交錯の問題として出て来ますが、この二人の間に対立――対話が成り立つか立たないか、成り立つとすればどんなふうにというややこしい問題です。

二つ目の日本の戦後の問題が時間的の問題だとすれば、これは一つの国ともう一つの国との関係という空間的の問題だといえますが、しかし、それは単なる空間と空間との対立や交錯ではありません。リビングストンと六平太との関係は、それぞれの歴史的な時間を背負いこんだ空間と空間との対立や交錯なのです。そのことは二つ目の戦後の問題にもいえることで、それは単なる時間的の問題にとどまらず、アメリカと日本という二つの空間に流れている歴史的な時間と時間との対立や交錯という問題でもあるわけです。いうまでもないことですが、この場合の日本対アメリカという空間関係は、すぐさま、日本対ソビエト、日本対フランス、日本対どこそこという関係に置換が可能です。すなわち、それはインターナショナルの問題だということになります。

『ザ・パイロット』という作品は、そのような時間と空間の構造の上に組み立てられているといえるでしょう。いってみれば、そのような時間軸と空間軸とが交差する座標の原点に、原爆の問題がすえられている、そんなお芝居だといえるのではないでしょうか。

――苦しい思いで、やっとのことで言葉にしてみましたが、本当をいえば、執筆にとりかかる段階ではそんな理屈を言葉でいえる状態ではありませんでした。さきに書きましたように、それは、言葉にならない、放埓なイメージの断片でしかなかったのです。そして、それを作品として表現化するという場合に、それを詩でやるか、小説でやるか、戯曲でやるか、絵でやるか、音楽でやるか、ぼくはまだ迷いました。でも、ごく単純な理由がぼくに戯曲を選ばせました。戯曲を書いてほしいという依頼があったからと、戯曲以外のジャンルよりも戯曲の方法にぼくがなれていたからです。もちろん、それだけの理由からではありません。やむをえず、ではなく、どんな芝居になるかは別として、戯曲として書くメドをぼくなりに見つけたような気がしたからです。

4

芝居の書き方として、ある論理に舞台的形象をあたえるというやり方があると思います。考えてみると、これまでのぼくの作品のほとんどは、おおむねこの方法で書かれているのではないかと思いますが、これに対して、こんどの場合は論理でなく、ひとつイメージを造型してやろうと思ったのです。むろん、この二つはあれかこれかとはっきり区分されるような方法ではありません。また、方法というよりは手法、あるいは発想とよんだほうがむしろ適切かも知れません。いずれにせよ、事件や人物をそのために組合わせてある論理を形象化するというのでなく、イメージを造型するというふうに作業を進めなければ、ぼくが表現したがっている何かがどこかにスイと逃げてしまいそうな気がしたのです。つまり、ぼくは、ミラーボールのように転々交錯する放埒なイメージの断片が、時間と空間が整合するある一定の秩序のなかでひたと静止する瞬間をとらえ、これに形象をあたえてやろう、とそう考えたのです。フォルムから出発するのではなく、逆に、出来上ったものが何らかのフォルムをもつだろう、それでいいではないか、そう考えたのです。

そして、その時ふいと頭にうかんで来たのが謡曲の『安達原』です。能の有名なレパートリーなので内容は省きますが、その『安達原』が不意にぼくのところにやって来たのです。安達原がぼくののような関心をひいたかは作品を読んでいただければおわかりかと思いますが、その時は『安達原』の筋立てというより、その筋を内側から支えている世界、いってみれば、能における世界の構造に魅かれたのだと思います。

ご存じのように、能は時間と空間の存在様式――表現様式に独特のものをもっています。とくに、その時間の構造は、江藤文夫さんによれば「現在によって過去をよびもどし、よびもどされた過去を現在の中に組み入れていく」という方法の上に立っているのだそうです。ぼくの考えでは「よびもどし」

組み入れるといった協力的で融和した関係ではなく、現在と過去がするどい緊張関係でせめぎ合いながら、そのことの結果としてある調和した世界を生み出しているのが能なのですが、いずれにせよ、そういった時間の存在様式はこんどの作品に無関係ではありえません。

舞台芸術はもともと時間芸術です。そのことは、空間芸術である絵画とくらべてみればよくわかります。が、一方、音楽とくらべてみると、舞台芸術は時間だけでなく空間をも必要とする芸術だということがわかります。時間と時間、空間と空間、時間と空間が、はげしく対立し、緊張し合いながらつくり上げる静かな世界、それが能の世界だとすれば、『ザ・パイロット』という芝居の世界はかなりそれに近似した構造をもつことになるといえましょう。

『ザ・パイロット』のなかでは、たとえば、ダラスの町の陪審員たちがとつぜん「水師営」の軍歌を歌い出したり、日本に着いたばかりのリビングストンが日本語でペラペラやったり、死んだフランスという女がリビングストンと話したり、その他いろいろ妙なことが行われます。しかも、よく使われる回想場面や何かではなく、日常の生活次元で行われるのです。特別の仕掛けをもった世界でなければ不可能なことだといわねばなりません。

ここで、もう一度ジャンルの問題に戻って、それぞれのジャンルがもっている時間の相――tenseについていいますと、叙事詩は過去形、劇はいうまでもなく現在進行形です。とすると、『ザ・パイロット』の tense は何かということになります。現在進行形ではどうもないようです。かといって、過去形でもありません。それ以外の何かです。というより、現在形でもあり過去形でもありながら、それだけではない他の何かです。

『ザ・パイロット』は抒情詩的演劇だ、というのが千田是也さんのご意見です。叙事詩的演劇はブレヒトですが、抒情詩的演劇がどんな演劇であるかぼくにはよくわかりません。でも、ジャンルのtenseということでいうと、叙事詩でも劇でもないとすれば抒情詩しかありません。〈私は悲しい〉という表現が過去形でも現在進行形でもないという時相に通じるものが『ザ・パイロット』なる作品にはあるようです。そういえば、『ザ・パイロット』のなかの事件は、八月五日から十五日までの一週間ということになっていますが、それは敗戦から二十年後、すなわち書かれた次の年である一九六五年の八月なのです。はじめに〈時〉〈所〉〈人物〉の指定を面倒なので省いたと書きましたが、そうなると、本当は書いてはいけない文字であったというわけです。『ザ・パイロット』はそんなお芝居なのです。『ザ・パイロット』の世界は時間と時間、空間と空間、そして時間と空間とがたがいに緊張し合いながらある調和を保とうとしている世界だといいましたが、もしそうなら、原爆という、こんにち人類の最高の知恵を要求している問題を、ナショナルとインターナショナルの座標軸の上で解こうとしている作品だということになるでしょうか。なぜなら、ナショナルは時間を媒介にして成り立ち、インターナショナルは空間を媒介にして成り立つ概念でそれぞれあるからです。だとすれば、この作品の幕切れでのお祭りさわぎや〈祝〉という大きな赤い文字は、人類の未来に対する作者の精いっぱいの抒情なのかも知れません。

方法や手法の点でアンチ・テアトルだというご意見もあります。その問題についても考えてみたかったのですが、紙幅もありませんし、次の機会にゆずりたいと思います。

書き上げたばかりでまだ整理がついていないといいながら、いろいろと書いてしまいました。すっかり手のうちをさらけ出してしまった感じです。武装解除にでもあったみたいな気分です。――しかし、観てみなければおもしろくないのがお芝居です。よろしければ、作品も読んでいただき、もし上演の機会でもありましたらぜひごらんいただき、ご意見やご批判を聞かせていただきたいと思います。

（『テアトロ』１９６５年２月）

夏

犯罪者はかならず現場に戻ってくる。

ぼくのクロード・イーザリーがことしの夏日本に戻ってきたように、ぼくは去年の夏長崎に戻ってみた。

――八月十五日、平和公園のハイ・ヌーン。人ひとり通らない砂利の道を、太陽がやいていた。ここが落下中心地だと彫られた黒っぽい蛇紋石の碑。その前にぼくは立っていた。どこにこの身を立てようもない空間や時間でその時そこはあったから、そうするしかなかった。サングラスをかけて。――みんなが無口だった。砂利たちも、碑も、フェニックスの葉も、太陽も、ぼくも。腕の時計を見た。あの時間だった。サイレンが鳴ったような気がして振りむいたが、何も聞えなかった。八百屋だかのオート三輪が尻をふりふり歩いていた。時間。そのときの時間は、目の前のそこにある空間をすら組織していなかった。そんな時間。空々しかった。感傷など、むろんない。体中からふき出してくる汗が、みぞおちのあたりをつたって、パイルのポロシャツにしみた。

〈あなたがた仏教徒の方はですね〉と、頬から首にかけて大きなひきつりのあるIさんはいった。公園のちかくに被爆者の店という看板を出した飲物を売る店のベンチ。〈そぎゃんこつさえいえば、うちらクリスチャンが参るかと思うとんなはるが、ちっともこたえはしまっせん。うちら、日本人ですけんね〉。——おなじキリスト教国から天主堂をやられて、どう思うか？　十何代も前からの信者であるIさんに発せられる質問はきまってこのことだという。そのたびにIさんの顔は怒張する。

〈へんな質問をします。きょうは何の日ですか〉と、ぼく。

ちょうどナントカ節でミサのある日です、とIさんはひっそり答えた。仏教徒は、そのナントカ節が聞きとれなかった。きょうは盂蘭盆、長崎は夜どおしの精霊流し。Iさんは、そのことも、敗戦日のことも、言葉にしようとはしなかった。

ぼくと同年輩である。のどがかわいて、ぼくはラムネを三本ものんだ。


去年の夏長崎に戻ってみた、と書いた。二つの理由がある。

すでにその二た月ほど前、ぼくは『ザ・パイロット』を書き上げていた。取材ではない。見に帰ったのである。何を？——現場を。何の？——犯罪の。だれの？——ぼくの。

犯人はたいていそこでつかまる。ぼくはつかまらなかった。ひょっとすると、ぼくの作品は犯罪ではなかったのかも知れない。何人かを殺したのに。その現場を見ようがため長崎に戻ったのだったのに。

もう一つの理由。子供だった頃、ぼくは長崎に自転車で行けるくらいの町にいた。だから、夏休みなど自転車でよく行った。勝山小学校、お諏訪さん、岡政デパート、大波止、立神の三菱ドック。三十年もむかしになる。

二十年前の夏。そのときは、自転車では無理だが船でならすぐ行ける小さな島にいた。海の上で爆音を聞いた。海鳴りがした。そして、あの雲。——高く、たくましく、みごとなフォルム。ピンク。ガラスでつくった綿菓子みたいにたのしかった。平和。ぼくは、ばかのように、美しい色と形に見とれていた。あこがれた。——あのあと、その雲を見た者は生きのこり、そして、見た者たちだけが生きのこった。ぼくも。

この作品は犯罪でなかったにしても、雲のあの美しさにあのようにあこがれたぼくが、決して何もしなかった人間でありうるわけはない。そう思わないわけにはいかない。戻る——ということのぼくなりの意味である。

日常と非日常。現実と非現実。存在と非存在。文字にしてしまえば、たったそれだけのことにすぎないが、二十年前とろりと青い南の海で見とれたあの雲は、実はたいへんなことをぼくに語っていたわけである。あの時のあの雲から何かがたしかにはじまっている。世界にとっても、だから、ぼくにとっても。——何が?

未然形の世界である。ことしの夏の物語である。この舞台で起きるすべての事件は、まだ何一つとして起きてはいない事件である。そんな舞台時間のなかでしか事件を描けない理由。——ごらんになっていただくしかない。

（「俳優座公演『ザ・パイロット』パンフレット」1965年4月）

『僕らが歌をうたう時』あとがき

よく、こんなことがいわれる。――どんな名優のどんな名演技も、その人が死んでしまえばあとかたもなくなってしまう。しかし、作品は活字としていつまでも残る。うらやましいかぎりだ。

とんでもない話である。活字として残っているのは、演劇の場合、作品ではなく作品の残骸である。書き上がったばかりの作品ですら、ある意味では残骸なのだ。作品を書くことの何らかの意味は、作品を書いているときの、その時々の精神の営為のなかにしかないからである。そう考える。活字として残るということは、だから、それを書いた者にとっては、絶えざる苛責である。

『僕らが歌をうたう時』から『俳優についての逆説』まで、時間にして十年の歳月がたっている。その間ほかに五編の長篇戯曲を書いているから、長短合わせての合計十二篇が、わたしの劇作品のほとんどすべてだという勘定になる。多いような気もするし、少ないような気もまたする。

これらの作品を書く作業のなかで、わたしの精神がどのような軌跡をたどったのかは、自分ではうまくいえない。ご参考までに、ここに収録されていない長篇戯曲と、その初演の年月を記しておく。執筆の時期が隣接しているものには、長短にかかわらず、それなりの相関の関係があるようだからである。

『反応工程』（一九五八・十）
『日本人民共和国』（一九六〇・十二）
『メカニズム作戦』（一九六二・七）
『明治の柩』（一九六二・十一）
『ザ・パイロット』（一九六五・四）

これらの長篇にくらべると、ここに収録された短篇作品は、そのほとんどが喜劇として書かれている点に共通の特徴があるようだ。いずれも三日から一週間の執筆期間で書かれたものだが、それはわたしにとって軽い作品だということを必ずしも意味しない。一幕劇の形式をとっているのは、喜劇というものが、もともと全体とか構造とかのフォルムを一義的には必要としないところにその理由があるのだろう。

読みかえしてみて、十年前の『僕らが歌を……』における舞台の設定が、十年後の『俳優についての逆説』のそれと、ある形においてひどく似ていることを発見した。何やらえらく廻り道をしたような気もするが、しかし、道草をくったという気はあまりしない。そこいらのところが、短篇喜劇の手法で長篇のドラマは書けないものか、というただいまの関心事とどこかで結びつく。

作品の配列は、ほぼ執筆順である。いま読んでみて、押入れにでもかけこみたいようなセリフもあるが、初めに書いたような理由でそのままにしておいた。若干の字句を直した程度で、大きな改訂はない。文字の表記法などがそれぞれであるのも、そのためである。——以下、各作品について、簡単に記す。

『僕らが歌をうたう時』(一九五六・六＝麦の会初演、五七・一＝『テアトロ』掲載)

麦の会というサークルのために書かれ、職場演劇祭で発表された。戦後のいわゆる自立演劇運動に対する新しい地点からの批判とそこからの出発などという批評も聞くが、わたしにはそうとばかりも思えない。上演したサークルの数は、多くてどうもよくわからない。

『人を食った話』(一九五七・六＝麦の会初演、五七・七＝『テアトロ』掲載)

下村正夫さんのチェホフ短篇の脚色『結末のない話』中「悪党」のエピソードを、麦の会のために自由に翻案したもの。登場人物が三人、セットなし、道具は借り物、俳優は台本をひろげながらの上演も可能という便利さである。ここに出てくる老婆は、名前と姿をかえ、その後のいろいろな作品に出没する。

『はだしの青春』(一九五九・九＝芸術劇場初演、五九・六＝『テアトロ』掲載)

国際演劇月参加作品として、ユネスコ国内委員会から委嘱され、はじめて稿料をもらった戯曲。依頼の理由をたずねたら、久保田万太郎先生のご推薦です、とのことだった。久保田万太郎さんからは、『五月』の批評を聞いたことがある。

『五月』（一九五七・十二＝麦の会初演、五八・一＝『テアトロ』掲載）

麦の会が、俳優座劇場で発表してくれた。いい舞台だった。この作品に泉という名の少女が出てくるが、原型は『僕らが歌を……』のけいである。『人を食った話』の老婆と同様、これまたあちこちに出没する。〈老婆〉も〈少女〉も、名前のあとの子という接尾語を欠いているからすぐわかる、という人もいる。泉という名は、翌年娘が生まれたのでそれにつけてやった。

『木口小平氏は犬死』（一九六三・六＝ぶどうの会初演、六三・八＝『悲劇喜劇』掲載）

神田貞三さんの『ゾーッとする話』を劇化したもので、ぶどうの会が、サークルによる他の脚色作品と競演した。おもしろい試みだった。コーラスの登場は、短篇ではこの作品が初めてである。

『とべ！ ここがサド島だ』（一九六五・四＝演劇集団変身初演、六五・五＝『テアトロ』掲載）

ぶどうの会の解散によって生まれた変身の旗挙げ公演のために書いた。『退屈についての華麗なる三幕』中の独立した一幕として上演された。題名は、ヘーゲルおよびマルクスの“Hic Rhodus, hic salta!”（〝跳べ、ここがロードス島だ！〟）からとった。原典はイソップである。

『俳優についての逆説』（一九六六・七＝演劇集団変身初演、未発表）

代々木小劇場をはじめた変身が初演し、俳優にふんした俳優坂本長利さんが力演した。題名におけるディドロをはじめとして、作中いたるところに引用がある。テーマとの関係で、引用だらけである。作品の中でお名前を挙げなかった人では、花田清輝さんと早野寿郎さんがある。ここで敬意を表しておきたい。なお、劇中劇『ハムレット』のセリフは、変身がその前月に上演したC. Marowitz のアダプテーションになる『ハムレット』によるもの。訳はわたしである。

考えてみると、いずれも頼まれて執筆したものばかりである。頼まれなかったとしたら書かなかったのだろうかという問題は別のこととして、これらの作品を書かせ、上演してくれた麦の会や変身などの諸劇団、また、これらのほとんどを雑誌にのせ、本にまでしてくれたテアトロ社に、あらためて謝意を表しないわけにはいかないだろう。

〈一九六六年十二月〉

（テアトロ『僕らが歌をうたう時——宮本研作品集』１９６７年１月）

ii

大阪へ行って

大阪府職の人達からは歓迎を受けた。到着してから出発するまで、いろいろと本当にお世話になってしまった。出発の十四日には勤務を休んでくれた人もあったし、夜九時半の大阪駅にはサークルのみんなの人が見送ってくれ、手がしびれる位沢山の握手をしてくれ、「仕事の歌」をうたってくれた。僕は泣き虫だから、何度も涙が出かかるのを堪えねばならなかった。汽車が動き出した時、辛い思いがした。

僕はいまでもその一人一人を思い出すことが出来る。誰がどんな顔をしてどんなことを云ったか。三日間を殆ど一緒に交際《まじわ》ってみて、僕は人間との触れ合いや結びつきについて、さまざまの事を考えさせられた。サークルには、新しい人間がいる。と云うよりサークルは新しい人間をつくってゆく所だということ。

さて、『僕らが歌をうたう時』一時間十五分の舞台だが、非常に立派な舞台で、九十五点をあげてもいいと思った。芝居のリズムとテンポを正確に把握した演出と、正確な行動と生き生きした形象をつくり出した演技は、予想以上の出来栄えであり、もはやあの戯曲ではあれ以上の成果は望めないと思わせる程完成度の高いものであった。事実、あの戯曲の弱さや未熟さまでがはっきり表現されており、作者としてもこれ以上の勉強はなかった。残念ながら、二度上演した麦の会の舞台と比べて、格段の差があった事を認めねばならない。サークルとしてのアンサンブル七年の歴史、日頃の基礎的訓練が物を云ったのだと思う。僕は府職の人達に何度も礼を云い、「麦の会の仲間にも観せたかった」と何度も云った。本当に観てもらいたかったと思う。

僕は今度の大阪行きで、府職の人達との個人的な接触と、すぐれた舞台を観せてもらったことで、自立劇団の未来に確信をもつことが出来た。最大の収穫である。

（『むぎ』1957年5月）

永遠のしろうと
——麦の会は何をやりたいか

麦の会は、自分の職場だけでは演劇活動のできない人達が集まった、はたらくものの演劇サークルです。業務の余暇にやるので業余劇団ともいいます。一種の職場サークルでもあるので、自立劇団とよぶこともあります。

素晴しい立派な演劇——舞台をつくることは、いい加減な努力では決してできません。骨身をけずるような勉強と訓練と努力を、うまずたゆまず積み重ねることによってはじめて可能なことです。その意味では、職業をもちその余暇にしか活動できないことは極めて不利な条件といえます。しかし、私達は職場と仕事をもっていることをただ単に不利な条件として考えるのではなく、むしろ、はたらいている毎日の生活の中にこそ、私達の創造力の源泉があるのだと考えます。

ですから、若い専門劇団の人達がいうように、「芝居だけじゃ食えないから働いているんだ」とは考えません。「一が仕事で、二が芝居」です。はたらきながらというのはそういう意味なのです。それがどんなに大変なことかは分っているのですが、ちゃんとした舞台はちゃんとした生活からしか生まれてこないことをも私達は知っているのです。

はたらきながら日本で最高の舞台をつくること――これが私達の夢であり目標です。並々ならぬ大事業ですが、それをなしとげるためには、十二分の年月をかけることと同時にそれまでに至る自分達の創造方法を確立する必要があること、を私達は知っています。一生かかるかも知れませんが、一生をかけてもいい仕事だと思います。

アヌイやジロドゥーやブレヒトをやらないからしろうとだといわないで下さい。でも、アヌイやジロドゥーやブレヒトをやったからといって専門家などとおっしゃらないで下さい。私達は永遠のしろうとです。しかし、誰にも負けないしろうとになりたいと考えています。

さらに、近ごろとかくあやふやになりがちな、日本の演劇を前進させるための、専門劇団―業余劇団―観客という環をつなぎとめるための何がしかの力になりうれば、業余劇団・麦の会の願いもってやむべしです。

（「麦の会公演『反応工程』パンフレット」1958年10月）

職場演劇におけるドラマの問題

一、生活する立場と見る立場

ちょうど、去年のいまごろ——久保栄が自殺したという記事が新聞に出た日のことだから、三月十六日の朝である。そのころ、サークルが上演する予定の少しながい戯曲を書きあげるために、ある私鉄沿線の知人の部屋を借りていた私は、東京の都内で行われる何かの会合に出席するため、時間ギリギリに部屋を出て駅にかけつけた。ところが、全くうかつなことに、私は、その日が私鉄総連の統一ストライキにあたっていたことを忘れていた。何度かの団体交渉が行われていることは知っていたのだが、いま取組んでいる戯曲のことで頭がいっぱいだったのか、あるいは、例によって決行数時間前に妥結するに違いないという甘い予測があったのか、久保栄の記事が載った新聞を読みながら、その私鉄ストの報道は読みおとしていたのである。だから、私は、その時、突然ストに遭遇したのである。

駅は眠っていた。日曜日ではあったが、人の往来もなく、駅に関係した一切のシャバの営みがその機能を停止していた。だから、駅といえば、押し合いへし合いの実感しかもたない私にとって、それは、痛切な印象であった。私は、線路際につっ立って、電車の走らぬ十何本かの軌条を眺めていた。電車が走らないレールの奇妙なイメージが、直線と曲線の作りだすメカニズムと鉄の量感を通して、荒々しく私をおそってきた。そして、体のなかではげしく動いていた何かが、やがてはっきりした一つの像をむすんだ。――労働者！　そうポスターに描かれている、あの労働者である。

だが、このポスター労働者のイメージは、私が、東京に出る案内をこうために改札口まで行った瞬間、ひどく混乱してしまったのである。「スト決行中」の立看板のわきでは、腕章をつけた二人の若い労働者が何か話をしていた。肩でも叩きたい気持で近づいていった私に、背の高い方のやせた労働者は、「国電を利用して下さい。徒歩で二分です」。そういって、同僚との話のつづきを始めた。それは、事務的であるが、不愛想というのでもない、かといって、愛想がいいというのでもない、何しろスト突入の始発時から何百回となく繰返しているんだ、という語感にあふれていた。私は、なぜだか、その時はっきりと駅員を感じた。その途端、たったいま感じていた労働者というイメージが、駅員という実在と見事にくいちがってしまったのである。この、虚像と実像とのくいちがいは、それ以来、私をとらえて離さない。

ストライキで電車をとめたのが労働者で、改札口で切符に鋏を入れるのが駅員、ということなのだろうか。そうすると、労働者というものと駅員というものは、A君ならA君という人間の二つの側面、ということだろうか。つまり、駅員という労働者、ということだろうか。どうもそうらしい。そういえば、工員という労働者、教員という労働者、役人という労働者がいる。そうなると、この労働者というのは、駅員や工員や教員や役人というものとは違った、もっと一般的な概念、だということになる。つまり、抽象化された概念である。だが……。

こんな分りきったことを、くどくど考えまわすのは、実は、それを書く、というのはどういうことなのかを知りたいためである。例えば、労働者を書く、ということは何を書くということなのか、ということである。

私の職場は中央官庁である。従って、私は役人という労働者——官庁労働者、ということになる。だから、余り強くはないが、職員組合という名の労働組合もある。私がこの職場に入ってから七年余になるが、この年数は、私が演劇活動に従事しながら戯曲を書いてきた期間と、ほぼ一致する。つまり、私はそこで働きながら、その業務の余暇に演劇活動を行ってきたわけである。

ところが、いつごろからだったか忘れたが、職場で働きながら戯曲を書いている自分の状態に、不思議なものを感じはじめたのである。局長や課長などの所謂上司に対する自分の態度が、ふた通りあるということに気がついたのである。すなわち、ある時は局長や課長がこわい存在に見え、ある時は甚だ滑稽な存在に見える、ということである。これは実感である。私は、この実感というやつをくりかえしくりかえし洗ってみて、どうやら次のような事実を洗い出すことが出来た。すなわち、局長や課長がこわい存在に見える時の自分は、官庁機構の縦の秩序にすっぽりはまりこみ、その秩序のなかでのより安定した高い位置をみつけようとしている立場に立っている自分であり、こわくない、あるいは滑稽な存在に見える時の自分は、その秩序の外側に位置を占めている立場に立っている、ということである。私鉄ストの例でいえば、役人（公務員といってもいいが、役人という方がこの場合ぴったりする）としての立場ではこわいが、労働者の立場ではこわくない、ということである。言い方をかえるならば、前の場合が生活する立場であるとすれば、後の場合は、そう、たたかう立場である。ということになるだろう。事実、自分が、サークルの一員であり組合員であるという立場に立つ場合は、局長や課長や、時には大臣などが、いささかもこわくないばかりでなく、滑稽な存在に見えるのである。この場合、私という個人の主体的な立場の方向と強さは、明らかに、連帯意識を基礎にした民主主義の量に依存している、ということができる。阿Qの立場と異る所以である。

ところが、局長や課長が滑稽に見える場合が、実はもう一つある。それは書く立場である。これも実感というやつだが、たしかに、物を書こう（私の場合は戯曲）としている時の私には、何もこわいものがない。こわい筈の局長や課長が滑稽にさえ見えてくる。これは、現実の局長や課長が、いまや素材として客体化されたことを意味しよう。そして、主体と客体、つまり、自己と現実との間に何らかの関係が生ずるとすれば、それは距離の存在を前提とする。従って、この立場は見る立場ということができる。たたかう立場と同じ基盤の上に立っても、それは、民主主義の量的側面には必ずしも依存しない。その主体性は、むしろ、本来質によってしか支えられないものである。

現実を把握し、現実を表現するという場合、当然のことながら、あるがままの現実というものはありえない。誰かによってとらえられたものでしかない。では、誰がどうとらえるのか。それをどう表現するのか。――どうやら、これはリアリズムの基本的命題であるらしい。そうだとすれば、同じ現実が、悲劇的な発想でとらえられたり、逆に喜劇的な発想でとらえられたりする、ということは重大な内容をもってくる。私は、私の地点をきびしく点検しなければならない。

その場合、まず重要なことは、こわいとか滑稽だとかいう表現自体が物語っているように、この認識は、実際の感覚、つまり実感という形でとらえられた感性的認識だということである。もちろん、この認識は論理的認識にまで高めることができるし、また、高めねばならぬ。「つまり、感覚されたものは直ちに理解されるものではなく、理解されたものだけが、より深く感覚されることになる」（毛沢東『実践論』）からである。滑稽さは、論理的な認識に裏打ちされた時、真に滑稽になる。

だがしかし、というよりも、それ故にこそ創造方法の問題としては、この現実をまず実感でとらえるという作用が、決定的に重要になってくる、のではあるまいか。

だから、世界観を媒介にした現実の構造的把握と、それを芸術として再構築するという、二つの作業を段階的につなげた形で統一しようとするリアリズム論への、それはアンチテーゼの意味をもってくる。このことは、現実の「諸関係を思想的に発見し、芸術的に構成すること」が第一で、次に、この「抽象的にとらえられた諸関係に、芸術的な覆をかけること」が、リアリズム芸術家に課せられる二重の大きな仕事だ、とG・ルカーチが提示したとき、A・ゼガースが、「現実に対する最初の反応という第一段階を越えることが非常に重要なことだとすれば、それに劣らず重要なことは、その最初の反応こそ芸術創造の前提であり、第一の条件であり、それがなければ、方法が欠けているときと同じく、いかなる結合にも達しえない。」（以上、佐々木基一『リアリズムの探求』）と云われなければならなかった意味にも通じることである。

これ以上立ち入る余裕はないが、このルカーチとゼガースの論争が提出している問題は、感性による直接的な認識と、世界観に裏打ちされた理論的な認識のいずれが先行すべきか、という二者択一的な問題では勿論ないにしても、私の場合、「理性的なものがたよりになるのは、まさにそれが感性的なものに由来しているからである」（毛沢東、前出）という地点からのアプローチの方が、より有効にちがいない、ということだけはいえそうである。職場で物を書く、という場合の基本的立場も、実はここにある。

二、職場演劇第一期の問題点

職場という労働環境は、矛盾にみちみちている。というよりは、矛盾そのものの具体的な自己表現が職場だ、ということである。現代の矛盾は、なにも職場だけに露頭するものではないが、資本主義社会の基本的な矛盾は、やはり、職場のなかに最も具体的な形でするどく現れる。

それは、例えば、低賃金や賃下げや人員整理や労働強化といった直接的な形をとるばかりでなく、生理休暇がとれなかったり、結婚したために配置転換させられたりといった間接的な形をもとる。

矛盾は、スタティックな存在形式をその本質上もたない。つねに運動の形式で存在する。従って、資本の自己貫徹と人間の自己貫徹という対立は、それぞれの局面では、あらゆる形をとった、資本の人間への攻撃、および逆の方向への反撃、という戦闘の形を必然的にとる。だから、個々の具体的な労働条件をうち破り、改善してゆくたたかいの全過程は、そのまま、人間が自己を回復し、解放し、発展させてゆくプロセスでもなければならない。労働組合は、自己を解放し、貫徹させようとする人間のエネルギーが、その方向で組織されたものである。それ故に、組合はその内部に、職場のそれとは異質であるところの、新しいコミュニティを形成する。職場組織のなかの人間関係が閉鎖的であるのに対して、組合という組織内部の人間関係が、本質的に解放的であるのは、いわば当然のことでもある。これは、サークルという集団についても同様である。

職場のなかで戯曲を書くということは、だから、必然的にサークルと組合の側に立つことであり、労働者の立場に立つことであり、たたかう立場に立つことである。それ以外に、職場の現実と対決する立場はありえない。

戦後の職場演劇の第一期（一九四六〜四九）といわれる時期に、精力的な創作活動を行っていた、いわゆる「職場作家」たちが、例外なく組合活動家でもあったのは、至極当然なことである。演劇活動は、むしろ、組合活動の一環として意識され、実践されていたのである。そのため、職場演劇は、同じ時期における労働運動のかつてない高揚と一体となる形で発揚したのだが、その意味では、全ての達成と同様に、全ての欠陥もまたまさにその点に発するものといわねばならない。

第一期の職場演劇は、一九五〇年のレッドパージによって潰滅した、といわれている。それはたしかに事実である。一九五〇年を転機として、政治情勢は急激に反動化した。組合活動家たちの大規模な追放が成功し、組合活動家であった「職場作家」たちは、根こそぎ職場から追われた。演劇サークルも、解体もしくは活動を停止した。職場演劇が、職場にその活動の基礎をおく以上、労働組合に対する攻撃から無傷でありえよう筈がない。それまでは運動という形をとっていた職場演劇は、この時点で、運動としては完全に潰滅した。しかしながら、労働運動への総反撃という、この一九五〇年の事件は、いわば外部的原因であり外発的契機である。外部的原因は変化の条件ではあるが、運動と組織を破壊させる基礎ではなく、内部的原因を通じてしか作用しないものである。とすれば、第一期の職場演劇運動が潰滅したのは、労働運動への攻撃によって、職場演劇運動内部のオルガニズムの破壊が誘発された、とみるべきではないか。つまり、誘爆によって自壊した、とみるべきではないだろうか。

では一体、何が崩壊したのか、ということになれば、それは、まぎれもなく、職場演劇における組織論、活動論および創造理論の崩壊であることを指摘せねばなるまい。このことは、そのあと、意外にも早く一九五一年から、ほとんど自然発生的な形で活動を開始した第二期の職場演劇が、組織活動と創造方法の両面において、第一期のそれと全く断絶した地点から出発したこと、無意識的ではあったが、それへの批判的地点から再出発しているという事実によって物語られている、といえよう。

だがしかし、一九五〇年に破綻したのは、実は職場演劇運動の指導理念というよりも、むしろ、戦前・戦中を生きのびてきた、プロレタリア演劇の運動理念ではなかったか、と思われるのである。なぜなら、この時期における職場演劇運動の中核的組織であった東自協（東京自立演劇協議会）は、当時新演劇人協会に結集していたプロレタリア演劇（を主流とするリアリズム演劇）の実践者たちの、主導的な努力によって組織されたものであり、かつ、その完全な影響下におかれていたからである。その当然の結果として、「政治への従属」という政治と芸術との図式的な関係が、戦後の出発地点での点検が行われぬまま、そのまま職場演劇運動のなかに持ちこまれたばかりでなく、この時期の政治的状況のなかで、それは、「革命政党への従属」という、さらに拡大された図式にまで発展する必然性をもっていたのである。この、東自協と新演劇人協会との交流（というよりは、後者による前者の指導）という実践的関係は、特殊に戦後的な形をとっているとはいえ、その国の演劇運動のなかで、この二つの分野が互いに干渉し合わなければならぬ意味とその仕方について、示唆にとんだ、一つの際立ったパターンを示していることはたしかである。一九五〇年におけるこの両者の関係の解体は、政治情勢の決定的な転換という外発的契機に基いていると同時に、それと見事に照応した、専門演劇の側におけるリアリズム理論の武装解除という、内発的契機によりつよく基いているといえるのであるが、このことは、一九五〇年以降における演劇状況のあの混乱に、必然的につながってゆくべきものでもある。現在的地点での、職場演劇と専門演劇との交流の不在状況も又、まさしくこれに基因している。

戦後のリアリズム演劇の、このような横すべり的出発が、職場演劇に対する売食い的指導になって現れたのは当然なことである（売食いは国民的規模で行われていた）が、その意味では、職場演劇における戦後の刻印は、一九四六年にはじまる第一期にではなく、むしろ、一九五一年にはじまる第二期にこそ打たるべきではないか、ということができよう。

「生産場面を描け！」「芝居からウソを追い出せ！」「人間を描け！」——これらの、第一期における中心的スローガンが、どのような討議内容と経過をもって採択され、どのような問題意識として実践と結びついていたか、詳しくは知らない。だが、「……しよう！」という表現ではなく、強い命令形——ある意味では、けしかけの表現をとっていることは、「生産場面を描け！」というスローガンが以前誰によって叫ばれていたか、ということとの連想で、興味深い。ともあれ、この時期の職場演劇は、それが政治運動であるのか労働運動であるのか芸術運動であるのかの弁別はなかったにしても、明確な目標をもち、そのための組織をもっていた限りでは、たしかに運動としての性質を備えていた、といえる。

だがしかし、創造方法の問題として、「生産場面を描け！」ということと「人間を描け！」ということが、一体どこでどうつながるのかは、分ったようでなかなか分らない。たしかに、これらのスローガンが、無方向の創造態度にある一つの方向を与え、数多くの創作劇を生み出すエネルギーの起動力の役割を果したのは事実である。が、それと同時に、方向だけでしかない傾向性という厄介なものを残したのも事実である。現実を社会科学的認識でとらえ、それを戯曲の現実として再構成する、という作業方法の公式だけで生産される作品が、現実の社会や事件の絵とき以上のものでなかったとしても、それは不思議ではない。その意味では、この時期の佳作と称される作品の多くが、「生産場面を描け！」というスローガンでではなく、「人間を描け！」というそれによって、より強く触発されている事実を見なければならぬ。それ故にこそ、堀田清美は、『子ねずみ』をもって、第一期の掉尾を飾ったのである、といえよう。

三、生活記録・スケッチ劇・ドラマ

「ドラマがない」「スケッチに終っている」ということがよくいわれる。とくに、職場演劇での創作劇についてそうである。たしかに、職場から生み出される戯曲には、ドラマティック・エレメントを欠いた、日常生活の平板な描写におわっている作品が多いのは事実である。いわゆる、スケッチ劇である。

戯曲に要求される表現上ないし造形上の制約のためか、職場から生れる戯曲作品の数は、生活記録や詩ほど多くはないが、他の一面では、人物が登場してセリフをしゃべりさえすれば、上演台本としての最低限の表現にはなりうるという点で、スケッチ劇は極めて安易な態度で創作されるという傾向をもっている。だから、スケッチがそのような段階で書かれている限りでは、生活記録や生活詩がもっている密度すらもっていない場合が多い、というのも実状である。

このスケッチ劇は、もちろん、第一期においても書かれてはいるが、しかし、本質的には、やはり第二期以降における職場演劇の主流をなす表現形式である、という特徴をもっている。

第一期が運動として解体をとげたあと、客観情勢の決定的な変化と主体的条件の未成熟という状況のなかで、あちこちの職場に新しいサークルが組織されはじめ、「ともかくやろう！」という形で活動が開始された時に、職場演劇の第二期ははじまる。そして、アト・ランダムな既成レパートリーの無方向的選択の時期がしばらく続いて、そのあと、微弱ながらも、ある方向への意識が生れはじめた時期に出てきたのが、このスケッチ劇なのである。

第二期は、おおまかにいって、一九五一〜五四年の前期と一九五五年以降の後期に分けることができるのだが、前期の特徴を代表するものが木下民話劇（この期の特徴は、特徴となるべき標識がほとんどないことが特徴であるが、傾向として浮かび上るのは、この民話劇および若干の翻訳劇である）であるのに対し、後期の特徴は明らかに、スケッチ劇の進出である。このことは、第七回（一九四七年の第一回より通算）東京職場演劇祭における十六の演目中、創作劇が十一を占めたということ、および、東京と同様な変転の道をたどっていた大阪の職場演劇が、全くその時機（一九五五年五月・六月）を同じくして、創作劇発表会を開いたことにも、特徴的に現れているといえる。

「生活をみつめよう！」「人間をみつめよう！」――これは確認されたスローガンではない。しかし、第二期の職場演劇活動全体を流れているのは、意識的であれ無意識的であれ、まぎれもなく、これである。第一期においても、これへの意識はあった筈である。だが、第一期と第二期を決定的に区別するものは、第二期のそれが、明らかに「政治」を無媒介にした地点で成立した意識である、ということであろう。それは、組織の面では「サークルは組合とは別のものだ」という形、活動の面では「好きだから演劇をやるのだ」という形、戯曲創作の面では「ストライキや旗振りは書かない」という形をとっている。

これらの諸点に、第二期の特徴が余すところなく表現されていることは疑いないが、第一期が終ってからやがて十年、職場演劇は、いま、それぞれの局面で、新しい課題に当面している。それらは、職場演劇としての運動性の回復の問題、趣味的集団から創造的集団への発展の問題として概括できるが、後者はさらに、スタニスラフスキー・システムによる舞台創造、及び戯曲創作におけるドラマトゥルギーへの関心という形の方法論への意識となって現れている。

スケッチ劇はドラマではない。スケッチ劇といえども、演劇という表現形式をとる以上、ドラマを要求される。それは、演劇というものが、観客を前にして上演されることによってのみその表現を完成させる芸術であること、そして、観客を感動させる力をもっているのはドラマであるということからして、至極当然のことである。職場や家庭を素材にしたスケッチ劇は、その直接的な日常性によって、職場や家庭の観客の素朴な共感をよぶことができる。だが、大ていの場合、たった一回きりの上演によって、その作者とともに姿を消してしまうのが普通である。そうでなくとも、何回目からかは、「また、生活劇かあ」「職場劇じゃないもんやれよ」ということになる。観客が舞台に求めているものが、単なる生活の断片的な再現ではなくドラマである以上、それは当然のことである。だから、現れては消えてゆく戦列のなかに生き残った数少い書き手たちをとらえるのは、「ドラマとは何か？」という問題意識でなければならない。そして、この「ドラマとは何か？」という命題を、職場演劇の書き手たちは、「スケッチをドラマへと発展させる契機は何か？」という形で、日程化するのである。

このスケッチとドラマとの関係は、生活記録と小説とのそれに相似しているが、しかし、生活記録が、それはそれなりに一つのジャンルとしての安定を保っているのに対し、スケッチ劇は、次の理由において、極めて不安定な位置におかれているといえる。すなわち、生活記録が、内容的にも形式的にも、一人称による自己表現であるのにくらべて、スケッチ劇は、それなりに、三人称による客観的な世界の表現であるということである。前者が、現実との主体的な交渉を通して、自己を発見し、確認し、変革してゆくという、表現という以外の作用をもっているのに対し、スケッチ劇は、あくまでも、表現それ自体を目的とする表現であり、また、なければならぬということである。『母の歴史』という生活記録が、『明日を紡ぐ娘たち』〔広渡常敏〕という戯曲の素材になりえた、という事実は、前者が、表現それ自体であることの前に、人間の発展と成長と変革の記録であったことを物語っている、といえよう。スケッチ劇をドラマへと発展させる、その契機とはいったい何であるか、という問題。この、職場演劇における創作劇が当面している課題は、実は、職場演劇だけの問題ではなく、日本のリアリズム演劇もまた当面している、あるいは、当面しなければならぬ課題とも無関係ではないのだが、いまは、それをさておき、局面を職場演劇に限っていえば、およそ、次のようなことではなかろうか。

まず、自己と現実との関係、および、その関係の仕方をはっきりさせること。もっと具体的にいえば、自己と現実との間に距離を設定すること、である。「職場で労働しながら創作する」という場合、重要なことは、創作する（見る）という行為が、労働する（生活する）という同じ場所で行われる、ということである。創作と労働という、次元のちがった二つの行為が、同一地点で行われるということである。はじめにも書いたが、生活する立場は、現実そのものであって現実との間に距離がない。だから、その零距離地点で現実を見るということは、触るということ——触覚でしかなされえない。つまり、実感である。だが、パースペクティブが構成されるためには、距離と空間が絶対に必要である。だから、実感をよりどころにしながら、同時に実感から離れるということ。そのような、現実と自己との関係を設営するということ、ではなかろうか。

それが極めて困難な作業であることはたしかである。その意味で、第一期の「職場作家」たちは、職場を離れることによってしか、「専門作家」としての立場を獲得することはできなかったのではないか、と考えられるのである。すくなくとも、大橋喜一が『楠三吉の青春』を書いた地点は、明らかにそのような立場でなければならない、と思うのだがどうだろう。職場で書き続けたただ一人の例外——鈴木元一の場合も、同様である。あらゆる意味での現実への密着、彼をしてドラマへの接近を著しく困難にしていた決定的な理由である、と思うのである。

このことは、木下順二と砂川闘争との関係、つまり、「作家はスクラムを組まない」という問題にもつながる。そのことについて、私は、かなり長い間不満をまじえた疑問を抱いていた。いまも、完全に解けたわけではない。なぜなら、私は、現実にはスクラムを組まねばならぬ立場にいるからだ。現実のなかに身をおきながら、なおかつ、その現実から離れていなければならぬ立場というものは、いったい、これは何だろう、とつくづく考える。木下順二は砂川事件の報告《ルポルタージュ》を書いた。だが、砂川でスクラムを組んだ労働者が書くものは何か。闘争記録。だとすれば、それは零距離射撃のようなものだ。弾道が弧を描かないし、だいいち、弾着がない。そこまでは分るのだが……。
次に、スケッチ劇からドラマへと、という場合の、もう一つの契機。それはドラマトゥルギーの問題である。これは、ドラマを志す以上、職場演劇であれ何であれ、そこにはドラマの問題しかない、ということである。職場演劇用のドラマトゥルギーというものはない。また、ありえていい筈がない。ドラマはドラマだ。だから、職場演劇における創作劇が模索している、ドラマの方向への方法論意識は、やはり、日本の新劇が当面している問題の次元にまで引き上げられることなくしては、決して具体化しないだろう。

スケッチ劇をどれだけ丹念に積み上げてみても、その量はそのまま質に転化するものではない。かといって、作劇術にいくら頼ってみたところで、スケッチ劇がドラマになるものでもない。だから、スケッチ劇でもいい、要は、そのなかにリアリズムの立場を貫くことだ。ということになる。現実へのリアリスティックな認識に支えられたスケッチ劇が、それこそ丹念に積み上げられ積み上げられた時に、はじめてドラマへの発展の契機が生れてくるだろう。その時にどうすればいいか、という処方箋はない。結局、ひとりひとりの問題だ、ということである。

くりかえしていえば、ドラマという一点において、職場演劇は演劇であり、職場作家は作家であらねばならない。にもかかわらず、その作家は同時に労働者である、という矛盾のなかに全ての問題がある、ということである。

職場演劇の舞台で、ストライキが演じられなくなって、久しい。ストライキは書かれねばならぬ。だが、労働者だからやるのだという形で、ストライキが書かれてはならぬ。労働者だからストライキをやるのではない。労働者が人間だから、人間は人間でありたいからやるのであり、かつ、それは、労働者であるから出来るのであることを書かねばならぬ。

労働者と駅員、労働者と工員、労働者と教員、というくいちがった二つの像が、カメラのファインダーのなかで一つに合わさったとき、対象はフィルムの上に焦点をむすんで、一つの映像をきざむ、のである。

（『文学』１９５９年４月）

この停滞をどう破るか
——職場演劇の現在地点

《お世辞にも上手いとはいえぬ演技、どこに行ったのか判らぬ演出、ともかく書いてみただけの創劇、そして、それらを支えている、潰れないでいるのが精一杯といったサークル活動》

戦後十年、あの爆発するようなエネルギーをもって出発を開始した職場演劇運動は、いまや、「運動」としての完全な解体をとげたばかりでなく、華々しい専門劇団活動にこみやられ、「妾の連れっ子」同然の表情で、日本の片隅で、ひっそりその日ぐらしの息をついている。

この現状が、沈滞でなくて、低迷でなくて何だろう。低迷したサークル活動が沈滞した舞台を生み、沈滞した舞台がまたサークル活動を低迷させ、その低迷したサークル活動に加えられる有形無形の攻撃は、一挙にあるいは徐々にサークルを壊滅する。

一九五〇年以降における、職場演劇活動のあらゆる量的ひろがりにもかかわらず、質的には、一歩前進二歩後退という縮小再生産のとめどもない繰り返しを続けている現状のなかで、職場演劇活動の、現在地点を明らかにし、突破口をつくり、方向をみちびきだすことは、当面にして緊急の課題でなければならぬ。

それを可能にするものは何か。それは理論であり論理である。サークルを根強く支配しているのは、昔も今も、経験主義および実感主義という名のサークル論であるが、それは明らかに理論ではない。理論は論理であって、経験や実感や勘ではない。また、われわれの理論は事物を解釈するのではなく、事物を変革するための論理である。職場演劇を解釈することは、いまのわれわれの仕事ではない。われわれに必要なことは、自分の問題として、現状をどう打開するかということ、どう発展させるかということである。それは、「職場演劇とは、これこれしかじかである」という解釈を求めることではない。現状を丹念に洗い出し、そのなかから発展の方向をつかみ、それを運動として組織することである。それは一朝一夕にして可能なことではない。しかし、それはなされねばならぬことである。

職場演劇は、いま、重要な転機に立っている。職場演劇における、サークル活動と創造活動の全体にわたって、いまこそ、論理的な総点検が行われねばならぬ。この文章は、そのための一つの努力として書かれる。

一、サークル演劇とは何か――サークルという集団の性質

サークルとは何か。サークル演劇とは何か。そして、演劇とはいったい何か。

われわれのサークル活動は、意識的であれ無意識的であれ、これらの課題から出発してこれらの課題に戻ってくる。もちろん、解答がすぐ出てくるわけではない。だが、出してみる必要があるのだ。二つの方法が考えられる。一つは論理《ロジック》を用いる方法であり、もう一つは実践による方法である。すなわち、前者は、「これこれは、しかじかの故をもってかくかくであらねばならぬ」という結論を導き出す

やり方であり、後者は、「にもかかわらず、かくかくでしかない」という事実を知ることである。この二つの方法は、いずれか一方のみを用いた場合、前者は屁理屈ないし机上の空論となり、後者はわけ知りないし経験主義となる。

職場演劇をも含めて、あらゆるサークル活動は、本来、後者のみによりかかって前者を無視したり無関心だったりする傾向をもっている。現在のサークル活動全体が行きづまっている原因の最も大きいのは、まさしくこれである。職場演劇が当面している問題もまた、このことを除いて外にはない。

サークルとは何か。

演劇サークルの組織者であり演出者であり裏方であり、そしてしばしば座付（雑役）作者でもある、リーダーのX君は、たちどころに答を出すに違いない。「サークルは、最も解放的で最も民主的な創造集団でなければならない」。ところが、別のサークルのリーダーであるY君は、こういう。「サークルは、世の中で最も気まぐれな怠け者の集団である」。いずれも正しいし、いずれも正しくない。というのは、サークルは、最も解放的で民主的な創造集団であるにしては、閉鎖的でルールを守らぬ怠け者が多いし、怠け者の集団にしては、「よくまああれで！」というような仕事をやってのけたりもするからだ。いずれも正しいし、いずれも正しくない。

鑑賞サークルであれ創造サークルであれ、サークルという集団は、誰からの強制も受けない自発的な集団である限りにおいて、最も解放的で最も民主的な集団である、ということができる。にもかかわらず、サークルは、たえず後退と閉鎖と分散と解体の危険にさらされている。つまり、自分の意思で集まった集団であるにもかかわらず、潰れよう潰れようとするのである。だから、サークルを潰そうとする「問題」を「解決」するために、寝食を忘れて駆けずり回るのがリーダーの仕事だということになる。リーダーの仕事は、だから、賽の河原で石を積むようなものだ。積み上げる一方からこわれてゆく。サークルとはもともとそういうものである。というのは、実感主義で経験主義だ。だが、やっぱりそういうものなのである。

なぜなら、サークルという集団の内部には、まとまろうとする力《求心力》と、こわれようとする力《遠心力》がはたらいており、その求心力と遠心力のかすかなバランスの上にサークルが成立しているからなのだ。求心力は自己を解放したい力、遠心力は一人になりたい力。この、全体の契機と個の契機に支えられる矛盾した二つの力が保っている微妙な均衡状態は、だから、場合によっては、一円のアルミ貨一枚の重みで破られるものでもあるのだ。矛盾の存在形式は運動である。たしかに、この二つの力の作用はつねに運動の形をとっており、静止する瞬間がない。それは、サークルという集団の本質からきている。サークルの存在形式もまた、つねに運動の形をとる。

演劇サークルの場合、演劇がすきだから、演劇をやってみたいからサークルに集まってくる。はじめは、趣味でもいい娯楽でもいい、それがすきだから集まってくる。それが基本である。サークルが、いまの日本で自己を解放したいという方向で、自由に選べる殆ど唯一の集団である、というのもその意味である。だが、演劇サークルは麻雀サークルとは違う。ガラガラポンでは舞台は出来上らない。外的条件だけでも、一定数の人員と一定量の時間と一定の場所が、いわば「三一致の法則」的に要求される。これには強い統制力が必要である。つまり、求心的な方向での強制力がサークル自体の要請になってくる。それだけに、遠心的な方向への反作用もまた、強まってくるという訳だ。だから演劇サークルは、他のジャンルのサークル以上に、潰れてしまうか少数精鋭になるかの危険にさらされる傾向を強くもっている、集団性の強いもっとも機能的なサークルだということである。また、コーラスのサークルなどが、自分達が歌うことを楽しむということだけでも成立するのに対して、演劇は観せることによってしか完結しないという性質をもっている。すなわち、観客を前にして上演することなくしては、その表現を完成しないということである。

物事には上手下手がある。どうせやるなら上手いに越したことはない。自分たちもそうなら、観客は尚更のことだ。はじめは、趣味でも娯楽でもいい。だが、それではやってゆけなくなる時が必ずやってくる筈だ。「楽しむ」ことは結構だ。だが、下手では楽しめなくなるのだ。つまり、「楽しむ」ことの内容――質が進化してくるのだ。人間の集まりであるサークルの、それは本質である。観客もまた、きびしくそれを要求する。

創造という厄介な問題が、サークルの日程に上ってくるのは、まさにその地点においてである。遅すぎるといわねばならぬことかも知れない。だが、事実として、サークル運動は、まさしくそのような迂遠なコースをたどることによってしか、ここに到達できなかったということでもあるのだ。これまでのサークル活動のなかで、この創造への意識が全くなかったというのではない。だが、しかしそれは、いわば盲人の触覚のような、たしかに何かがあるのは判るのだが、それが一体何であるかということを、はっきり言葉で表現できるほど、認識していなかったということはたしかである。少くとも、それをぬきにしたところでは、サークルは、もはやサークルではなくなるのであるという、切実な認識では決してなかったことは事実である。

サークルは創造の問題と四つに組まねばならぬ。それを避けて、前に進むことは許されない。それは、意識的でなければならない。サークルは、意識的に創造への姿勢をとらねばならない。とる必要があるのだ。あらゆる偏見と妥協と劣等感と一切の中途半端な姿勢を捨てて、創造への隊列を組まねばならない。それによって、サークルは、創造という光栄ある任務をもった戦闘的な創造的小集団となるのだ。

俳優の仕事とは何か。演出者の仕事とは何か。そして、ドラマとは何か。これらが、われわれの創造の目標になる。水で割った註釈に頼ってはいけない。噛んでふくめるような解説に頼ってはいけない。われわれ自身の手で、直接切り込んでゆくのだ。それなくして、いい舞台をつくることを考えてはいけない。またそれなくして、現状をうち破ることができると考えてはならない。

それでは、専門劇団と少しも変らないではないか、ということになる。そうなのだ、まさしくそうなのである。いい舞台を、すぐれた演劇をつくり上げようという一点において、サークル演劇も専門演劇もないのだ。それは、「長期的かつ困難な」仕事である。だがしかし、サークル演劇が演劇であろうとする限り、それはなされねばならないことなのだ。それが辛いなら、さっさと麻雀のサークルにでも入ったがいい。創造という仕事は、本来そういうものなのだ。

サークル演劇とは何か。サークル演劇とは、まさしく、そういうものなのだ。それ以外の何物でもない。ところが、世の中にはおかしな人がいて、「サークル演劇は素人演劇だ、自分たちが楽しんでいればいいんだ。難かしい屁理屈をこねるとロクなことはない」とかの説をなしている。むろん、職場演劇にしろ他のサークル演劇にしろ、それは疑いもなく素人演劇である。素人演劇というよび方があって、玄人演劇という呼び方が行われない不思議さはさておいて、サークル演劇が、その業余的性格において、専門演劇ないし職業演劇とは明らかに異っていることは事実である。しかしながら、この二つを妙に割り切ってしまう考え方は、二つを混同してしまう考え方以上に危険である。なぜならば、サークル演劇と専門演劇との区別は、少くとも新劇の今日的状況に関していう限り、残念なことながら、一方が業余であり他方が本業である職業的規準では行われ得ないし、また、舞台上の成果という芸術的規準でも行われ得ないからである。そこにあるのは、この両者の見事な錯綜である。両者というよりも、専門演劇の見事な混乱である。モスクワ芸術座の舞台は、演劇における「玄人」と「素人」の区別が厳存することをも教えてくれたが、その区別は、モスクワ芸術座とわれわれとの関係であって、日本の新劇団とわれわれとのそれでは断じてない。

にもかかわらず、というよりもむしろ、それだからこそ、われわれは、サークル演劇の発展を希求すると同等の比重をもって、専門演劇の発展に期待をかけ切実に要求したい。「素人演劇だから、下手でも楽しんでいればいい」。このような論理が有害にして無益であるのは、まず何よりも、サークル演劇における創造の問題がかくされてしまうことである。それは、現状を現状のまま、肯定し釘づけし、結果的にはサークルを停滞させ解体させることにしか役立たないところの、非生産的な局外者の論理である。それは、低迷した現状からの突破口を求めて蠢いているサークルの創造的エネルギーに対して、発展の方向を与えようとしないばかりでなく、それに冷水をぶっかけ足をひっぱるような、極めて危険な論理であることを鋭く指摘しておく必要がある。

日本の新劇運動における、専門演劇とサークル演劇との交流という課題が、ある時期に行われた政治的な傾斜交流という形ではなく、また、現在考えられているような技術的な傾斜交流という形でもなく、正当に発展させられるためには、この両者の立っているそれぞれの現在地点を明らかにすると同時に、この両者が非傾斜的な関係で結びつくべき局面はどこにあるかということが、真剣に検討されなければならぬ。そのための作業の一つとして、専門演劇とサークル演劇とが、戦後のそう長くはない歴史のなかで、どのように密接な内的交渉をもち、その結果としてどのように見事な照応をみせながら、歩いてきているかを知る必要がある。日本における、専門演劇―サークル演劇―観客という環が担いうる、そして担わねばならぬ本当の意味は、もっともっと問題にされねばならぬのだ。

二、戦後の職場演劇の歴史――運動と指導の問題

戦後における職場演劇運動の第一期とよばれる時期は、東京の場合（大阪その他の地方でも同様の経過をたどる）、東自協（東京自立演劇協議会）が結成された一九四六年に始まり、いわゆるレッドパージによって解体した一九四九年に終る。戦後の職場演劇が「運動」としての形をとったのは、後にも先にもこの第一期だけであるが、この東自協は、敗戦後の革命的な政治情勢のなかで、労働者自身による自主的な演劇活動を、かつてみない広さと強さにおいて展開した「運動」の主体としての役割を果した。

東自協は、その規約によれば、「労働組合運動の線に沿って」「勤労者の自主的な演劇を創造発展させることを目的とし、」「日本の民主主義文化の建設のために」「組織された恒常的な連絡機関」であり、最盛期には百二十余の加盟サークルをもつ巨大な組織であった。運動の目標としては、次の八つのス

ローガンが掲げられていた。すなわち、「全国の工場、農村に自立劇団を作ろう！」「職場中のみんなが演り、みんなが見る劇団に！」「生きた現実を自分で描こう！」「芝居からウソを追い出せ！」「結びつき、まなび合い高い水準に！」「エロ芝居、やくざ芝居、反動芝居をボイコットしろ！」「自立演劇の自主性の確立！」「文化国家の中核は勤労者文化だ！」

これらのスローガンは、多少こなれの悪い表現をとっているものもあるが、内容的には大部分がそのまま今日的課題につながるものでもあるのは事実である。これらは、やがて全国的なよびかけに発展してゆくのであるが、全自協という全国的組織が結成された直後に、東自協は、その運動と組織を解体して一九五〇年を迎えるのである。

東自協が果した積極的な役割と謬《あやま》りについての正しい批判と評価が、いまほど必要な時はないのであるが、その際見落すことの出来ないものの一つに、この東自協と「積極的な協力関係」にあった新演劇人協会の問題がある。この団体は、戦前戦中のリアリズム演劇（プロレタリア演劇を主流とする）の担い手たちを中心に結成されていたのであるが、実は、東自協はこの新演劇人協会のイニシアティブによって組織されたものであり、「組織的な指導関係」はなかったけれども、理論的にも実践的にも、東自協はその完全といっていい程の影響下におかれていた。その意味では、東自協を支配した運動理論と、創造理論が、そのまま、戦前のリアリズム演劇、というより、プロレタリア演劇運動のそれと符合したのは、むしろ当然である。

芸術運動における政治と芸術との従属関係が、そのままの形で、というより、もっと拡大された形で直接的に、職場演劇に適用された結果、演劇運動＝組合活動＝労働運動＝政治運動という路線が貫かれ、その結果、演劇活動家たちは組合活動家でもあり、前衛政党員でもあるという図式すら成立するのである。

東自協は、一九五〇年のレッドパージによって潰滅した、といわれている。職場演劇が職場の労働生活に基礎をもつ以上、労働運動と組合活動への攻撃が、演劇サークルに何の打撃をも与えない筈がない。しかし、労働運動に対する弾圧によって潰滅したのは、東自協による組織活動だけではない。弾圧という外発的契機によって誘発され解体をとげたのは、第一期の職場演劇運動における組織論、活動理論、創造理論でもあるのだ。それ故にこそ、一九五一年から始まる職場演劇の第二期は、理論的にも実践的にも、第一期のそれとは全く断絶した地点から出発しなければならなかったのである。

しかしながら、その意味では、一九五〇年に武装解除を行ったのは、東自協の運動理論ないし創造理論というよりも、実は、むしろ日本におけるプロレタリア演劇を主流とするリアリズム演劇のそれではなかったろうか。戦前の到達点を、そのまま戦後の出発点に横すべりさせる形でスタートしたリアリズム演劇が、戦後の昂揚した政治情勢にもたれかかり、その何年間のあいだに、創造理論の点検も行わず、運動を組織する手掛りさえつかめないまま日を送ったからこそ、一九五〇年を決定的な転機の年として迎えねばならなかったのではあるまいか。

政治との深いかかわりをもつ芸術理論が、政治的契機によって動揺するのは、避けられないことかも知れない。だが、そこから何らの発展契機をもつかみえなかったとすれば、不甲斐ないでは済まされぬ問題でもある。ともあれ、新協劇団は、分裂と混乱の限りをつくして転落し、日本共産党の分裂と産別会議の急速な衰弱が、この時期をしめくくる。

職場演劇の第二期は、まさに、この第二の廃墟のなかから出発を開始した。もはや「運動」としてではなく、自然発生的な、個々のサークル「活動」としてである。むろん、目標もなければ組織もなく、理論もなければ方法もない。ただ、はっきりしていることは、「組合活動の一環」としてではなく、「すきだから」演劇をやるという一事である。ストライキや旗振り芝居は、会社にはにらまれるし、観客はそっぽを向くし、自分たちもやりたくない。何のために演劇をやるのか、そんなことはどうだっていい。とにかく、演劇のすきな連中がサークルに集まったのである（「自立劇団」という呼称が「サークル」に変ったのもこの時期以降である）。レパートリーは、面白いものなら何でもいいということになる。この時期における演目の傾向は、民話劇と若干の翻訳劇によって代表されるが（民話劇は特に盛んだった）、民話劇が演目として取上げられた直接的な理由としては、観て面白いし、演って面白いし、第一、職場で上演してもにらまれる心配がない、ということだった。だから、その意味では、木下民話劇は、基本的には一九五〇年以降の演劇サークルにもっとも自然に受けいれられていったという側面をもっていると同時に、それにすっぽりはまりこむという意味では、タコツボ陣地としての役割をも果したという一面をもっている。民話劇をくぐりぬけることによって、サークルの創造的エネルギーが果して次の段階へ触発されていったかどうかが問題だということである。

ともあれ、民話劇に対する不満が出はじめる時機とオーバー・ラップしながら、折からのスタニスラフスキー・システムの紹介ともどこかでつながっている筈の、第二期の後期とも言いうる新しい段階がはじまる。そこでは「人間」と「人間の行動」への素朴な関心に支えられながら、サークル全体に、微弱ながらも、創造的な空気がただよいはじめたのが特徴である。一時中断されていた創作劇の上演が目立ってきた。時期としては、出演十六サークル中十一本の創作劇が上演された、第七回東京職場演劇祭（五月）と、大阪で創作劇発表会（六月）が行われた、一九五五年が一つの標識になる。すなわち、意識的無意識的ないわゆるスケッチ劇のエポックが開始されるのである。

そのあと、進んだサークルでは、スケッチ劇からドラマへという問題意識を軸にした、方法論への関心が高まってきてはいるが、これは職場演劇全体をカバーするだけの広がりを、まだもってはいない。大多数のサークルは、沈滞と低迷の谷間を、ソウロウとした足取りでさまよっている、というのが現状である。「運動」の未組織状況が、それに拍車をかけているのだ。

いずれにもせよ、第一期における東自協の問題および東自協と新演劇人協会との交流の問題は、職場演劇の現在地点を明確にするための作業に不可欠の課題であるばかりでなく、この国の演劇運動のなかで、サークル演劇と専門演劇がどのような形で結びつきうるか、また、結びつかねばならぬかという課題を考えるにあたって、甚だ重要な示唆を含んでいることだけはたしかである。

現在地点における、職場演劇と専門演劇との徹底的な隔絶状況については、もはや何も附言の要はない。不幸な関係である。

「指導なら、いつでも出掛けます」とおっしゃる。ところが、具合のわるいことには、サークルでは「指導なら、間に合っています」という。これは全く、危険な会話というものである。これでは何とも仕方がない。だが、サークルでは、指導は期待していないが、交流は切望しているのだ。専門劇団では、「交流なら、間に合っている」のだろうか。

指導といえば、ここ十年の間に、サークルと接触する先生方の顔触れが随分と変ったものだ。第一期における左翼的陣営に属する芸術家を中心とした諸氏に代って、最近の特徴は、「どこからともなく現れた進歩的文化人」（関根弘）と称される社会的心理学者諸氏からのアプローチである。大衆社会的現象の前に、マルキシズムは神通力を失ったのであろうか。サークルという代物は、マルキシズムの網の目を抜け落ちる程、微小な存在になったのであろうか。日本共産党あたりから、何かひと言挨拶でもありそうな気がするのだが、どうだろう。それはともかく、社会心理学やプラグマティズムは、サークルが政治と絶縁した一九五〇年以後の空白状態のなかから、「サークル理論」を裏打ちしてゆくという形で有形無形の積極的な役割を果してきているが、しかし、少くともそれは芸術上の理論や方法ではない。サークル運動が、創造の課題と対決する地点で出てくる問題の一つがすでにここにある。

おわりに、われわれの先輩たち――東自協が敢行した第一回自立演劇コンクール（一九四七・九・一六～一九、日劇小劇場）に、審査員として「全期間熱心に見て下さった」「日本の最高の演劇人」二十二氏のお名前を記して、敬意を表したいと思う。

「土方与志、大木直太郎、伊藤熹朔、滝沢修、山川幸世、八田元夫、北村喜八、大江良太郎、山本安英、陣ノ内鎮、村山知義、上野経一、原泉、吉田謙吉、松尾哲次、岸輝子、瓜生忠夫、岡倉士朗、関鑑子、大村英之助、千田是也、山田肇」

（この項引用は、『テアトロ』七三号および八〇号、傍点宮本）

三、サークルにおける指導者の任務――工作と交流の論理

演劇サークルをとり囲んでいる諸困難は、当然のことながら、つねに具体的な形をとって存在する。

演劇部員が少い。女優がいない。無断で欠席する。時間を守らない。稽古場がない。金がない。時間がない。発表の場がない。残業が多い。職制ににらまれる。いい台本がない。指導者がいない。裏方がいない。やめる者が多く、入る者が少い。古いメンバーと新しいメンバーの間にギャップができる、等々――数え上げれば際限がない。右に書いたことは、比較的どのサークルにも共通な問題だけであって、個々のサークルは、それぞれの事情に応じて、さらに多くの具体的困難を抱えこんでいる筈である。

　これらの諸困難を整理してみると、活動上の困難と創造上の困難に大別することができ、活動上の困難はさらに、外部的条件と内部的条件に分けることができるのであるが、そういった分類整理をやるのが、この文章の目的ではない。やってみても、それは問題の解決には何の役にも立たぬ。問題はつねに具体的な形でしか出てこないし、かつその解決も具体的にしか出来ない。そして、それをやるのは、個々のサークルでしかないからだ。

　ただ、ここでいえることは、それらの諸困難は、サークルの活動に対してマイナスの要因としてはたらき、《遠心力》として作用するということ、つまり、どれ一つをとってみても、それらはサークルの活動を鈍らせ、停滞させ、動揺させ、場合によっては、命取りにもなり得る要因である、ということである。創造上の条件は、一義的には、これらの活動諸条件によってその基礎を与えられている。その意味で、サークルの創造活動は、これらの槍ブスマを一枚一枚たたき破ってゆくたたかいの全過程でもある。サークルの創造上の困難が、実際には、活動上の困難として実感されるのは、そのためである。この局面での錯乱が、まず、サークル活動に、多くの混乱と停滞をもたらしている。

はっきりさせよう。演劇サークルは、演劇活動をするためにつくられた集団であって、サークル活動をするためのそれでは決してない。われわれが、実感のなかに埋没して動きがとれなくなった時、そこからの脱出路を発見するには、われわれの出発点であるサークルの原理に立ち戻ることだ。われわれは、カベを破るために演劇をやるのではなく、演劇をやりとげるためにカベを破るのである。これは、余りにも分りきったことである。だが、余りにも理解されていないことなのだ。多くのサークルの活動状況が、如実にそれを示している。カベを破るためにでなく、演劇活動を貫通させるためにカベを破るのであれば、武器は鋭ければ鋭い程いいように、われわれの演劇活動もまた強力にして鋭利でなければならず、演劇活動とはすぐれた舞台を創造すること以外ではない以上、われわれは、必然的に、創造と創造方法の問題とはげしく四つに組む必要があるにもかかわらず、大多数のサークルは、まだ、意識的に創造の問題と対決していない。現在地点における職場演劇のあらゆる沈滞と低迷の状況は、すべてここに発している。病因への徹底的な攻撃がわれわれの突破口をつくる。

「一人が百歩前進するよりも、百人が一歩前進すること」——これが、これまでわれわれを支配していたサークルの指導原理である。しかしながら、このテーゼに従って、われわれは、果して一歩前進することが出来ただろうか。このような疑問が、第三回国民文化全国集会の席上で提出された。われわれははっきり確認しなければならない。たしかに一歩の前進をすることが出来た。だが、同時に二歩の後退をもしていたという事実。このテーゼに含まれている致命的な欠陥は、明らかに、創造の問題が欠落していることだ。量の問題だけがあって、質の問題がないのだ。これは、労働組合の運動原理ではあっても、サークル、特に創造サークルのそれではない、ということをはっきりさせる必要がある。「みんな仲よく手をとって」などという、童謡めいた感傷をはたき落そう。そして、創造への構えをとった戦闘的集団として、われわれのサークルを再組織しよう。それ以外に、縮小再生産のたえまない過程を断ち切る方法はないのだ。

「少数精鋭になるのではないか」「脱落者が出るのではないか」という危惧が生れるのは当然である。サークルのメンバーは、「芝居が三度の飯より好き」な者だけではない。どこのサークルにも、脚本分析が嫌いで、テーブル稽古が終ってからしか出て来ない者もいる。週に一回以上の稽古ならやめるという主義の者もいる。スタニスラフスキーなどと云った途端に出てこなくなるものもいる。それは事実だ。サークルは、その基底部がそのようなメンバーで構成されることによってしか、成立しないというのも事実だ。だから、大事にする。だが、「調子を落して合わせる」ことは、決して大事にすることではない。それよりも、「調子を落す」ことによって出てくる脱落者をどうするのだ。そのことの方が、より以上に重大なのだ。そしてまた、それ以上に、「調子を落している」演出者なりリーダー自身の問題の方が、決定的に重大なのだ。サークルは、個人の自己ギセイによっては、究極には発展しないものなのだ。サークルは、新しいメンバーをたえず補給することによって、新しい生命力を獲得するし、また、しなければならない。だが、新しいメンバーは、サークルが創造的雰囲気をもっているからではなく、むしろ、もたないからという理由で離れてゆくにちがいない、ということだけはたしかである。

サークルのリーダーたち。演出もやり、演技もやり、裏方もやり、戯曲も書き、組合の役員もやれば身上相談もやるといった、現代のスーパーマンたち。君たちの力で、サークルは生きのびてきた。しかし、肉体的にも精神的にも、疲労の色はかくせない。にもかかわらず、「おれがいなければ」サークルが潰れるのだ。ある「進歩的文化人」は、「それで潰れるのなら、潰れるにしか値しないサークルなのだ」とおっしゃる。全くその通りだ。サークルという集団は、本来、自己ギセイなどというカビ臭いもので支えられてはいけないものだからである。だから、「おれの気も知らないで」、やれ今日は出れないの、しばらく休みたいの、どうしてもやめたいのと、「勝手なことをぬかす」連中へ腹を立てるのは、筋違いというものである。だが、サークルを投げ出す前に、次の言葉をきいてみよう。

「ここで工作という機能の位置づけが問題になる。単純に表現すれば、高くて軽い意識と低くて重い意識を衝突させせつつ同一の次元に整合するという任務である。このことは当然に工作者をして孤立と逆説の世界へみちびく。彼は理論を実感化し、実感を理論化しなければならない。知識人に対しては大衆であり、大衆に対しては知識人であるという『偽善』を強いられる。いずれにしても、彼はさけがたく『はさまれる』。この危機感、欠如感を土台にした活動家自身の交流が現在の急務である。」

これは、『サークル村』という雑誌の創刊宣言の一部である。この雑誌は、文学サークルを主体にした全九州の各ジャンルのサークルを対象にした、「活動家自身の交流」のために、昨年から引続き発行(月刊)されているものであるが、その発刊の意図は、雑誌の鋭く創造的な内容と相俟って、極めて重要な示唆を含んでいる。

最近、すぐれた活動歴をもつ演劇サークルの解体や休止が目立っているが、多くの場合、その指導的メンバーが中小専門劇団に入ったことが原因になっている。だが、その劇団での彼の活動と役割は、結果的には、そのためにサークルの一つや二つ潰れたっていい程重要でも有効でもないというのが実情である。その劇団が潰れ、転々として劇団から劇団へと渡り歩いている例すらある。専門演劇と非専門演劇との区別があいまいで、そのため、この両者の正しい関係がネグレクトされている現状では、致し方ないことでもある。悲劇といわざるを得ない。

サークルの活動家たちの孤立感と絶望感を、こういった悲劇に追いこまぬために、また、個人という形をとってはいるが、究極にはそのサークルの到達点でもある活動家の才能と能力を、外にはじき出すのでなく、サークルをもう一度内側からテコ入れできる確実な力にするために、サークルはこの問題と真剣に取組まねばならぬ。そして、それは、何よりもまず、活動家かれ自身の問題であるのだ。

ここに至って、交流の必要性が決定的な重要さをもって浮かび上ってくる。交流によって、孤独な活動家は、隣りのサークルにもう一人の孤独な活動家を発見するだろうし、絶望した作者は、離れた地方にもう一人の絶望した作者を発見するだろうし、しなければならないのだ。異った職場、異った地域、離れた劇団をつないで活動家は活動家と、演出者は演出者と、作者は作者と、全メンバーは全メンバーと、はげしく交流をしなければならぬ。だが、交流がもちうるのは、それによって「もう一人の自分を発見する」という作用だけではない。それはむしろ副次的な作用である。むろん、はじめは「経験」の交流という形をとるだろう。それはそれでいい。だが、交流とは本来異った内容をもつ二つ以上の個体どうしのぶつかり合いであり、そして、内容とは質の問題であり、質とは高さの問題である。だとすれば、交流とは必然的に異った二つの質がその高さにおいて相手を圧倒しようとすることによって、同時に又自分をも高めてゆく運動としてとられねばならない。

われわれは、いまコミュニケーションのない分断された孤立した地点に立っている。その地点は、孤立と絶望とジリ貧と危機の地点である。お互いの間を、眼に見えない無数のパイプで固くつなごう。そして、そのパイプを通して、われわれの作品と舞台と活動をはげしく流通させよう。「運動」が再びわれわれの手にとらえられるのは、まさに、そのような努力のなかからでしかない。

サークルの活動は創造への対決によって方向を与えられ、創造の質は交流によって支えられ、交流の内容と量は、運動の方向と組織を準備するだろう。

サークル演劇全体が全体として前進し、全体として高揚するということはあり得ない。それは架空の論理である。全国の何百というサークルのどこか一つでもいい、かけはなれてすぐれた舞台を一つつくり出すことだ。全てのサークルがその一点に努力を集中するのだ。日本のどこかのサークルが一つのすぐれた舞台をつくることに成功したなら、それを確実に自分たちのものにすることだ。交流がその成果を確実にコミュニケートするだろう。活動は創造を、創造は交流を、交流は運動を前提とし、同時に、運動は交流を、交流は創造を、創造は活動を支えている。

高めることは広めることであり、広めることは高めることである。が、運動のこの二つの方向と機能は、つねに高めることを起点とし起動力とし軸として、はたらき、且つ統一される。

創造への確実な姿勢をとることだ。

突破口はするどく破られねばならぬ。

（『テアトロ』1959年5月号）

ともしび会のこと

洲本にぼくが行ったのは去年の夏のことです。

「ともしび会」のことについては、ぼくの芝居を上演されたこともあり、十周年記念公演にあたっての感想を求められたりしたこともあったりで多少の知識はもっていたのですが、何年か前洲本に行かれたことのある八田元夫先生から「洲本というところにすごくキチンとした立派なサークルがあるよ」といろいろお話を聞き、瀬戸内海の小さな島で十年も地道な活動を続けているサークルの正体は何だろう、ぜひ会って話したいものだ、そう考えて急に訪ねてみる気になったのが、去年のたしか七月なのです。

たいへんな歓迎をうけました。船着場に全員のお出迎えをうけ、自転車の荷台にのせられて公会堂に運ばれ、そこでたくさんの話を聞き、夜は夜でまたたくさんの話を聞き、翌日船でお別れするまでたっぷりおつき合いをしました。そして、「ともしび会」がぼくが想像していた以上に地道で立派な活動をしているサークルであることを知りました。

日本中には数えきれないほどのサークルがあります。しかし、十年以上もつづき、しかも、地道に着々と成果をあげているサークルはそうたくさんではありません。「ともしび会」はその数少ないサークルのすぐれた一つです。

しかし、去年の夏、残念なことが二つある、とぼくは「ともしび会」の人たちにいいました。一つは、活動の成果がそこに集約されているにちがいないナマの舞台が拝見できないこと。もう一つは、これだけの活動歴とすぐれたメンバーをもちながら創作劇が一本も書かれていないこと。この二つです。とくに、創作劇を生み出す力を十分にもちながら、十年のあいだ一本も上演していないことの残念さについては、くどいくらい強調したことを覚えています。

ところが、その創作劇の第一作がついに書かれ、上演されることになったのです。北原洋一郎さんの『ある仲間』です。こんなにうれしいことはありません。それみろ、やろうと思えばすぐ出来るじゃないか、という言葉がつい口に出てきます。「ともしび会」はそんなサークルです。

台本を送っていただき拝見しました。やはり、十年の活動をつづけてきたサークルが生んだ作品だな、とそう思いました。現実をおろそかにしていないキメのこまかい作品です。第一作がこれでは、こんごどのように立派な作品が次々に生み出されるか期待せずにはいられません。

『ある仲間』の上演によって、「ともしび会」は大きな前進の足掛りをつくられるでしょう。舞台を拝見できないのが残念ですが、洲本の観客のみなさんとともに、東京からその成功を祈らずにはいられないわけです。

（「ともしび会公演『人を食った話』パンフレット」１９６２年12月）

労働者の文化創造活動

司会者からもお話があったように、私は二年足らず前まで職場にいて、そこで演劇サークル活動に参加し、戯曲を書いてきた。そういう意味では、私に与えられた「労働者の文化創造活動の位置と役割」というテーマについて私が話すことは、私自身が一つの実験体でもあるというか、日本の文化全体のなかで労働者の文化創造がどんな意味と役割をもっているかという問題について私自身が実践してきたということでもあるわけで、そういう立場から現在自分自身がどう考えているかということを含めて話したい。

*

演劇の世界では、東京だけで四十ないし五十、小さいものまで加えれば七十もの劇団がある。それらの多くは、演劇以外の仕事は全然しないでほとんど芝居だけにうちこんでいる人達の集団であるが、これらの専門劇団・職業劇団とは別に、何かの仕事に従事しながらその余暇に芝居をしている演劇サークル（或いはサークル演劇）がある。やっていることは同じ演劇であっても、この二つの間にはたいへんな違いがあると思う。この違いは、サークルと専門劇団という集団の性格のちがいということだけでなしに、文化創造に対する労働者と専門芸術家の職能的なちがいであると思う。私は、はじめはサークル演劇のなかにいて、その後は芝居だけを書く生活に入るということで、かたちの上では一応その両方を体験している。しかし私自身の問題としては、はじめはサークルのために戯曲を書き、現在は専門劇団のために戯曲を書いているからといって、戯曲にサークル演劇用の戯曲と専門劇団用の戯曲とがあって、それぞれちがうなどとはこれまで考えてこなかったし、現在でもその考えを修正する必要を切実には感じてはいない。ただ、一応違った二つの世界を通ってきてみて、やっぱりすこし違うところがあるのではないかと考えることが一つある。

つまらないことかもしれないが、世間でいう「芸術家」と称している人たちは、外形的にみれば、例えば赤い柄モノのシャツを着たり、ベレー帽をかぶったり、ネクタイをしめていなかったり、少しカッコいい靴をはいたり、つまり一般の人たちとは少し変った服装をしていることが多い。それはいったい何故だろうということに一寸ひっかかって考えてみた。私の考えでは、職場をもって生活している人たち（生活人というか）と自分達は違うということを、そういう違った服装をすることで表現しているのではないか。つまり、自分達は「生活人」ではないんだということを服装的に表現しているのではないかということである。その違いというのはむろん単なる服装だけの問題ではなく、「つくるもの」のちがい、「つくり方」のちがい、つまりそれぞれの「仕事」の内容のちがいにあると考えていいだろう。

物を生産したり、選んだり、売ったり、或はそれを管理する仕事や、それらの人々にサービスしたりする仕事は、具体的に目にみえるかたちで物が動いている生活である。芸術家の場合でも、「もの」

を作ったり、売ったり、動かしたり、人々にサービスしたりするわけだが、芸術の本来の仕事というのは、食物や着物などのようなかたちのある「もの」をつくり出すものではない。そして芸術家がつくり出したかたちのない「もの」を、一般の働く人たち、すなわち生活人が受けとるという関係が成り立っているように思う。勿論芸術家もゴハンを食べねばならないし、そういう点では或る種の実生活をもってはいるが、しかし彼らの生活の中での最も大事な機能は、舞台とか、絵とか、小説とか、音楽とか、そのものとしては何のハラの足しにもならないものをつくるという仕事である。

一方ではなおかつ実生活をしなければならぬ部分をも持ってはいるが、しかし彼らが生きているのは基本的には「食べる」ためにではなくて、やはりハラの足しにはならぬ「芸術」を創造するためであるという点で、いわゆる生活人とは大きく違っているといえるだろう。

＊

それなら、日本の文化というものを考える場合、働くものは文化創造などという面倒なことは考えないで、芸術家の創ったものをただ受けとってさえいればそれでよいということになるのだろうか。もしそれでいいとすれば、分業がはっきりして具合いがよいかもしれないが、現実には職場のサークル活動があって、いろいろな文化創造が働く人たちの間でも行われている。そこで当然、職場の労働者の文化創造と芸術家や芸術集団の芸術活動とのちがいを考えてみなければならないだろう。その場合、両者をはっきりわけて考え、芸術創造は専門家のものであり、働くものはそれを観賞すればよい、或いは職場の人たちが文化活動に従事する場合でも、それは趣味であり、なぐさみであり、専門家のマネゴトのようなものである、と考えた方がすっきりしてよいという考え方もある。しかし私自身が今までとりくんできたことから言えば、やはりそれは正しくない。それは何故かということと、それにもかかわらず実際に芝居をさせてみれば、専門劇団とサークル演劇との間には上手下手がはっきりしている。しかし、だからといってサークルは下手だからやめてしまえというふうにはならない——という辺に肝心カナメの問題があるように私は思う。

職場で働いている人達の文化創造活動は、はっきりいって、それは実生活の一部であると私は考えたい。最近俳優座で山崎正和さんという人の『世阿彌』という芝居が公演された。世阿彌は能の創始者であり、大成者であり、能の大親分のような人であるが、この芝居は世阿彌を主人公にして、能の発生の起源をかなり整理して、意味的に正確に描いている。能は、中国から伝来したメロディーと振りをもとにして日本人が日本のものにつくり変えて完成したもので、もともと農民が祭礼のときに自分たちで踊って楽しんでいた猿楽を世阿彌という天才的な芸術家が表現的にみがきあげて、能という芸術にまで高めたものといわれている。この芝居をみると、そのプロセス、つまり最初民衆の生活の一部分であった猿楽が、ひとりの天才の手によって芸術的に高められてゆく過程での民衆の参加や役割という問題がたいへんよくわかる。そのことは、ちょうど今私たちがぶつかっている問題と重なりあっており、生活人である労働者の文化活動と芸術家の文化創造との関係は、いってみれば猿楽と能とのそのような関係とたいへんよく似ているのではないかと考えられる。そのような意味では、職場における労働者の文化活動は、単なる趣味やレクリエーションではなく、日本の文化とどこか深いところで直接にかかわっていると言うことができる。職場のサークル活動には、労演や労音のように、「みる」あるいは「きく」という受動的な活動もあり、それが文化の創造にどのように創造的な役割を担っているかという問題も検討されなければならないが、創造的なサークル活動だけに重点をおいて考えてみると、例えば労働者のサークル演劇が職業劇団よりは下手だが自分たちとしては満足しうるところまできたという場合、果してそういう納得の仕方が創造的であるといいうるかという問題がある。むろん単なる自己満足ではなく、日本の文化を前へ進め豊かにしてゆくことに力強くかかわりうるかどうか、それが一番の問題である。

*

昨日、東京で国民文化会議主催の「労働者の意識」についてのシンポジウムがあり、そこで文学サークルの人たちから出された問題であるが、職場（現場）で仕事をしていて、労働者が感じたり考えたりすることは、決して十分に表現化しきれてはいないけれども、何か現場における発想ないし思想といったものがあるのではないかという意見が出された。賛成である。それはたしかに非常にシャープで、新鮮なものの考え方ではあるが、労働者自身には実は別に珍らしいことではない。何故なら、彼等にとってはそれはまだ生活の一部分だからである。

生活の中からとり出されてきて、まだ表現になりきってはいない、あるいは十分に表現化されてはいない状態に止まっているが、そこにはナマのままの思想の輝きといったものがあるといえるだろう。ところが職業芸術家の場合には、それを素材のまま出すのではなく、その素材の中から一つの表現をみつけてゆくために、いろんな方法を使い、技術や力を用いるわけだが、彼等が表現しようとしているものは、実は、民衆あるいは労働者の生活のなかに素材として存在しているそのようなものなのである。その場合、単に専門家が労働者に学ぶ、或いは労働者が専門家に学ぶという関係ではなく、職場における現実の新鮮なつかまえ方を非常に鋭いかたちで表現しうるならば、そのことは専門家による芸術文化創造の仕事に或る大きな衝撃を与えうるのではないだろうか。その衝撃が確かなものであればあるほど、専門家の創造にプラスになるだろうことは明らかである。

労働者の側について考えてみれば、たいへん新しい、思いきったシャープな生活の表現を見出してゆかなければならないのであるが、実際にはまだ専門家より程度も落ち、水でうすめられているという感じがつよい。しかし、労働の余暇にやる文化活動だからそれでもよいのではないか、ということは絶対にあり得ない。表現という以上、サークル的表現、専門家的表現といった区別は本来あり得ないのであり、労働者のサークル活動というものは、やはり専門家がぶつかっている方法上の問題と同じ次元で、やはり表現の方法の苦労がなされなければならないと考える。文化創造にかかわる以上、やはり大へんきびしいものが要求されるのであり、この点ではサークルも専門人もないと考える。そういうきびしさは、技術的な問題での苦労ではなく、職場にいてものを考え、現実をつかまえるという問題についてのきびしさである。その意味では、専門人と同じ立場に立ちながらも、しかも独特の方法を生み出してゆくということになるのではないかと思う。

＊

働きながら文化活動に参加するということは、時間的にも肉体的にもたいへんなことであり、その点で専門家にくらべ大へん不利であるが、そのことを表現のまずさ、未熟さとつなげて、おれたちはこれでいいんだということにしてしまうのではなく、働いているという条件を逆につかまえ、自分たちの表現力を鋭くしてゆく方向を見つけ出してゆかなければならないと思う。これは口で言うと簡単であるが、実際の具体的な創造実践の場ではたいへんなことだと思う。
この会場に「つくりだそう、私たちの国民文化を」というスローガンが掲げられているが、私は労働者の文化創造について話していても、実はそれは単なる「労働文化」ではなく「国民文化」の創造につながっているのだと思う。国民文化という言葉自体は大へんあいまいではあるが、それは労働者の文化をもう少し拡げる、或いは水増しすればそこに至るという性質のものではなく、労働者が文化創造に参加してゆくという場合に、中味の上でいまひとつのひろがりと深さをもつことによってしかできないことだと思う。

（『文化運動』１９６４年早春号）

麦の会はこうして生まれた

はっきりおぼえていない部分があったので、もっとも古いメンバーの一人である和泉信子さんに電話をかけた。彼女は、ぼくの中学時代の友人のおくさんで、その頃は島村さんといっていた。愛称はシマちゃん。いまは二児の母親でもある。

彼女の話では、昭和二十九年のはじめのある日、ぼくは日比谷の野外音楽堂のベンチに呼び出され、彼女から芝居の演出を依頼されたのだそうである。その時分、新橋に〈新橋うたう会〉というコーラスのサークルがあり、メーデー前夜祭をやろうということになり、ついてはコーラスだけでなく演劇もやろうではないかということで『子ねずみ』という脚本をとり上げたが、演劇の心得のある者がいないので指導をしてもらえないか、そういう趣旨であった。むかし、学校の演劇部をやったり、何本かの戯曲を書いたりして多少の心得はあるつもりだったぼくは、その依頼を簡単に引きうけてしまった。それが、麦の会とぼくとのそもそものなれそめであった。

〈新橋うたう会〉は地域のコーラスサークルだった。新橋附近の中小企業に職業をもつ青年（男女）が、週に何回（たぶん一回？）か集まって、当時流行のロシヤ民謡などをうたっていた。そのなかの何人かがぼくの演出で『子ねずみ』のケイコをはじめた。新橋の全国セメント会館の二階や、神田の中国語の講習会などをやっていた建物を会場に、週二、三回のケイコだったと思う。

前夜祭の会場（華僑総会）が当夜になって使用不能になり、公演は延期になり、上演したのは同年十一月二十三日、ほかの文化サークルと共催した麹町公会堂での文化祭だった。ブタイに紙をひろげ、泥絵具をぬり、ぬれたままの書き割りを画ビョウでとめ、すぐさまお芝居になった。ぼくも何かの役で出た。キャストとスタッフが合わせて十人はいなかったように思う。まず、お芝居なんてものではなかった。それでも、会場の観客は手をたたいてくれた。あれで、五、六十人はいただろうか。手もとに残っている資料をみると、その翌年のチラシには〈新橋うたう会〉と〈演劇サークル〉とが連名になっているが、その時分からコーラスと演劇がそれぞれ別のサークルになったのだと思う。〈演劇サークル〉というのは固有名詞ではないからというので、名前をつけようということになり、全国セメントのケイコ場の黒板で何十かの名前がならび、会員たちのカンカンガクガクののち、〈麦の会〉という字が一つ残った。ぼくの提案だった。本当は〈小麦の会〉というもう一つの案を出し、そっちのほうが気に入っていたのだが、結局そうなってしまった。それから十年、この名前は麦の会についてまわることになる。

『子ねずみ』から一年目の秋、麦の会は芝の中労委会館で『雪女風土記』を上演する。法務省その他のサークルとの合同の文化祭だった。その時から中村シー坊や、河部君、有田君、法務省の栗ちゃんとの接触がはじまるのだが、それまでは朝日新聞の何階かにあるAP通信社の菊池君、原君などが中心のメンバーだった。

メンバーも次第にふえ、中味も演劇サークルらしくなったが、職場サークルとして自立したのは、職演懇に加入し、その第八回職場演劇祭に参加した時からだった。『僕らが歌をうたう時』だった。何やら賞などをもらい、意気大いにあがった。サークルとしての初日が出たわけである。「題のない一幕」という題を考えていたのをおぼえている。——出発が開始された。

（「麦の会十周年記念誌」１９６６年12月）

iii

新劇マニュファクチュア論

新劇は金にならない、というのが通り相場である。

もっとも、金にならないのは新劇であって、演劇一般がそうだということではないらしい。事実、新聞の株式相場欄にのっている松竹とか東宝とかの興行資本の株が、毎日上ったり下ったりしているところをみると、そっちの方は結構金になっているようである。

金がほしくて新劇をやっているんではない、といってしまえばそれまでの話だが、命あっての物種だから、それはつまらぬ見栄かやせ我慢というものである。人間、自分の職業で食えなくては職業とはいえまい。

最近はひと頃とちがって、劇団員に給料を払っている劇団もあるようだし、自家用車で走り廻っている俳優がいないわけではない。しかし、それは新劇が金になり出したということよりも、むしろ矢張り金にならないことの証明である。つまり、映画やテレビに食わせてもらっているのである。新劇で食っているということではない。

現状がそうだというのなら、マスコミで稼ぐこと大いに結構である。ところが、新劇は芸術だし俳優は芸術家だという自負心のためなのだかどうか知らないが、マスコミの仕事をすることに妙なコンプレックスをもちたがる。つまり、客から稼いで間夫に貢ぐという意識である。これは、まぎれもなく遊女の心理である。新劇を遊女にたとえたりするのはけしからん話だが、しかしよくよく思案してみると、新劇はどうも不特定多数の客が相手の商売でありながら、特定少数の客と馴染みすぎてるきらいがないではない。マスコミで荒稼ぎをしては、せっせと劇団に入れあげているのである。いじらしい話ではある。

ではなぜ、新劇は不特定多数の客を相手に商売が出来ないのか。資本主義的企業として成立たないのか。舞台を商品として売れないのか。ということになると問題はそう簡単ではない。商品としての使用価値自体にもいろいろと問題はある。二百五十円なり三百円なりの交換価値ないし価格が、果してリーズナブルであるのかどうかということである。だが、それより前に、新劇団というメカニズムは資本主義社会における商品生産を担いうる資本主義的企業体としての組織なり機能なりをもっているものなのかどうか、ということが問題になりそうだ。どうもそうではないらしい、というのがアウトサイダーとしての私の考えである。例えば、次のようなことである。

さきごろ、ある劇団が私の戯曲を上演した際、作者だというのでラク（千秋楽）の日のカーテンコールに引っ張り出されてお辞儀をさせられたのだが、そのあと、幕をおろした舞台の上で、出演俳優をはじめ劇団全員が円陣を組み、「お手を拝借」という幹部俳優の音頭で一同型通りシャン、シャン、シャンと手をしめて、「おめでとうございました」という挨拶を交わすという出来事に遭遇したのである。いわゆる「手打ち」である。

見聞がないわけではなかったが、お目にかかったのは初めてである。もちろん、何カ月か掛かった芝居をこれで打上げるという時の、お互いの苦労をねぎらい、よろこびを頒ち合う仕来《しきた》りとして、それはそれで結構なことだし、むしろ微笑ましい位なのだが、もともとこの「手打ち」というやつは博徒の間の仕来りだと思いこんでいる私には、何ともはや照れくさく、またどうにも腑におちかねるのである。しかし、こういう仕来りや慣習や「方言」は、実は他にもふんだんにあるのであって、例えば、観客の入りがよかった時に「大入袋」なる祝儀を出してみたり、稽古場や劇場で顔を合せた時の挨拶は昼だろうが晩だろうが「お早うございます」であったり、である。新らしがりのくせに古めかしているあたり、いかにもお芝居じみているという気がしてならない。いずれ、歌舞伎など伝統演劇からの継承なのだろうが、御当人たちは案外照れているという風でもない。

考えてみればおかしなものである。カーテンコールはあちら式で「手打ち」はこちら、というのも変なら、サルトルだろうがロジェ・ヴァイヤンだろうが「手打ち」でチョン、というのもチグハグである。おまけに、テレビのリハーサルで遅くなり、稽古場にかけこんで来ても「お早う」である。伝統演劇の批判的摂取というやつなのかも知れない。

いずれにせよ、これは新劇人たちのメンタリティの問題でもある。つまり、近代的なものと前近代的なものとが、精神構造のなかで平和的に共存しているのではないかということである。そして、そのことは、劇団という集団が、機能的にも人間関係の組み方という点からも、十分に近代化されていないことの反映ではあるまいか、と思うのである。つまり、多分にギルド的性格をもっているのではないか、ということである。しかし、劇団内部に今なお親分子分の関係や親方徒弟の制度が残存するとは信じられないから、その意味では、劇団はギルドではあるまい。

かといって、高度に近代化された資本主義的企業集団であるとはお世辞にもいえるものではない。義理人情やおひいきにすがって成立つ商売は、商売ではない。新劇団の営為は、物をつくる→売る→もうける→肥るという資本の運動法則からどこかでチョイと外れているところがある。芸術集団だから当り前の話だ、ということになれば、この話冒頭の一句に舞戻ってチョンとなる。

ギルドではなく、資本主義的企業でもないとすれば、どうやらマニュファクチュアということになる。マニュファクチュアといっても、前期的資本の段階だから前期マニュファクチュアであるらしい。なるほど、そういえば、キャメラとか電波とかの機械的メディアをもたず、もっぱら人間的労働を唯一の生産手段とする点、それ故に作業がその人間の熟練と技能に強く依存する点およびそれに基づく等級制度等々、極めて似通った標識を具備しているではないか。新劇はまさしく、「手工業を技術的基礎にした、人間を器官とする生産機構」である。そして、マルクスの分類に従えば、演劇は、有機的マニュではなく、明らかに混成的（異種）マニュの範疇に属するものであるから、ストレートには資本主義化しない宿命をさえ負っているのである。

混成的（異種）マニュとは、異った種類の独立した手工業および労働者が一つの作業場で一つの商品を生産するために協働するという形態であるが、演劇もまた綜合芸術とよばれるだけあって、作家や演出家や俳優のみにとどまらず、大工、絵描き、電気屋、服屋、靴屋、化粧品屋、かつら屋に至るまでの各種労働者による一大協同作業である。そして、それぞれがまた何と見事に手工業であることか。——資本論の例示にならえば、新劇はまさに四輪馬車の製造をやらかしているということになる。

バクチ打ちでもないのに「手打ち」をやったり、暗やみの中で「お早う」といい合ったり、お客が入ったからといって「大入袋」を配ったりなどする仕来りは、まだここ当分は続きそうである。

（『新日本文学』１９５９年11月号）

発想の定型《パターン》をどう破るか
――実感的ドラマ論

一、まえおき

わたしは戯曲を書いている。といっても、これこれの作品を書きましたという程書いているわけではないから、正確にいえば、これからも戯曲を書いてみようと考えている人間の一人というにすぎない。しかし、これまでにいくつかの作品を書いてきたなかで、ドラマとは何か、ドラマを書くという仕事はどんなことか、などと、自分なりにいろいろ思ってみたり考えてみたりしたことがないわけではない。もっとも、そのことをドラマ論といった形で書くなどということはとうてい出来ないことだし、それにはそれ相当の人たちがおり、事実あらゆる種類のドラマ論なり劇作法なりの本が沢山書かれている。だから、わたしがこれから書こうとしていることは、何かの本を読めばそこに書いてあるようなことでなく、それ以前の問題、つまり実際に戯曲を書いているうちに出てくるいろんな問題、いってみれば、そこのところが自分自身のこととしてはっきりきまらない限り、ドラマ論なり劇作法なりをいくら読んでも結局は何の役にも立たぬといった、そういう事柄についてである。

そういう意味では、大へんわたくし的な事柄になりおわるかも知れないのを承知の上で、あえて「実感的ドラマ論」と名づけて書いてみたい。というのも、わたしはわたしなりに、この「実感」という大そうややこしい代物にやはり徹底してこだわってみることが、結局わたしはわたしなりのドラマへの近づき方、とらえ方だと考えているので、そういう書き方をすること自体についてはそう気にしているわけではない。したがって、わたしがいまやっている仕事の関係上、職場や職場演劇のことがいろいろ出てくるに違いないが、それはそれであまり気にせず読んでいただきたい、というのがわたしのまえおきである。

二、発想の定型《パターン》について

戯曲だけに限らないのだが、なにか作品を書こうという場合、書こうとする人間のなかに発想の定型《パターン》ともいうべきものがある。とくに、サークルなどで新しく作品を書きはじめようとする場合、どうしてもある種の類型におちいってしまうことが非常に多い。学校演劇や農村演劇でもそうなのだが、職場演劇についていっても、作品のテーマ、人物の書き方がおどろく程ありきたりで判で押したように似通った作品が圧倒的に多い。現実の生活や人間はもっと新鮮ではつらつとしているにもかかわらず、それがそのようにつかまえられておらず、従って表現されていないのである。もちろん、例外がないわけではないが、大勢としてみれば、はなはだ類型的である。たとえば、労働者や組合活動やストライキを書くという場合、どうしたわけか、テーマも事件も登場人物も、はなはだ似たりよったりで、戯曲全体がひどく悲劇的な悲壮な調子で書かれてしまう。大部分の作品に共通しているテーマというのはこうである。

「現実のわれわれの生活はこのように苦しい。それは現在の社会とその支配者のせいである。われわれはこれに負けずに闘ってゆかねばならぬ。」

それは全くそうに違いないのだが、しかし、それをそのように考えるということは実は何にも考えたことにはならないし、また、それをそのように書くということは実は一そう何にも書いたことにはならないのである。つまり、あるパターン（定型）に従って筆を動かしたというにすぎないのである。職場演劇でいえば、現在は第一期といわれる一九四六〜五〇年までの時期に見られたほど強くはないのだが、それでも、労働者対資本家の対立、新旧＝親子の対立、敵か見方か、死ぬか生きるかといった発想の定型がまだ根ぶかく残っている。このようなパターンがどこからくるのか、そしてそれはどのように破れるのかということになれば、結局のところ、労働者（だけに限らなくともいい）のもつイメージの貧しさ、もっといえば、変革のイメージの決定的な貧困をどう克服するかということになるのだが、これについてはもうすこしあとで書くことにして、そういったパターンの問題がどこから来ているかをまず考えてみたい。

戯曲の場合、とくに新しく劇作をはじめようという場合にこのような傾向がきわ立っているということは、一つには戯曲という文学の表現形式と密接な関係があるように思われる。というのは、他のジャンルの文学、たとえば詩や小説とはちがって、戯曲ははじめから三人称で書かれる。すなわち、詩や小説が基本的には、その構えにおいても表現それ自体においても、「私」を主体とした、いわばアンジッヒ（即自的）なものであるのに対して、戯曲の場合は、たとえそれがスケッチ（ドラマティック・スケッチ）の段階であったとしても、より強くフュールジッヒ（向自的）なものである、ということである。はじめから、「他の人物」、つまり三人称で人間を書かねばならぬということである。もちろん、「私」ぬきでそれができるはずはない。しかし、戯曲では「私」が「人物」の形をとることはない。いってみれば、戯曲にはノッケから虚構が要求されているのである。そこから、「私」ぬきの作品が、ある意味ではいとも容易に大量生産されるということになる。自分と対決することを省略した地点で書かれても、作品だけはそれなりの形をなすのである。生活綴方ないし生活記録が書かれる地点およびその方法ともっとも異っているのはこの点であるといえよう。「私」と「私」以外のものとが正確な距離をとって向い合い、その間に介在する夾雑物をたたき壊す努力をつづけ、その努力のプロセスがそのまま自分を変革していくプロセスになり、その努力をいささかでも怠けた時に決定的なウソを生むといったプログラムをもつのが生活記録だとすれば、戯曲は、スケッチ劇であっても、よかれあしかれウソから出発しなければならないという制約がある。戯曲に要求されるこの虚構性が「私」ぬきで組立てられようとする時、創造という仕事と何の関係もない、固定したパターンと容易に結びつくことになる。そのようにして出来上ったものがいわゆるオシバイである。創造ということと無縁だからこそパターンなのである。

しかしながら、この発想のパターンは、単に戯曲という作品を書くという地点での問題であるというよりは、むしろ、戯曲以前の問題であることをはっきりさせておく必要があるように思う。日本および日本人の問題である。というより、日本人のメンタリティの問題、つまり日本人の精神的風土の問題である。たとえば次のような文句がある。

土佐の高知の、ハリマヤ橋で、
坊さん、カンザシ、買うを見た。

人口にカイシャするだけあって、このセンテンスには何とも不思議な安定感がある。秩序感みたいなものに裏打ちされた、妙にしっくりした調子がある。一々例示することはしないが、はやり歌は大なり小なりこういった文脈が基本になっており、それとみごとに見合う独特の旋律と一体になっている。つまり、非常に日本的な発想の基盤の上に成立っているのである。

歌舞伎や新派や新国劇や松竹新喜劇やデンスケ劇などがもっているあの安定感は、実はこの「ヨサコイ節」の安定感であるといえよう。テレビなどのホームドラマにみられる安定感も同様である。どのような新しい言葉で語られていようとも、人物のセリフはいうに及ばず、ドラマの構造自体がこの発想で組立てられているのである。職場演劇などにおける創作劇も、実はこの発想のパターンと無縁ではないのだと思う。

テネシー・ウィリアムズの『欲望という名の電車』という戯曲はわたしの大へん好んでいるものの一つであるが、その中にたとえば次のような場面がある。第一幕のはじめの部分だが、女主人公ブランシが妹夫婦の家をさがしあて、家主のユウリスに案内されて部屋に入ったところ、相手が旅で疲れているのもお構いなしにユウリスがいろいろと詮索をしてくる。それに対し、

1　ブランシ　ご免なさい……わたくし、本当に疲れちゃって。
　ユウリス　そうでしょうとも。さあ、遠慮なく坐んなさいな。

2　ブランシ　そうじゃないの。わたくし、一人になりたいって申上げたんですの。
ユウリス　ああ。そんなら、退散しますよ、わたしなら。
3　ブランシ　悪くお思いにならなくてね。

こういう対話がある。右はわたしなりの日本語訳なのだが、ブランシの1、2、3のセリフ、とくに2のセリフ（原文では"What I meant was I'd like to be left alone."）などは、彼女の気位の高さということを勘定に入れても、明らかに日本人の口からさり気なく出てくる性質のものではない。お互いに気分をこわさないでこういう対話を行うことが出来る環境なり風土なりは、日本のものではまだほとんどない。もっとも、映画やテレビなどで、一見近代風の高級男女が時々アチラ風の会話や科《しぐさ》をやってみせることもあるが、まだ板についてはいない。わたしなどは、その度に背筋に冷水をたらされる思いをする。これは新劇についても同じことで、例えばガッツオの翻案だという菅原卓の『夜の季節』の失敗もその例外ではない。日本語でありながら日本語ではないのである。ついでにもう少し引用させてもらえば、ウィリアムズの同じ戯曲の、前に書いた場面のすぐあとに、外出していた妹のステラが戻ってきて、二人が久方振りの対面をするところがある。姉の名をよんで戸口の前に立ったステラに対し、つと立ち上ったブランシは次のような叫び声をあげてかけよる。

Blanche : Stella, oh, Stella, Stella! Stella for Star!

なんと見事なセリフだろうと思う。全局面およびこの局面を通じてのブランシの行動の極めて正確な意味が、リズムとライムに統一され、調子の高い力強い表現となっているのである。日本語に直しようがないので、他の人の訳を紹介する。

ブランシ　ステラ、まあステラ！　お星に因んだステラちゃん！（田島博・山下修訳）

こう比べてみると、なんという違いようだと思わずにはいられない。もちろん、それぞれの国語がもっている語法などの問題もあるだろう。だが、人間の口からそのような言葉が語られ、そのような対話が成立つということ、いってみれば、そのような発想のなされようがありうるということは、そのような人間とその人間を与えているバックグラウンドの問題であることはたしかである。

だから、話を前に戻してみれば、戯曲創作における発想の問題――とくにサークル演劇などにみられるパターンの問題は、パターン自体をあれこれ操作するということではなく、発想それ自体を変えてゆかねばならないということであり、発想そのものが変ってゆくためには、日本の現実と現実の人間そのものが変ってゆかねばならないということであり、そして同時に、現実との深いかかわり合いの中で作家自身が変ってゆかねばならない、ということでもある。現実と現実の人間は、それでは、どのように変りつつあるのだろうというのが次の問題になってくる。

三、「タテマエ」と「ホンネ」について

エピソード1

昨年の春、参議院議員選挙が行われた際のある職場演劇サークルでの出来事。投票日の翌日の会合で、A君がふと口にした言葉が大問題になった。彼は全国区を共産党の鈴木市蔵に入れ、地方区を創価学会の柏原ヤスに入れたというのである。

ひごろ社会党左派をもって自ら任じ、折も折、柏原ヤスの最高点当選の報に業をにやしていたB

君が早速かみついた。

「何たることだ。共産党はまだしも、創価学会とは何だ！」

「主義主張で入れたわけではない。信者の義務から頼まれ、義理で入れたにすぎない。」

「義理とは何事ぞ。それこそが問題である。」

議論が白熱化するにつれ、多勢に無勢、次第にA君の旗色は悪くなり、遂にカブトをぬいだ。すると、勝名乗りを上げたB君がなぐさめるように云った。

「しかし、創価学会のオルグ活動は素晴らしい。革新政党はなっていない。」

ところが、これがまた問題になって、今度はB君が一同の攻撃の矢面に立たされた。しかし、彼は微に入り細に亘って創価学会の理論、組織、活動方法については堂々たる説明を行い、「どうだ、分ったか」とトドメをさした。そして、「実をいうと、おれは会員なんだ」と云った。

当然ながら、一同はゴウゴウたる批難を浴びせて彼を追及した。しかしB君は、「現在は無断で脱会している。つまり偽信者である」と弁明しながらも、A君をハッタと睨みすえて云った。

「おれは創価学会だが社会党に投票した。働くものの政党だからだ。しかるに、お前は創価学会でもないのに柏原ヤスに入れた。それでも労働者であるか！」

エピソード2

全逓労組C支部の話。東京ブロックの拠点であるC支部に休暇闘争の指令が出た。組合の指令をうけている若い組合員たちは、独身寮の大部屋でその朝を迎えた。だが、誰ひとり緊張している奴はいない。朝飯を食ってゴロゴロしている。新聞をひろげて二本立五十円の映画をさがしている奴がいる。昼すぎになって「出勤せよ」という業務命令の速達が各人あてに届いた。読む奴もいない。これで一日分の賃金カットだ。だが、組合からは千円の補償費が出る。差し引き五百円から七百円の黒字。こんなことならいつだってやる。そういって、ぞろぞろ映画に出掛けて行った。

エピソード3

あるサークルが海水浴に出かけた。海に着くと、一同いち早く水着をつけてとび出した。C子だけが着換えをしない。D君が戻ってきてたずねた。

D　どうしたんだよ。

C　生理日なの、残念でした。

現実と現実の人間をどうとらえるかということは、「現代」をどうとらえ、どう表現するか、ということになるのだが、これはそんなに簡単な問題ではない。

「大衆社会」ともよばれる「現代」の状況は、たしかに複雑な様相を示しており、これを単眼で素朴にとらえることはよほど困難なことであるだろうということは分る。「現代」をトータルなイメージにおいてつかむということ、「現代の人間」を統一された像においてとらえるには何らかの方法が必要である。「現代」というものが、ちょうど投網でも打つような一網打尽というやり方でとらえられるなどということはどうみてもありえない。とすれば、ほかにどんな方法があるだろうか。いってしまえばリアリズムということなのだろうが、そのリアリズムというやつがまたなかなかやっかいな代物である。しかし、やっかいはやっかいなりにアプローチの仕方がないわけではない。いまあげた三つのエピソードはその例である。

わたしの中にはわたしなりの「労働者」というイメージがある。「労働者」というかわりに「人間」といいかえてもいいのだが、「人間」という大まかなとらえ方では何がしか心許ないので、やはり「労働者」ということにするが、自分なりのそういうイメージでわたしは何本かの戯曲を書いてきた。書いてきたものの、書けば書くほど白けた気分になり、嫌気がさし、自分に愛想がつきそうになる。作品のウソがたまらなくなってしまうのである。ウソを書いているつもりではない。だのにウソになってしまうのである。これは何かが間違っているのだと思い直した。現実なり現実の人間が間違っているということはありえない。とすれば、それをとらえて表現しようとしているわたしの側に何か欠陥があるに違いないと考えた。そして、はじめに書いたように、自分のものではない借りもののパターンによりかかって、事物や人間を見たり書いたりしているのではないだろうか、ということに気がついた。つまり、わたしは大へんな怠け者ではなかったのか、ということを考えはじめたのである。レディ・メイドのパターンによりかかって、「労働者」なり「現実」なりを紋切型に考え、とらえようとしていたのではなかったのだろうかということである。少くとも、「現実のなかから法則を見つけ出すのではなく、法則で現実を割切ろうとする」態度から完全に脱け出してはいなかったろうということである。そのことが、作品を書き上げるたびに空しい気持を味わうといった奇妙な経験をくり返している一番の理由だろうと、いまはそう思っている。

三つのエピソードが物語ろうとしていることも、つまりはそういったことである。「労働者」というものを変に割切って分ってしまい、その一面だけをとらえて強調するというような人間の書き方が、いかに空々しいことであるかがここではっきりしてくる。

エピソードにおけるAなりBなりの若い青年を、サークルの積極的な活動家としてだけみる、あるいは、共産党なり社会党なりの支持者である「労働者」としてその積極的な一面だけをみることの空しさは、こうして書いてみれば一層はっきりしてくる。そういった青年たちの中で、共産党と創価学会が、社会党左派と創価学会が、それぞれ何の矛盾もなく平和的に共存しているその内部構造こそ書かれねばならないのに、それすらが視野の中に入ってこないという立場は随分片端なものである。ストライキにしてもそうなのであって、闘争の悲壮な華々しさだけを見、それがストライキだと考えそれをそのように書いてしまうことは、これまた随分せっかちな偏狭な立場といわざるを得ない。このような立場や方法をどうしてリアリズムとよぶことが出来るだろう。このような立場や方法がどうして「現代」をとらえ、「人間」を書くことが出来るだろう。はやりの言葉でいってしまえば、「タテマエ」だけが書かれており、「ホンネ」が書かれていないということでもある。

しかしながら、だからといって「ホンネ」、つまり「労働者」の消極的な面、否定的な面を書くということがリアリズムかというととんでもないことである。それは、「タテマエ」だけで書いてきたということの、そのままそっくりの裏返しであるにすぎない。いずれもリアリズムとは無縁である。

だから、エピソード1でいえば、AにしてもBにしても、創価学会の問題をそういう形で抱えこみながらも、依然として「労働者」であり、アクティブな活動家であり、エピソード2でいえば、寮でゴロゴロしながら映画を観にとび出して行くことが、完全休暇を実行して官側に打撃を与える闘争の彼等なりのやり方であるということである。官側の賃金カットと組合からの補償の差額を計算しながらも、組合からデモやピケの指令をもらうと、ハイキングにでも出掛ける調子でワッととび出して行くのである。これはもう、「タテマエ」だとか「ホンネ」だとかいうようなことではなく、「労働者」の内部の「質」の部分が変化しつつあるということである。

年末手当が入れば、電気洗濯機よりもテレビを買ってしまう「労働者」をなげく前に、「正月早々から武装警官百数十名に何度か包囲され、組合の中心メンバーのほとんどが検挙されるという激しい弾圧を受けて」いても、「スポーツでも楽しんでいるような底抜けの明るさ」をもち、「警察に逮捕されても完全黙秘で頑張り、ケロリとした顔ででて」くるといった組合が、二十五歳にもならぬ委員長をもつロカビリー族「労働者」で構成されているという事実に注目する必要がある（石原慎三「労働組合と戦後世代」『思想』一九五九年七月号）。警職法改悪反対闘争の際、「デートを邪魔する警職法」というとてつもないスローガンをうち出したのも、これら「新憲法感覚を身につけた」「六三制型労働者」である。そういう新しい「質」が「労働者」のなかで大きな部分を占めつつあり、ますます広がってゆくだろうということは明らかである。そしてこれは単なる「世代」の問題だけでなく多かれ少かれ「現代」にかかわっている問題であるということである。

職場演劇出身作家鈴木政男の『扇風機』という作品がある。一九五〇年に書かれ、当時あちこちで上演されたのであるが、この劇が今春の春、ある職場サークルによって上演されるのを観た。「扇風機」というアダ名をもつ課長をはじめ会社側が諷刺的に描かれ、それと対立する鳥海という労働者を中心とする組合側が肯定的に描かれ、定石どおり組合側が会社側を凹ましてしまうという筋の戯曲なのだが、上演している間じゅう観客は鳥海という主人公の言動について笑うのである。この主人公は、スーパーマン的英雄として肯定的に書かれているにもかかわらず、観客は、彼が深刻に考えたり大真面目にブッたり、やればやるほど笑うのである。作品の意図が完全に空廻りをしているばかりでなく、逆にとられているのである。このことは、同じく職場出身の堀田清美の作品『子ねずみ』についても全くそのままあてはまることである。秋の東京職場演劇祭で上演された『子ねずみ』について、助言者の一人であった高山図南雄氏はこう書いている。「戦後、方々でこの芝居が上演されたときには」、道夫とひろ子という組合活動（革命運動）に熱心な二人の若い夫婦は、「未来に向って伸びてゆく肯定的な人間像として」演出されていたのに、今度の舞台をみると、「驚いたことには、この作品が徹底した喜劇として扱われていた」ことだった。つまり、「二人の観念的なワラ人形」の「喜劇」としてとらえられているというのである（「アカハタ」一九五九・一一・八）。

『扇風機』の場合も『子ねずみ』の場合も、それらを上演したサークルは二つとも生れて一年足らずの新しいサークルであったこと、「職場演劇」をやろうということでそれらの演目を選んだこと、演出は実は「喜劇」としてではなく作品の意図にそってやったこと等で共通しているのであるが、それだけにまた、これらの作品のシリアスな意図が「喜劇」としてしか表現されなかった、あるいはそうとしてしか観客に受取られなかったという事実のもっている意味は深いはずである。それは、単に十年の歳月のズレなどといってはしまえない、重大な問題を含んでいる。歳月のせいにしてしまうのなら、たった十年でそれほど徹底してズレてしまうという人間の書き方、現実のとらえ方はやはり決定的に重要である。

前記職場演劇祭の同じく助言者であった冨田博之氏は、この『子ねずみ』の問題について、「たかめ合い夫婦」と「たのしみ夫婦」の問題として、夫婦として生活する仕方、恋愛や結婚についての考え方の変化の問題として、大変意味ぶかい旨の指摘をされていたが、たしかにそのとおりである。いってみれば、これもまた「タテマエ」と「ホンネ」の問題である。

会費制の結婚式というのがある。友人たちが中心になって親兄弟をよぶという大へん実質的なやり方である。これなど当初は新鮮な感じであったのが、次第に一般化するにつれマンネリズムの傾向が出てきているようである。形式を破ろうとしたものが逆に形式化してきているのである。それを特徴的に示しているのが新夫婦の挨拶である。「二人の幸福がみんなの幸福であるような生活をしたい」「二人だけが楽しもうとしたら、みなさんで叱って下さい」云々である。そういわねばならぬような調子でそういってしまう。一人の男と一人の女が愛情で結ばれていっしょに生活するということは、それまでの生活から二人きりの生活に移るということである。そんなに「みんな」といっしょにいたいのなら結婚なんかしなければいいじゃないか、といいたくなる程である。ここで幅を利かしているのも「タテマエ」の論理である。新しいようでいささかも新しくない。そんな挨拶をする位なら「高砂や」をやった方がずっといい。「進歩的」などということはこれほど他愛のないものでもある。せっかくくり出した結婚の形式でありながら、「人間」の方はまだそこまで行っていないから、形式の中にまたのめり込んでしまうのである。エピソード3のような例は、いまではとりたてていう程のことではないのだが、こういった男女関係、人間関係がどんどん広がってゆき、「労働者」といわれる部分の「質」の変化がとげられつつあるということは事実であるようだ。

だから、『扇風機』や『子ねずみ』や「結婚式の挨拶」のような「タテマエ」が大手を振って歩けるだけ、日本や日本人の現実はまだ新しくないということである。「タテマエ」に泣かされるのはわたしたちの中の古い部分である。自分自身が泣きながら物を書くということは物を書くということではない。リアリズムということではもちろんない。しいていえば、心情のリアリズムである。ジャパニーズ・リアリズムである。小津安二郎のリアリズムである。「労働者」（とはかぎらない）をパターンで書くことのあやまりは、いまやきわめて明らかなことである。そういったパターンをうち破ることなくして、「現実」に迫ってゆくことは不可能である。だが、発想自体をどう変えてゆくのか。そういった「現実」なり「現代」なりにどうアプローチしてゆくのか。手がかりは一体どこにあるのだろうか。

四、書く人間の立場について

エピソード4

ある官庁での出来事。――初夏のジリジリした日射しが窓際に坐っている課長の背中に照りつけていた。先程からイライラしていた課長がたまりかねたように呟いた。「どうにかならんのかね」。それまで仕事をしている風をしながらようすをうかがっていた五、六人の課員たちが一せいに立ち上り、先を争って物置に殺到した。そこには去年納いこんだままになっているスダレが置いてあるからだ。敏しょうな何人かが、動作のにぶい連中を尻目に、くるくる巻いたスダレを何枚か抱えこみ窓際に戻って釘につるした。そして、おもむろに紐をといた。そのとたん当然のことであるが、去年ひと夏で吸いこんだホコリが、課長の頭といわず肩といわず雪のように一面にふりそそいだ。――誰も笑わなかった。

このエピソードは、わたしの職場で起きた日常どこででも見られるような小さな事件である。その時、わたし自身は、日頃動作がのろいのでスダレを取りに行った組には入れてもらえず、従って、この事件の一部始終をつぶさに傍観する立場を余儀なくされてしまった。「誰も笑わなかった」と書いたが、実は小さな声を出して笑った人間が一人いた。それがわたしであった。本当におかしかったのである。だが、その数日前、わたしはその課長に呼びつけられて叱言をくったことがある。「遅刻はする、私用の電話は多い、時間がきたらサッサと帰る」云々である。眉に八の字をつくって説諭している課長の言葉を聞いているうち、わたしは正直深刻な気分になってしまった。笑うどころの話ではない。

このように、同じ現実が喜劇的な発想でとらえられたり悲劇的な発想でとらえられたりすることの意味について、以前書いたことがある（『文学』一九五九年四月号）。その中で、「課長がこわい」のは「生活する立場」であり、「課長がおかしい」のは「たたかう立場」であり「書く立場」であるとし、この「書く立場」は、「たたかう立場と同じ基盤の上に立っても、それは民主主義の量的側面には必ずしも依存」せず「むしろ、本来質によってしか支えられないものである」。そして、「職場で労働しながら創作するという場合に重要なことは」、「創作と労働という、次元のちがった二つの行為が、同一地点で行われる」のであるが、「生活する立場は、現実そのものであって現実との間に距離がない。だから、その零距離地点で現実を見るということは、触れるということ——触覚でしかなされない。つまり、実感である。だが、パースペクティブが構成されるためには、距離と空間が絶対に必要である。だから、実感をよりどころにしながら、同時に実感を離れるということ。そのような」「自己と現実との関係、および、その関係の仕方をはっきりさせること」が必要であり、それが同時に、「現実を把握し、現実を表現するという場合」の「誰がどうとらえるのか。それをどう表現するのか」という「リアリズムの基本的命題」の前提ともなることである、と書いた。これに対して、茨木憲氏が、基本的には同意見であるとしながらも、「しかしたたかう立場をつきつめてゆくことでしか、対手側との対立点を明らかにつきつめとらえることはできまい。その時『見る立場』は、距離をおいた別の側面、というよりも、同じ立場の上に重ねられたものとしてあるのだと、ぼくは思う」という意見を出していられる（『悲劇喜劇』一九五九年六月号）。

そのことについて別に異議があるわけではない。わたしが一番いいたかったことは、物を書くという立場は、「生活する立場」ではだめなのであって、「たたかう立場」に立つことである、ということである。つまり、現実を対象化すること、アンジッヒに現実をとらえられるのではなくフュールジッヒに現実をとらえることが必要なのだが、それは単に現実を「見る立場」であるのではなく、現実と対決しながらそれと「たたかう立場」が必要だということをいいたかったのである。その場合、やはり「たたかう立場」に立ってはいても、そのなかの自己をも対象化してゆくもう一つの立場が必要ではないかとして、「見る立場」といったのである。茨木氏のいう、「同じ立場の上に重ねられたものとしてあるのだ」という意味は大へんよく分るし、その通りだとは思うのだが、それが単なる言葉の上だけでなく、実際にはどのようなことであるのかということになるとよくは分らない。だから、その「たたかう立場」をも対象化してゆくもう一つの立場として「見る立場」を必要だと考えたいと思うのである。職場演劇の書き手たちが、「労働者」の立場に立ち、「たたかう立場」に立ちながらも、なお、そういった立場と現実にもたれかかったような作品をしか生み出していない現状をみるとき、その思いは痛切である。

「現代」をとらえるということ、「現実」と「人間」をとらえて表現するということも、だから、大づかみに一網打尽にするという、そういう方法はないのだと思う。ということは、そういう立場というものがないということである。したがって、「現実」をどうとらえるかという仕事の大きな前提として、誰がとらえるのか、誰がどうとらえるのかということがあるのだと思う。おおらかな「人間」的立場などというものは、わたしには考えられない。ヒューマニズムがもっているあのいらだたしさは本当にたまらない。「現代」がマンモス化し複雑な様相をもって動いているとしたら、そのような立場からは「詠嘆」しか生れないだろう。「現代」にアプローチする方向は、「たたかう立場」しかないように、いまのわたしには考えられる。それは、現実を見るあるいは眺めるのではなく、それとたたかうあるいは現実を変革する立場に立つ以外にはないように思われる。ブレヒトの「演劇は、世界が変革されうるものとしてとらえられた場合にのみ、世界を表現しうる」という言葉も、そういう意味でわたしは理解する。

『文学』という雑誌に書いたとき、木下順二氏のことにも若干触れたのであるが、砂川闘争の際、彼は取材はしたけれどもスクラムは組まなかったということ。つまり「作家はスクラムを組まない」という問題とも関係がある。それは、実際にスクラムを組んだか組まなかったかということではなくして、実際にスクラムを組んだ人達と同じ立場に立ちながら、なお、あえて実際にはスクラムを組まないという立場のちがいは何だろうということである。木下順二氏のあの時の仕事は取材であったろうし、何らかの組織の一員として参加したのでもなかったろうし、「あなたもここにお入りになってはいかがですか」ということをいいたいのではない。だが、「現実のなかに身をおきながら、なおかつ、現実から離れていなければならぬ立場」にいるわたしならわたしの立場と、作家木下順二の立場とは何がどのように異っているのだろうか、あるいはないのだろうかという疑問は、まだ完全には解けていない。

だが、そのことは、近作『東の国にて』を観たときの、あの「舞台」への「いらだたしさともいうべきもの」とも何かのかかわりがあるような気がしてならないのである。大橋喜一氏のいうように、「木下氏の作品を一貫している作者のテーマといったもの」が「庶民の生きてゆく生命力の追求」であることに異議があるわけではないが、わたしがわたしなりにひっかかるのは、「庶民」とか「民衆」とかいうイメージが、木下氏のなかにはあまりにはっきりありすぎるのではないか、ということである。木下氏は、自己と現実とのかかわり具合を、自己と「民衆」という形でつき合わせすぎているのではないか、ということである。ということは、わたしならわたしの中には、この「民衆」というイメージが自己と分かちがたく結びついたものとしてしか存在しないからである。このことは、『東の国にて』の舞台を観ながら、観客としての自分が何かいつも引き裂かれているような印象をうけたことと、たしかにどこかで関係しているものと思う。だが、このことについては、いまはもう書けない。

いずれにせよ、「現実」なり「人間」なりをとらえようとする場合、それらと自分とが、どのような関係の仕方でつながっているか、あるいは、どのようにきれているかということが問題であること。そして、その場合、「現実」がだんだん変ってゆくものとしてではなく、変えてゆく、そして変えられるものとしてとらえられねばならないのではないか、そのようなとらえ方をするのでなければ「現実」は見えないのではないか、ということがいいたいわけである。その場合に、ありきたりのパターンなど役に立つはずのものではないということ、発想それ自体が変ってゆくものであり、また変えてゆく必要があるものだということ、そして、それを「現実」が要求しているのではないかということをいいたかったのである。そこのところに、リアリズムの課題があるのではないかと、わたしはそう思わずにはいられない。

〈一九五九・一一・二二〉

(『演劇と教育』1960年1月号)

民話劇考

「困るなあ、あんな芝居をやってもらっちゃ」

組合の家族慰安会がおわって数日後、演劇サークルのA君はそういって肩をたたかれた。みると、年輩のBさんである。

組合役員でもあるBさんの抗議の趣旨は、コツコツはたらく正直者がバカをみて、グウタラの怠け者が得をするのはけしからんではないか、子供が観ているのになんちゅうこったわい、というにある。

「ご批判ありがとうございました、気をつけます」

とはいったものの、A君は心外千万とばかりに鼻をこすってつぶやく。

〈……てやんでェ、手前、ひっきりなしにゲラゲラやってたくせによ〉

——芝居というのは、もちろん『三年寝太郎』である。

これと同じ、あるいはこれに似た話をあちこちで聞く。職場だけでなく、たとえば学校は学校で、「教育上どうも具合いがよくない」というのが、教育熱心な先生方の苦情である。むろん、子供たちは大よろこびでハシャギまわっているのだが。

この話を「ぶどうの会」の竹内敏晴にしたら、そういう感想や意見はたしかにある、『三年寝太郎』をやるたんびに聞かされる、しかし不思議なことに、そういった苦情は都市での公演に多く農村ではほとんど聞かない、どういうこったろうね、ということだった。

もしそうだとしたら、これはたいへん面白いことになる。

なるほど、人をだますのはよろしくない。まして正直者をだまくらかして得をするなど、もってのほかだ。それはわかる。モラリズムである、が、だとしたら、そういう型の反応が都市部に多く農村部にすくないというのはどういうことなのか。モラリズムの強弱だけの問題なのかどうか。

どうもそうではないらしい、というのが、あれこれ考えてみた末のぼくの意見である。

いうまでもないことだが、しかしいってみたほうがいいことだが、民話劇というのは、農村での農民の話を芝居にしたものである。民衆を描いたといっても民衆一般ではない。民衆を農民でおさえたところで成り立った芝居である。つまり、民話というのは農民話のことであり、したがって、主人公はつねにほとんど農民である。民話ないし民話劇はもともとそういうものとして成り立っている。その民話劇を、農村で農民が観たらどういうことになるか。

「身につまされる」という言葉があるが、自分のことになると、人間、ことがらの意味するところを正確に弁別できないことが多い。そういうことがこの場合、つまり、農民が民話劇を観る場合にもいえるのではないか。「同化」してしまうのだ。おまけに、演劇なるものが、そもそもそういうカラクリの上に仕上がる芸術だものだから、なおさらである。観客は「寝太郎」にのりうつって舞台せましと動きまわる破目になる。なんの違和感もない。

が、違和感がないということは、客席と舞台がつよい実感でむすばれているということだけでなく、都市の職場などでは必ずしもそうではないのをみてもわかるように、それをそうさせている一九六〇年なら六〇年の日本の農村の状況がそこにあるということである。つまり、舞台の上の状況と現実の状況との間に距離がない、というより、正確には農民の意識のなかにそれをそのようにとらえるのに必要な距離感がない、ということだろう。

はじめに書いた都市部での反応というのは、そういう意味での遠距離感覚によってまず生み出されたものだということができる。都市の観客は、舞台との間に一定の距離を保ちながらことがらの意味を読みとることができる。そういう状況が都市にはあるということだ。それは農村のサークルが、まともにまじめにムキになって民話劇ととりくむ傾向があるのに対して、職場のサークルには、どちらかというと、いとも気軽におもしろい芝居としてとり上げるという傾向がみられることにも現われている。職場の文化祭には民話劇を、演劇祭には創作劇をという発想は職場サークルの場合一般的である。

このちがいは、かなり本質的なものだと思われる。というのは、二年ほど前、十年ちかく活動しているある農村のサークルから申し入れがあって、東京の労働者のサークルと交流したいというのでその機会をつくったことがあった。片やネッチリコンで片やクルクルパッという対照的な話しぶりがひどく印象的だったのだが、話が大詰めにきて両者の意見がまっこうから対立した。すなわち、ネッチリ組が、いい演劇をつくるにはいい生活をせねばならぬ、そのためには仕事にはげむことだと主張したのに対し、大きな労働組合に所属するある職場サークルは、テッテイ的に仕事をサボることができねばいい芝居はつくれぬと反論したのである。

何故にそうであるか、との質問に答えて職場サークルがいうには、自分たちはいま超過勤務拒否闘争なるものをやっているが、五分よけいにはたらいたらその分を払え、払わなければたとえ一分たりともよけいにははたらかぬ、ただばたらきはごめんだ、金をもらわないで仕事に精出すなんてアホウのやることだ、そういう考えでいたら超勤闘争なんか組めやしないよ、とこうであった。

出席者の顔ぶれが、活動家ではないいわゆる組合員下部大衆だっただけにひどく実感があった。その時ぼくは大きくいえば、見えかくれしながらも確実に進行しつつある歴史というものの重みをフト感じたのだが、同時に都市と農村——労働者と農民との間にある亀裂のようなものを見るような思いでもあった。生産手段の無所有者と小所有者とのちがい、いってしまったらそれだけの話にすぎなくなってしまうのだが。

「寝太郎」が人をだまして金品をまき上げるのはけしからん、というのは、だから、その限りではモラリズムとは関係がない。ではいったいなにか、ということになると、理由は案外簡単なことである。つまり、まじめにはたらいている「勘太」のような百姓をだますのが気にくわぬのである。都市の観客は、コツコツためた金をまき上げられる正直者の「勘太」に自分をあてはめているのである。その証拠に『彦市ばなし』の「彦市」が殿様からいくら鯨の肉をまき上げても、決して抗議したり苦情をいったりはしない。いい気なものである。

だから、ちがっているといっても、労働者と農民は、徹底的な実感信仰という点ではひどく共通した面をもっている。ちがうのは、尾てい骨の長さだけである。

その尾てい骨の故に、打たねばならぬ敵をまちがえ、「寝太郎」や「殿様」やにホコ先を向ける仕儀とはなる。そっちじゃない、こっちだ、こっちだ、お前の敵はお前なんだ、打たねばならぬのはお前のなかの「勘太」なんだ、ということがなかなかわからない。体のどこかではわかっていながら、それをとらえあぐねているのだ。

例えば『夕鶴』である。職場のサークルはこの劇を抒情劇としてはとらえない。それはよい。が、その代りあの劇の世界を現実の諸関係に直接むすびつけて理解しようとする。「つう」はわれわれが求めてやまぬ共産主義社会のシンボルである！――見事、というほかはない。

そのようなとらえ方のなかには、そのような間尺でしかとらえることができない想像力のまずしさがある。と同時に、そのようにとらえることができる想像力のゆたかさがある。この二つのものがいとも平和的に共存しているところに、サークルといわず、一九六〇年代の日本の現実があるわけだが、このことは、訪中新劇団の『夕鶴』公演に対する「つうは私たちのところに戻ってくるでしょう。世の中がよくなりさえすれば」という中国人民の批評とつき合わせてみると、かなりはっきりする。

民話劇がはやりだしてから十年になる。どこのサークルでも一本か二本は木下民話劇を上演している。この十年にそれをみた観客の数は全国でどの位になるか見当もつかない。最近は、キップを売りに行っても、『三年寝太郎』だというと、「なまけもののお芝居ね、みたわ」といわれるそうだ。

民話劇は、現代の民衆にもみくちゃにされながら民話劇の本来の姿で生きつづけているといえよう。

（未來社『木下順二作品集』I「月報」1962年1月）

戯曲を書く

戯曲を書くということは、だれも使ったことのない、まったく新しいことばを発見するという仕事です。

そこここにある、ありあわせのことばで人間や事件をえがいても、それだけでは作品とよべません。まったく新しいするどさやゆたかさをもったことばで現実がとらえられたときにはじめて、作品のなかの現実が日常のなかの現実を有効に破壊する力をもちます。それが作品です。

みなさん、台本ではなく作品を書きましょう。

むろん、それは口でいうほど簡単な仕事ではありません。しかし、そのしんどさが戯曲を書くことの中味です。それがいやなら戯曲など書かないことです。そんな力がない、余裕がないなどという弁解まじりの作品が人を動かすはずがないからです。

こどもたちの作品はなおさらのことです。こどもたちはいつも一級品だけを与えられる権利をもっています。

（『演劇と教育』１９６２年９月）

歴史と劇について

安保闘争のとき、連日連夜あれだけのデモンストレーションをかけられながら、平然として辞めようとしなかった総理大臣がいました。世が世ならとてもそんな図々しいマネはできないのだが、とある老人がぼくにいいました。考えてもごらんなさい、神聖なる議事堂を赤旗でかこまれ、何万何十万の国民から毎日毎晩騒ぎ立てられながら、なおかつ責任をとろうとしない政府がどこにありますか。しかも、議事堂といったら宮城（とその人はいった）と目と鼻の先じゃありませんか。むかしだったら、こうはいきません。ぶざまな失政を天下にさらした政府はたちどころにクビです。むろん、あんなに大げさなデモなんか必要じゃありません。ただ一言、こういうだけでよろしい。――天皇陛下に対する責任をお前さんはどうするつもりなんだい……。

その老人がいうように、天皇という切り札にまだ効き目があったとしたら、安保の総理大臣はたちどころに辞職しなければならなかったでしょう。戦前には、あれほどの騒動でなくともほんのちょっとした事件でさえ政府が引責辞職しなければならなかった例は多いものです。そして、それらはすくなくとも、天皇に対する責任という形をとっていたのでした。天皇にそれだけの実権があったかどうかは別として、敗戦までの天皇はちょうどフットボールの球のように、キックされたりタックルされたり、政治家たちの奪い合いのマトでした。おそらく実権なんてなかったのでしょうが、ともあれそいつを抱えて走ってる方が勝ちだったのは事実です。まったくいいタマです。

安保のあの時、ぼくたちが天皇に対して責任をとれと叫んだとしたら、政治家としてもたしかに出来のよくなかったあの総理大臣がハイといって辞めたかどうか——。辞めなかったでしょう。あたりまえです。天皇ではダメだからこそ、あれだけのデモンストレーションが必要だったわけです。事実、あれだけの攻防戦のさなか、敵からも味方からも天皇のテの字すら出て来ませんでした。フットボールのシーズンはおわっていたのです。

歴史をあつかった芝居が多いようです。しかも〈明治〉をあつかった芝居が目立ちます。むろん、戦前の新劇にも、たとえば『夜明け前』だとか『五稜郭血書』だとか『海援隊』だとかの〈明治〉をえがいたいくつかのすぐれた作品があります。このほかにもたくさんあります。しかし、戦争のおわり頃から戦後これまで、歴史をあつかった劇はほとんど書かれていません。数多くの創作劇は主として戦後の現在的状況をえがいて来たもののようです。

ですから、近頃、といっても実はちょうど安保のあとごろからですが、歴史に取材した劇がいくつか書かれ上演されたことがことさら目立った感じなのです。いっさいの説明を省いていえば、ここしばらくのあいだかなりの数のいわゆる歴史劇が創作され上演されるのではないかとぼくには思えます。もちろん作家としての動機はいろいろでしょうが、それらの一つとして、ひところとはちがってひどく複雑で流動的な今日の現実に戯曲的表現をあたえることの方法上の困難さをあげることができるでしょう。ひとくちにリアリズムといっても実はリアリズムの立場に立てば立っているだけに、現実をとらえてこれにほかならぬ劇的表現をあたえるという作業はいっそう困難です。

戦後十八年のあゆみをみれば文学のほうではかなり早くからこれまでの小説の方法が解体をとげているのに気がつきます。戦後の現実が小説の方法に解体を要求したわけです。戦後文学です。ですがこの戦後文学に対応する戦後演劇ないし戦後戯曲というものは成立しているか、あるいは成立しつつあるかということになると、前者に対してはおおむね否定的で後者に対してはおおむね肯定的だというのがぼくの意見です。つまり、そこのところがたいへんあいまいなのです。なぜあいまいかといえば、何といっても演劇というもの劇というものがまさにそれによって演劇であり劇でありうるところの〈ノルム〉の問題を背負いこんでいることに第一の原因が求められるでしょう。演劇というジャンルの場合、手法や方法の変革はしばしば容易に劇概念そのものの変革につながります。これは重大な問題です。ですから、問題が重大であるだけにその解決ないし克服が一日のばしにされてきた、そのことからくるあいまいさでそれはあるのでしょう。手前味噌でいえば、それほど演劇は困難なのだともいえるわけです。

しかし、その困難さが多くの劇作家をして今日の現実をさけて歴史的素材にむかわせるのだと断定するのはせっかちです。もしそうだとしたら、それはまちがいです。でなくとも、怠慢のそしりはまぬがれません。なぜなら、劇作家とりわけリアリズムの立場に立つ劇作家の第一の任務は、歴史を作品化するのではなく作品の現実を歴史化することにあるからです。

安保のときに天皇の話をしてくれたその老人は、おしまいにこんな意見をつけ加えました。デモをみてるとわしにはどうもあれがオミコシワッショイに見えるんだ、と眉をひそめて、あの連中自分が何やってるんだかわかっとるのかねえ……。

おわかりのように、その老人は天皇の話をもち出すことでむかしを懐しんだのではなく、天皇をひっぱり出すことで安保闘争を批評したのです。大きくいえば、安保をめぐる政治の状況と人間の状況にかれなりの批評を加えたというわけなのです。歴史と現実とのこのような関係のなかに、いわゆる歴史劇のモチーフが成り立っているのはたしかです。過去の歴史のなかに今日の現実のパターンをみつけようとしたり、この二つをアナライズしたりなどということはつまらないことです。歴史的素材にたちむかう作家の姿勢はきわめてアクチュアルなものです。

歴史を劇の素材にするといっても、リアリスティックな方法や手法で書かれた作品は、ほとんどの場合〈明治〉をその対象としています。このことは、逆に、〈明治〉という素材はリアリスティックな方法や手法をもってしても書くことが出来る、ということもできるかと思いますが、〈明治〉という時代は歴史化されているといっても、安保の例でもわかるようにまだまだぼくたちにとってアクチュアルなものです。それが、戦前および戦後のこのごろ、〈明治〉をあつかった芝居が書かれた、そしてこれからも書かれるだろういちばんの理由であることはあきらかです。

ただいえることとは、戦前の作品の場合、〈明治維新〉の前後の時期を劇のシチュエーションにえらんでいる点が特長的だということです。歴史の大きな変り目——いわゆる転形期をえらんでドラマを組み立てていることです。これに対して、戦後の歴史劇は、〈明治〉といっても〈明治維新〉につづくそれぞれの時期に劇状況を設定している点が特長だといえます。いってみれば、転形期に対する成形期のドラマという点が特長的です。これを裏返していえば、転形期の歴史構造に劇の構造をだぶらせる方法によって、すこし強めていえばダブらせる方法によってしか劇を造型できなかったのではないか、そんなよわさを戦前の劇術はもっていたのではないか、ということができるかと思います。

戦後演劇ないし戦後戯曲が存在したかどうかの問題を考えるとき、作品のイデーはむろんのこと、方法や手法の問題をもふくめて、『風浪』という名の、明治十年といういわば成形期をほとんどはじめてあつかった五幕の歴史劇は、かなりはっきりした示唆をぼくたちにあたえてくれるようです。

（「舞台芸術学院12期上演『風浪』パンフレット」１９６３年４月）

現代演劇とリアリズムの諸問題

一、ドラマ概念の点検——または、ある演劇論争

「今日の世界は演劇によって再現できるか」——という設問に対するブレヒトの答えは、よく知られているように、こうであった。

「……私がある特定の理由から非アリストテレス的と名づけた戯曲論や、それに付随する叙事詩的演技方法が、ここに提出された問題の解決を意味しているなどとは、とてもいえません。しかしながら、一つだけは、私にもはっきりしてきました。——それは、今日の世界は、それをひとつの変化する世界として記述する場合にのみ、今日の人間にも記述できるということです。」(千田是也訳)

現代におけるリアリズム演劇のあらゆる可能性の発展という課題に、おどろくほど大胆な〈試み〉をもって答えつづけてきたブレヒトの理論の、すぐれたサワリのひとつである。しかし、何かにつけて引用されることの多いこの言葉は、しばしば次のような素朴にして無邪気なる誤解を許してきたようだ。すなわち、「それをひとつの変化する世界として記述する」ことさえできれば、ドラマによってでも「今日の世界」は「再現できる」と。

〈演劇は現代を表現できるか〉という、演劇芸術の現代的可能性に関するこの根本的な問いにあたえたブレヒトの積極的回答は、さきの引用文に明らかなように、かれの劇作・演出・演技における叙事詩的演劇の方法を前提としたものである。むろん、みずからの方法を全的に肯定しているわけではない。しかし、演劇の現代的可能性についての一見ひかえ目な、たとえばみずからの劇作・評論・上演諸活動のすべてを〈試み〉とよんだことにもみられるような芸術上の姿勢にひそませたつよい自信が、二つの大戦にゆさぶられて激動した世界の三十年間をたたかってきたかれのいわゆる叙事詩的演劇の芸術的実践によって支えられたものであることはうたがいない。

にもかかわらず、演劇という概念をほとんど無内容なまでに拡大して、「それをひとつの変化する世界として記述する」ことさえできれば、演劇というものによっても、したがってドラマによっても、「今日の世界」は「再現できる」ものだという理解がひろくおこなわれているのだ。いうまでもなく、これは誤解である。

それが誤解だというのは、しかし、いわゆるドラマ——ブレヒトのいう叙事詩的演劇に対する戯曲的演劇が現代に対して無力であるということではこの場合ない。そのことについてはあとで書くが、ここではただ、演劇なる概念のそのようにあいまいで多義的な内容の規定が、単に演劇学の問題ではなく、日本の新劇が当面している実践的課題とふかくかかわっていることを指摘すれば足りる。それは、たとえば次のごとくである。

ここにひとつのポレミックがある。それは、「一九六二年新劇界の一つの傾向」という副題をもつ「リアリズム演劇における反動」(『テアトロ』六三年一月号)なる一文のなかで、菅井幸雄が、具体的に

『メカニズム作戦』『明治の柩』(宮本研)、『真田風雲録』(福田善之)、『爆裂弾記』(花田清輝)、『城塞』(安部公房)という作品をあげて、「これら一連の作品が、世界観と表現形式との間にこえがたい一線を劃そうとする考え方——表現形式を物神化する表現形式万能論の具体的展開であること、それらがリアリズム演劇における反動として、六二年度の一つの傾向を形成した」と書いたのに対し、千田是也が、「演劇手帖X——批評について」(『テアトロ』六三年三月号)なる文章をもってこれを批判したことではじまったのだが、その後の両者のやりとりのなかではっきりした論点のいくつかがそれである。

まず、右にあげられた諸作品に対する形式主義批判の問題がある。いうまでもなく、形式主義批判は本来リアリズムの問題である。菅井もまた、意図としてはリアリズムの基準の明確化という観点から問題を提起しようとしている。それはよい。だが、個々の作品に対する論証がよわいこと、およびそれと無関係ではないのだが、菅井の立脚点が〈内容・形式関係〉を主題とした一九二九—三〇年の日本での論争における形式主義批判のパターンをいくらも出ておらず、すくなくとも一九三八年のブロッホ批判におけるルカーチの立場をこえてはいないことなどから、菅井の批判は、今日におけるリアリズム芸術の新しい可能性をめぐる形式主義論争として発展する条件をほとんど欠いている。

その限りでは、これに対する千田の批判が、菅井を「スターリン時代の御用演劇批評家」ときめつけたことにも現われているように、この論争が、〈基準からの逸脱〉という批判に〈講壇的説教と追従的解説〉とかえす反批判のシーソーゲーム的サイクルを止揚できるモメントもほとんどない。それに加えて、批判の対象とされている諸作品が多かれ少なかれふくんでいる革新的政党への批判の側面に対する政治的リアクションの傾向をも反映していることなどが、論議を必要以上にハッスルさせているようだ。

しかし、そうした論議のなかから出てきたもうひとつの論点として、ドラマないしドラマチックの概念をめぐる問題がある。すじみちとしては、菅井の形式主義論がドラマないし演劇におけるドラマチックな構造をリアリズム演劇の唯一の〈基準〉にしていることへの千田の批判に端を発し、これに対する菅井の反論という形で明らかになったものだが、菅井の形式主義批判が結局は〈基準からの逸脱〉をモチーフとしている以上、ある意味でこれは当然のなりゆきといえるだろう。しかし、もともと形式主義をめぐるポレミックとしては成立しがたい問題だったとはいえ、千田がそれを単なる形式主義の問題としてではなく、そのよって立つ〈基準〉——劇概念そのものの点検という形に問題をすえなおしたことは、それ自体正当であるばかりでなく、日本新劇の現在時点において重要な意味をもつ。

千田はいう。「演劇について戯曲的《ドラマチック》とか叙事詩的《エピック》とか抒情詩的《リーリック》とかいうことは、極端にいうなら、そういう『現前的』な演技を、一定の目的のためにつなぎあわせ、組み立てる上での構造上の原理にすぎぬ」のに、菅井は「『ドラマチック』という概念、演劇のドラマチックな構造だけに妙にこだわって、それがヨーロッパの唯一の演劇伝統であるかのように思い込み、また生きた芸術の創造における『内容・形式関係』は、そのようなジャンル概念、形式概念によってしばられるものではないことを忘れて」いる。

このようなジャンル概念を出発点として論議をすすめていく方法それ自体は別に新しいことではない。しかし、ややもすれば演劇というジャンルだけが他のあらゆる文芸・芸術とは独立して存在するとさえ思いこみがちな〈心情的・論理的閉鎖性〉をもつ新劇の現状のなかでは、そのような角度からの問題の提示はそれだけでもかなり衝撃的な効果をもちうるだろう。はじめに引いたブレヒトの言葉に対する新劇芸術家たちのあの種の反応を素朴な理解ないし誤解だといったのもその意味だが、たしかに、演劇イコールドラマという観念がなんとなく一般化し、それが批評のさまざまな混乱をも生んでいるのは事実である。戦後十八年、千田の問題提起は日本新劇の戦後における擬似運動のすべてをどこかでおさえようとしたものとみるべきだろう。

その意味で、『ドラマチック』という概念、演劇におけるドラマチックな構造が、わたしにとって、問題のアルファでありオメガでもある」とする菅井は、この場合「スタニスラフスキイもブレヒトも、その他すべての演劇的実践の結実は、この課題（「日本演劇の絶えざる発展」——宮本）のための材料にすぎない。スタニスラフスキイが万能であってもいけないと同じように、ブレヒトもまた万能であってはいけないのであり、そこを本末転倒しては、日本演劇の花はさかない」などと当世風にカッコいいことをいうべきではない。そんなおとぎばなしで、枯木に花が咲くものか。そんなことなら、反対者たる千田もまた「おもしろいドラマチックな演劇はいつでも歓迎する」といっているのであるし、両者の間には論争しなければならぬほどの対立点はないことになる。としたら、なにもいまさらホコリをはらいながら形式主義批判など持ち出すことはあるまい、ということにもなる。

そういう意味では、菅井が千田の前で明らかにしなければならなかったのは、政党機関誌にのった演劇評論の「S」なる署名がだれであったかなどではなく、〈ドラマにおけるリアリズム〉の問題であったはずだ。なぜなら、千田が強調しているのは、演劇という「生きた芸術」を古典的なジャンル概念＝ドラマ概念の固定した秩序からそれを解放するということであり、それをいうことによって同時に、戯曲的《ドラマチック》演劇の現代芸術としてのいわば威力のほどを問うているのだからである。にもかかわらず、菅井の〈リアリズム演劇論〉には、ドラマの部分にリアリズムの落丁があり、リアリズムの部分にドラマの落丁があるのだ。そして、それらを〈リアリズム演劇論〉という形で統一しようと操作する部分にかなりの乱丁がみられるのである。むろん、これは菅井ひとりが負わねばならぬお荷物ではない。

二、ドラマのリアリズム――または、久保栄と木下順二

戦後における新劇の擬似運動、とさきに書いた。そして、千田の発言は、十八年にわたるその擬似運動の全過程をおさえようとしたものではないか、とも書いた。果しておさええたか、えたとすれば運動の擬似性がどのようにおさえられているかがもっと明らかにされねばならないが、いくつかのジャンルでは成立した戦後の芸術運動のサイクルのなかで、すくなくとも新劇の場合はそれらとはまったく無関係なまま運動はついに成立していない、という事実はおおうべくもない。十八年という時間のなかで展開されたものは、だから総体的には、戦前の〈運動〉を象徴化してこれを心情的に継承しながら、しかし創造と運動の理論としてはこれを発展的に継承する方法をもたないままの上演活動を内容とする一種の精神運動でしかなかった、とはいえないであろうか。なしくずしである。

戦後における新劇のそういった擬似運動が現在と将来についてもつであろう意味を解き明かすためには、さらに事実過程にもとづいた点検がなされねばならないのだが、問題を創造方法にしぼっていえば、戦前と戦後をつらぬいて〈ドラマにおけるリアリズム〉の問題はどのような過程をとおって発

展したか、あるいはしなかったかという問題になる。そして、その問題を考える場合の軸はむろん久保栄だ。久保のリアリズムである。

推断にあやまりなければ、菅井のリアリズム演劇論は、久保によって達成されたリアリズム理論を戦後の現実の中で発展的に展開することをモチーフとしているものだ。そして、劇団民藝が芸術方針としてかかげる「リアリズム演劇の基盤の確立」なる標語も同一の文脈をもっているはずである。それはよろしい。しかし、それが一評論家一劇団のテーマをこえてひろく運動の次元で主張される場合は、当然のことながらかなりの批判を生むだろう。一つには、継承のしかたの問題として。二つには、久保のリアリズム理論そのものの問題として。

いうまでもないことだが、批判的継承といい発展的継承といっても、リレー競走におけるバトンタッチのように、赤ならば赤のバトンがAからBへ、BからCへとタッチされながらリレーされるという方式ではない。あるものは、BがいかにAを否定するかという関係、そしてBは、Aを否定しようとするまさにその努力によってAにとらえられるという関係による継承と発展の方式だけである。久保とわれわれとの関係のしかたもそうでなければならないだろう。劇団民藝による『火山灰地』の一九六一—二年における再演も、おそらくそのような意図にもとづくものであったろう。その意味では、再演の成果が、『火山灰地』が戦前における新劇のすぐれた代表作であったことの証明におわったとしても、それを再演の不成功と考えるにはあたらない。問題はむしろ、劇団がどのようにであったかを如何に証明したか、およびわれわれがどのようにかつ如何にそれを確認しえたかにある。菅井が「戦前のリアリズム演劇の傑作」とするのも一つの証明であり、千田が「調子のひくい箱庭式」だとするのもまた一つの確認である。しかし、であったということをでなければならぬということにまで無雑作にひろげることには賛成できない。なぜか、ということのために、たとえば木下順二がいる。

ドラマにおけるリアリズムの系譜を考えるとき、久保が戦前を代表するとするなら、木下をして戦後を代表せしめるのにほとんど異議はあるまい。作家としての木下は戦後にはじまったが、新劇の戦後もまた木下にはじまったといってよいほど木下は戦後の標識を数多くもっている。戦前と戦後とをそれぞれ代表しうるものとして久保・木下を措定した場合、この両者の関係を洗い出すことによってリアリズム演劇における戦前戦後の接合関係をも明らかにすることができるのだが、そのことについての両者自身の論述はきわめてすくない。しかし、木下の作品と理論の系列をたぐっていくと、その問題がかなりあらわになってくる。次のようにである。

詳細をはぶいていうのだが、久保が木下にとって共鳴体でありえたのはおそらく『風浪』『山脈（やまなみ）』までである。これらの作品について、木下は自己批判、というよりはげしい自己嫌悪をしばしば表明しているが、ほぼその時期から、意識的にか無意識的にか、木下にとって久保はむしろ抵抗体として存在していたのではないかと考えられる。『暗い火花』『蛙昇天』の方法ないし手法上の変化と、かれのいわゆる〈社会科学的戯曲〉に対する批判とがそのことを裏書きしているといえるだろう。とすれば、『火山灰地』において典型的であるような、現実を〈客観的総体性〉においてとらえようとする久保のドラマにおけるリアリズム――ドラマトゥルギーを克服しようとする作業は、すでにそのときにはじまっていたとみてよい。

「ドラマトゥルギーは、技術ではなくて思想の問題なのだ」ということを「もう一度考えてみる必要」

について書いたのは一九五五年だが、それ自体としては完結することのない現実を、〈客観的総体性〉においてではなくひとつの世界として完結させる芸術の——そしてこの場合ドラマの方法の考案が日程にのぼってきたのがこの時期であり、それがアリストテレスの美学と結びつくことによって現在のいわゆる木下ドラマ論の骨格を形づくるにいたったものとみられるのである。

いわゆる木下ドラマ論が、ドラマの理念と構造の原型をアリストテレス、ひいてはギリシャ悲劇にもとめえていることは決定的な特長である。その限りでは、いわば新しい新古典主義とでもよばれるような側面をもっているのだが、しかし木下ドラマ理論は、劇の構造に歴史の構造を発見すると同時に、歴史の構造を劇の構造として構築する論理を組むことによって、みずからのドラマトゥルギーを歴史＝現実を認識し表現する武器としてのリアリズムたらしめている、ともいえるだろう。このように考えてくると、ひとしくドラマにおけるリアリズムといっても、久保のリアリズムと木下のそれとはかなりな角度でひらいていることがわかる。木下のリアリズムがあきらかにドラマの姿としてとらえられるのに対して、久保のそれは、戦前、戦後の創作活動のいわば総決算として、戦後『のぼり窯』というロマンの完成を試みたことにもみられるように、ドラマを小説やロマンと並べたところで、ということは叙事文学のなかのジャンルの一つとしてとらえていたのではないだろうか。その点についていえば、木下の場合は、あきらかに叙事詩、抒情詩と並ぶ大ジャンルとしての劇としてとらえられている。小ジャンルとしての小説が一九世紀という時代に規定されたリアリズムであるのに対し、大ジャンルとしての劇はむろん近代に固有なジャンルではない。となれば、木下のドラマ概念がその源流をギリシャ劇にもとめたコースはその意味でしごく当然である。

演劇イコールドラマという観念がなんとなく一般化していることをはじめに書いたが、この場合のドラマという観念は実はほとんど木下のそれを内容としている。演劇という概念は、木下のドラマ論によって戦後はじめてその実質をあたえられたといえはしないだろうか。ただ、演劇の概念がそのようなまでに無規定、無内容だったため、木下ドラマ論をもってことばのワクいっぱいまで拡張したことが問題にならないわけはない。千田が指摘しようとした問題点が、ほかならぬそれであることはいまや明らかである。

三、現代における劇表現――または、ジャンルの問題

現実を〈客観的総体性〉においてとらえる芸術の方法がすでに破産していることは明らかである。それが劇の方法についてもいえることを、いま久保と木下とのドラマトゥルギーの比較によってみた。「生産部面を基底とし、その上に綜合的な社会像を比重を正しく描き出す」ためには六百枚前後の紙数と、したがって二晩の上演時間を必要とすることを示したのが『火山灰地』だが、木下は、現実のそのような「縮小再生産なら、狭いところで再現するより広いところで再現したほうがいい」ことになってしまうとして、舞台という「狭いところでこそ、はじめて現実が質的に再現される」方法を、アリストテレスの古典的美学を媒介にしながら編み出した。思いきっていえば、日本のリアリズム演劇における〈ドラマ〉は、久保のリアリズムに対する木下のアンチ・テーゼとして成立した。むろん、久保と木下の方法は二者択一の問題ではなく、当然に弁証法的な関係でとらえられねばならない。が、ここではっきりいえることは、現代における演劇の新しい表現の可能性という問題は、それを日本の新

劇運動の流れをおさえながらとらえようとするかぎり、久保と木下とをむすぶ二つの交差軸からはなれては考えられないだろう、ということである。

リアリズム芸術における現実と方法との基本的な関係は、現実を〈客観的総体性〉においてとらえるという久保のリアリズムに対する木下の批判が〈戦後〉という歴史的地点において成立したことにもみられるように、方法は単なる方法上の変化・発展としてではなく、まずなによりも現実の〈客観的総体性〉そのものの変化・解体という事実が先行し、その結果として芸術方法の変革がうながされるということを示している。

とすれば、一九四五年にはじまって四七年、五〇年、五二年、五七年、六〇年とつづくいくつかの戦後の重要な歴史的段階にゆさぶられどおしで到達した今日の現実は、はるかに解体しはるかに複雑な矛盾をはらんでわれわれの前にある。社会科学の力を借りるにしろ借りないにしろ、この現代をとらえて、これにほかならぬ演劇的表現をあたえることが可能だとすれば、それはどのような芸術方法によってなのか、どのような表現によってなのか……。

その場合、これは千田の発言にもかかわるのだが、木下のドラマトゥルギーが、古典的な劇概念ないし劇構造を骨格としているとしたら、そうした劇概念ないし劇構造のもつ〈制約〉は、こんどは、リアリズム芸術にあたえられた表現形式のあらゆる多様性に対する〈制約〉になるかならないか、という問題もでてくる。現代をとらえてこれに一定の表現をあたえる、という場合、当然のことだが、われわれの前にはそれぞれの手段をもったさまざまな芸術のジャンルがある。われわれは、それらのいずれをも選ぶことができ、いずれかを選ぶ。むろん、演劇でなくともよい。が、なぜ演劇を選ぶのか。

——という問題は、今日きわめて重要である。久保・木下の場合でいえば、前者においてはそれが選択的であり後者においては限定的である。ということは、久保においては、ドラマがリアリズムの問題のなかでとらえられようとしており、木下においては、リアリズムはドラマの問題としてとらえられようとしている、ということでもあるのだが、木下の方法において、ドラマはある成熟をみせた、と同時に、そのことによって表現を限定した。——そのような限定のしかたで劇の表現を成熟させた。というのが、その問題に対する木下なりの回答である。

劇でなくともよい、が、なぜ劇を書き劇を上演するか。——という問題をわれわれは避けてはならない。それと格闘することによってしか、われわれは演劇の現代における表現の可能性という問題に答えることはできないだろう。そして、問題をそのように考えるとき、次の文章はわれわれにとってはなはだ示唆的である。「リアリズムにふさわしいのは、せまさの概念ではなく、広さの概念だ。現実自身は広くて、多様で、矛盾にみちている」「……しかし、どんなにたくさんの仕方で現実を叙述できるかがわかれば、リアリズムは決して形式の問題ではないことがわかるだろう。形式上のお手本をならべる場合、すくなすぎるお手本をならべるほどいけないことはない。《リアリズム》という大きな概念を、たとえどんなに有名な人物だろうと、二つか三つの特定の名前と結びつけたり、またどんなに役に立つ形式だろうと、二つか三つの形式をかきあつめただけで、ひとりよがりの創造方法をつくり出したりするのは危険である。文学上の形式について私たちが問題にしなければならないのは、そのリアリティーであって、美学ではない、リアリズムの美学でさえもない」（ブレヒト「リアリスチックな書き方の広さと多様さ」——千田訳）。

これは、一九三八年という、ちょうどルカーチとアンナ・ゼガースとが収穫の多いリアリズム論争をおこなった年に書かれたものである。その意味では、一九三四年にはじまったルカーチによる表現主義批判の一連の主張に対するブレヒトの批判をも反映させていて興味ぶかいのだが、むろん、ブレヒトがこの文章でいっているのは単に小説や、演劇のことではない。芸術におけるリアリズムの問題である。しかし、というよりは、だから同時にこれは演劇の問題である。芸術の方法についてのそのような真実をこの文章はふくんでいる。この文章によっても、明らかなのだが、ブレヒトにおいては、演劇というジャンル概念はきわめて開放的である、と同時に、その結果としてきわめて限定的であった。ブレヒトの演劇理論の成り立ちをみると、きわめて限定的であることがしたがって普遍的である、という論理にはかならずしも従っていない。たとえば、かれのいう叙事詩的演劇なる概念である。

文芸理論書をひもとけば、しかしひもとかずとも明らかなことだが、ジャンルとしての叙事詩が過去における人間の行為を模倣するのに対し、劇は現在における人間の行為を模倣する。叙事詩の方法が過去形であるのに対し、劇のそれは現在形である。叙事文学とはことなり、劇の時間はあたかもファスナーをすべらせるように進む。劇作家がカバンのなかにしまいこんだ世界は観客の眼前でファスナーとともにひらかれていく。ブレヒトはまったく大胆にも、このようにもちがう叙事詩と劇とを結合させようとしたのである。さればこそ、かれの叙事詩的演劇の舞台においては、劇的時間の進行がとつぜん中断されて〈歴史化〉がおこなわれるわけであるが、しかし、このことは二つのジャンルが結合されたことの結果ではなく、むしろ、劇の進行を〈歴史化〉することの必要が結果として二つのジャンルを結合させたのである。そしてこの場合肝心なことは、その〈試み〉はかれが新しい現実をとらえる新しい方法をもとめたことの結果である、ということだ。そしてこのことは、劇でなくともよい、が、なぜ劇を――という問題に対する、木下の場合とおなじように、それはブレヒトの回答である。

戦後のある時期から、いわゆる劇作家ではない作家たちによる劇作品が新劇の舞台に登場しはじめた。五十音順でいえば、安部公房、石川淳、井上光晴、小林勝、椎名麟三、中村光夫、野間宏、花田清輝、堀田善衛、三島由紀夫らがあげられる。そして、かれらの諸作品は、作家・評論家による劇作品だから珍奇だという理由からでは決してなく話題になり問題にされた。頭ごなしという形での批判もあった。が、しかしそれらの作品の多くは〈新風〉をもたらすものとして新劇一般からはかなり歓迎されたし、されている。が、それら作家・評論家たちによる劇作品が新劇の〈内部〉に持ちこまれたことの意味とそれらの作品が新劇の舞台の上で構成した表現の意味を、新劇みずからの問題として十分正確にとらえているとはいえない。個々の作品の成果と個々の作者たちの執筆の動機をおいていえば、それらの現象の意味するものは、それぞれのジャンルにおいて、というよりはこの場合文学というジャンルにおいて、これまでの固定したジャンル概念の崩壊ないしはジャンルの地すべりが起りつつあるということにあるとみるべきであろう。ある種の氾濫現象である。そして、そのことが日本近代文学の、そのなかでもとくに〈変質〉しやすい性質をもつ小説というジャンルにおけるこれまでの方法の解体・変化・発展の進行過程を物語っているものであることは明らかである。そしてまたそのことが、文学がその方法をもってとらえなければならぬ今日の現実そのものの解体・変化・発展の過程を反映しているものだとすれば、ひとり日本新劇のみが依然として統一と団結をほこっていられる理由がどこにあろう。

そのことについては、日本の新劇においてもすでに一九二九年に、岸田國士が次のごとく書いている。「文学の一部門たる戯曲が、文学の大勢に従わない訳はない。そこで『これからの戯曲』という問題は『これからの文学』が如何なるものであるかを解決することによって、自ら明らかになる訳であるが、然し、それだけではまだ十分ではない。何となれば、文学の中でも、小説は小説、抒情詩は抒情詩、戯曲は戯曲で、それぞれ、ジャンル（様式）の進化を遂げなければならないからである……」（「これからの戯曲」）。

「戯曲は戯曲で」「ジャンル（様式）の進化を遂げなければならない」というだけでは、しかし、文学は文学で戯曲は戯曲、という論理のパターンをむろんこえてはいない。また、そのまま、劇でなくともよい、が、なぜ劇を――という問題の答えにもならない。しかし、ならないほどの難題でこれがあることはたしかである。それは、われわれが現代に劇的表現をあたえうるかどうかのまえに、現代が劇としての表現をもとめているかいないか、の問題だからである。

なぜ劇を――という場合の問題のひとつとして、演劇を他のジャンルの表現と著明に区別している特質の一つとして俳優の問題がある。戯曲としては叙事文学にも属する劇が、ジャンルとしての叙事詩とは区別されるもっとも重要な要素は、この表現の手段としての俳優の存在である。演劇におけるリアリズムをいう場合、この演技のリアリズムをぬきにしては論じられない。最近に上演された作品、ことに菅井があげているいくつかの作品の上演のなかで明らかになった戯曲と演技とのギャップあるいはその統一という問題は、いうまでもなく戯曲や演出や演技のスタイルをどう統一するかなどというような単なるテクニックの問題をはるかにこえた重要性をもっている。野間宏のいう「抽象的俳優」、あるいは生きた人間という具体的な存在である俳優による「抽象的演技」の可能性の問題。ブレヒトのいう演技の「もう通用しない心理的リアクション」といったスタニスラフスキーによる体系の現代演劇の否定の問題。また、「演劇は歴史の弁証法をもっともよく反映した芸術である」という歴史の創造における可能性の問題など、右に関連させながら論じなければならぬいくつかの問題があるが、すでに紙幅はつきた。これはまた、ひとりで論述できる問題でもない。

劇でなくともよい、が、なぜ劇を——という問題にパラフレーズしたのだが、このことはもちろん、現代における演劇の新しい可能性と同義である。ただ、現代における演劇の新しい可能性という問題は、われわれにとっては、いまそのようにパラフレーズしなければならぬ形で解決をせまっているのだ、ということをいいたいわけである。その場合にもまた、冒頭に引いたブレヒトの言葉はわれわれにとってははなはだ刺戟的である。

「……今日の世界は、それをひとつの変化する世界として記述する場合にのみ、今日の人間にも記述できるということです。」

（『文学』１９６３年６月）

演劇と観客

1

俳優座劇場では、なぜカレーライスを売っていないのだろうか——。

新劇の開演時間は、たいてい六時十五分か六時三十分です。会社が終って、電車に乗って、劇場に着きます。でも、五時きっかりにひける会社はないし、新劇をやる劇場は都電でしか行けないし、労演の機関誌には開演におくれたら廊下に立っていなさいと書いてあるし、まったくのはなし、晩飯をくってる時間などありはしません。いきおい、夕食ぬきで芝居をみる破目になってしまいます。おまけに、劇団の俳優たちはその前に楽屋でちゃんと夕食をすませ、その勢いで張り切って〈難解な新劇〉の舞台をつとめるわけですから、幕間にノドがかわいたふりして水を飲んだくらいでは、なかなか舞台についていては行けません。難儀なはなしといわねばなりません。

夕食の時間に開幕するのだから、せめてカレーライスなりラーメンなりの軽食を劇場に用意できないものだろうか。できないなら、開演中の飲食はご随意という制度にしてはどうだろうか。——演劇と観客との関係、というこの文章のテーマを考えた時に頭にうかんだのはそのことでした。

歌舞伎座にしても日劇や国際劇場やにしても、お客は物をたべながら芝居をみています。歌舞伎などは昔からそうだったらしく、絵草紙などみると桟敷で楽しそうに酒盛りなどやっています。その点ではギリシャ劇なども同様で、客席で大いに飲み、かつ食らいながら観劇し、芝居がおもしろくないと俳優や作者に、みんなでオニギリやオレンジの食べかすを投げつけていたようです。アリストファネスの『鳥』という喜劇を読むと、もし詩人に羽根があったらうまくそれをにげてみせるのに、というセリフがあります。むろんこれは作者たる彼自身のことですが、いかにもおおらかで楽しそうな風景ではありませんか。

舞台と客席とのそのように楽しい親密な関係が、いつからどのようにして、いまの新劇の劇場のように行儀ただしい気づまりなものになってしまったのか、それにはいろいろな理由や必然性をあげることができるでしょう。たとえば、それらのことは、演劇だけに限らず芸術の他のジャンル——音楽や絵や小説などにもある程度共通してあらわれている現象であることや、日本での〈新劇〉の出発の仕方にも関係があることや、また、楽しくて親しいことだけが劇場での両者の関係ではないのではないかなど、もっと詳しくでなければはっきりさせられないことがありますが、ここでは、〈新劇〉の芝居を書いている立場からの実感としてこんなことを書いてみます。

『世阿彌』という芝居がありました。山崎正和さんの作品で、千田是也さんの演出、主演で俳優座が上演しました。あの中で、室町時代、それまでは収穫を感謝する農民の神事における即興の歌舞であった田楽や猿楽が、世阿彌という天才によって能楽に大成されるプロセスがかなり克明に描かれています。また、芸術家世阿彌の——そしてそれはたぶん作者のものでもある——美学がくりかえし述べられています。

そのなかで、いまの場合興味ぶかいのは、はじめは田植えや収納時に民衆自身によって歌われ踊られていた田楽が、次第に芸能化するにつれ、演技する者とそれを見物する者とに分化していったということです。このことは、一見さりげなく当然であるようにみえながら、実は芸術とりわけ舞台芸術の、したがって芸術家とりわけ舞台芸術家の宿命を決定するような出来事だとおもうのです。

見物と演技者—見る者と見られる者との分業化。それは、演技者の側からいえば、見られること—見せることの職業化を意味します。そして、そのことはそっくりそのまま現在につながっているわけです。新劇とてその例外ではありません。新劇は職業としては自立していないといっても、職業をもちながら満足にメシが食えないのは目下新劇だけではないわけで、事柄の本質はなんら変りません。職業というのがてれくさいなら、職能あるいは機能といってもいいのです。

いずれにせよ、生産の季節などに民衆みずからがこれを演じ楽しんでいた歌舞や芸能が、一部の者により専門化され職業化されたわけですが、そのことは同時に、それら一部の者がこれまでの生産の仕事から離れることを意味します。物質的生産の社会的循環経路からの離脱です。このことは、重要です。

昔もいまも、人々は何らかの形で、物を作り、物を運び、物を売るという仕事に従事しています。それで食べています。しかし、考えてみると、芸術家や演劇人はちがいます。実生活に役立つ実物のなにひとつも作らず、運ばず、売りません。それで食べています。それが許されています。なぜか——。

古今東西を問わず、演劇にはつねにスポンサーがついていました。スポンサーなしには演劇は生きられないのです。ある時は将軍が、ある時は王様が、貴族が、豪商が、資本家が、そしてある時は民衆が面倒をみています。自分で自分の食い扶持をかせぐ場所から離脱した以上、だれかの援助や保護がなければ食べていけないのですから、これは当然です。むかし芝居の役者が河原乞食とよばれたのもそのためです。士農工商のランキングの埒外におかれていたのです。

しかし、役者あるいは芝居あるいは演劇は、スポンサーから食い扶持をあてがわれてなぐさみものになるしか能はないのでしょうか。はたしてなにひとつ物はつくり出せないのでしょうか。——どうもそうではないようです。それどころか、どうしてどうして、これがなかなかの曲者で、油断もスキもあったものではないのです。

2

現代において、人間は自分の専門領域以外の場所では単なる俗衆にすぎないものだ、とある人がいっています。

たしかにそのようです。たとえば、国鉄の新幹線の運転士は原子物理学の研究という領域では俗衆です。が、同時に、原子物理学者はまた新幹線の運転技術という領域においてはまったくの俗衆です。このことは、わたしたちの周囲をちょっと見ただけでもわかります。国鉄の仕事、電電公社の仕事、郵便局の仕事、銀行の仕事など、世の中にはたくさんの職業がありますが、それぞれの職業におけるベテランも、他の職業についてはずぶの素人です。つまり、俗衆です。職業の分化、専門化が極度に進んでいる現代においては、それは当然のことです。

そのような、ある職業でのベテランも他の職業ではずぶの素人であるという関係が、演劇における見せる者と見る者との両者の関係にもあてはまるかどうか、あてはまるとすればどんなふうに、というのが今回のテーマです。

前回こんなことを書きました。——むかし、農業生産の節季などに民衆みずからがこれを演じ楽しんでいた歌舞や芸能が、一部の者によって専門化され職業化され、それが演技者と見物との分化を生み、今日に至っている。演劇はその代表的な例である。うんぬん。

そこで演劇の場合ですが、芝居を見せる側——俳優だけでなく作家や演出家なども含まれます——はその表現技術において専門家です。すくなくとも専門家であるはずです。その点、新幹線の運転士や原子物理学者と似ています。その限りにおいて、すくなくとも舞台表現の技術においては、観客はずぶの素人だといえるでしょう。

しかし、観客は劇場に表現技術を見に来るわけではありません。また、表現技術を見せるのが演劇本来の目的ではありません。技術はあくまでも手段です。その手段を用いて表現された〈何か〉が問題なのです。

その〈何か〉とは何か。——ぼくはごく簡単にそれは〈人生〉だと考えます。〈人生〉という言葉がありふれているなら、社会とのかかわりにおける人間の生きよう、といいかえてもかまいません。いずれにせよ、観客は、演劇が舞台で表現する〈人生〉を見んがため劇場に通うわけです。

さて、そこからが問題なのですが、観客が舞台に求めるものが〈人生〉だとなると、観客はもはやずぶの素人や俗衆ではなく、れっきとした専門家であるということです。〈人生〉の専門家なのです。

そして一方、演劇をつくる側もまた〈人生〉の専門家でなければならないとしたら、そこには新幹線の運転士と原子物理学者との間にあるような専門家対俗衆という関係は成り立たないことになります。ただし、おなじく〈人生〉の専門家といっても、観客の側が実人生の専門家であるのに対し、見せる側は〈人生〉をつくる方の専門家であるという違いはむろん厳然としてあるのですが。

ここでおもしろいのは、運転士と学者、郵便局員と銀行員といったようないろんな職業をもち、部分的に専門化し、それぞれがそのままでは通い合わない人たちに、演劇はそれらの人たちだれもがもっている〈人生〉を見せることで、おたがいに通い合う場所と機会を提供するということです。それが劇場です。劇場は、片チンバに発達した人間がそこではまるごとの自分を発見する、あるいはその手掛りをみつける場所だということも出来ます。

部分的に専門化した、あるいは片チンバに発達した人間がまるごとの自分を発見するということは、疎外の回復といいかえてもいいのですが、実生活とはかけ離れたものが実生活に何らかの影響をあたえるということ、それが演劇の、また芸術のおもしろさだといえるでしょう。

もちろん、疎外の回復といっても演劇だけの力ではどうにもなりません。人間を疎外している具体的な条件を始末するのが先決問題だからです。しかし、それを可能にするのは人間の思想や精神の力です。演劇や芸術はその精神にはたらきかけ、影響をあたえる作用をもっています。むろん、理屈や説教によってではなく、あくまでも人間の感性や感情を通してです。

はたらきかけるという以上、かける者とかけられる者との間に当然何らかの形での対応関係、緊張関係、対立関係が考えられます。その場合、これは近松門左衛門がいったのだそうですが、虚をもって実をあらわし、実をもって虚をあらわす、それが芝居だ、ということがあります。真実は虚実皮膜《ひにく》の間にありというわけですが、このことは創作方法上の秘密であると同時に、ある意味では舞台と客席との微妙な関係ではないかと考えられます。舞台と客席との見せる見るという関係は、つくられた人生と実人生とが微妙にむかい合う関係でもあるからです。劇場という場所は、舞台と客席とが虚々実々、丁々発止とわたり合う戦場でもあるような気がします。だれかが、いい芝居とは舞台と客席とのすばらしい対話のことだ、といっています。そのとおりだと思いますが、しかしこれはなかなか困難な作業です。見せることはもちろんのことですが、見るということもたいへんな仕事なのです。

胃袋がカラになる、その生理的な刺激を人間は空腹感、飢餓感として感情化する。それは生きようとする人類の意思である。あらゆる芸術の断片的な表現に意味をあたえるのは、そういった民衆の歴史的主体性である。——という意味のことが中井正一さんの『美学入門』という本に出て来るのですが、観客のそのような〈歴史的主体性〉がどのように舞台を刺すかということ、そしてそのような〈歴史的主体性〉をどのように舞台が撃発しうるかという点に、今日における舞台と客席との関係——対話がかけられているような気がします。

そして、演劇と観客とのそのような緊張関係が止揚された時、現代の河原乞食たちはふたたび、みずから演じ楽しむ民衆の踊りの輪の中に戻っていくことでしょうし、また、芸術や芸術家たちもこの世から姿を消してしまうでしょう。しかし、いってみればそれが芸術というものの使命ではないかと思うのです。

(『東京労演』1964年11月、12月)

祭りすてる

物を書くことの楽しみは何だろうと思う。楽しくてお芝居など書いているわけではないけれど、作品を書いていて楽しいことがもしあるとすれば、それは何だろう。

作品が完成したとき、初日の幕があいたとき、拍手のうちに千秋楽の幕がおりるとき——むろん、それらの時々に何がしかの感懐がないわけではない。しかし、それらがお芝居を書く楽しみかというと、どうもそうではないような気がする。たとえば、お芝居がうまく書けて、その舞台に観客が体をのりだし、緊張し昂奮している時ですら、作者は客席のくらがりの中で冷えているものである。作品がうけていればいるだけ、その分だけ、冷えびえとしたものが作者の心と体をつつむ。

そんな経験を度重ねていると、自分がひどくねじけた人間に見えてくる。ひねくれた、へそまがりの人間に思えてくる。そして、それはたしかにあまり感心したことではないのだが、しかし、同時に、ただいまの世の中では、いいわるいは別として、それは致し方のないことだとも考える。

劇場という場所は、その時代時代の人々にとってお祭りの広場であるべきだ、というのがぼくの演劇に対する基本の考えである。だから、劇場においては、人々は——俳優も観客も作者も、ともどもに笑い、たかぶり、叫び、楽しみ合うべきだし、そうあるのが劇場なのではないかと思う。それこそが、演劇が本来もっているはずの機能であり、そのための場所が劇場なのだと思う。にもかかわらず、いまはそれができない。できないではないが、無理にやればウソのお祭りになる。むなしい空さわぎになってしまう。ただいまの世の中は、そんな世の中だと思う。とすれば、本当はお祭りが大好きで、だから東京の町中での町内会の盆踊りみたいなのになじめなくて、みんなに背をむけ着物の脇に両手をつっこんで石などけっているようなそんな人間が一人くらいいても、それは当然というものであるだろう。

物を書くことに楽しみがあるとしたら、ぼくの場合は、したがって、書いたことの結果——つまり、舞台や客席や劇場にあるというよりは、作品以前——つまり、書こうと思い立ち、書きつつある行為そのものの中にしかないような気がする。そこにはお祭りがある。ぼくは、そこで、ぼくだけのお祭りさわぎを思いきり楽しむ。そして、そのお祭りがおわったとき、劇場でひっそりと、しかし見た目にはにぎやかな初日の幕があく。上演ということは、その意味では、ぼくにとってはあとの祭りなのである。

お芝居を書くということは、むろん、小説や詩を書くのとはちがっている。大いにちがっている。お芝居は、上演ということを、観客というものを、劇場というものを確実に予定している。したがって、観客との劇場での祭りというものを予定している。それなのに、作者はなぜひとりでひねくれたりするのか。——ひねくっていえば、お祭りが好きだからである。お祭りが好きで、待ちこがれていて、だから、本当のお祭りがやってくるまではと、本当のお祭りが一日も早くやってくるようにと願いながら、書くのである。大きくいえば、それがただいまの芸術状況の中での〈表現〉というものの意味なのだとぼくは考える。書くということだけではなく、俳優の演ずるという仕事などをふくめ、総じて物をつくるということの意味なのだと考える。

『明治の柩』というお芝居を書いた作者として作品について何か書けといわれて、何かを書くとすれば、書きたいことはいま書いたことにつきると思う。それ以外に書きたいことはほとんどない。ただ、蛇足になることを承知した上であえて書き加えるとすれば、次のようなことがらででもあろうか。

このところ——といっても、この作品をふくめてそれ以降ということにすぎないけれど、ぼくは、このところしばらく、オトムライの出る芝居ばかり書いている。『明治の柩』では旗中正造、『木口小平氏は犬死』では木口小平氏、そして、この四月に俳優座が上演する『ザ・パイロット』では祝筆という名前のばばさま——というふうに、それぞれの劇の主人公が死に、そのオトムライがあり、そしてそれが、いずれもそのお芝居のテーマになっている、といった具合である。舞台だけでなく、ラジオやテレビのほうの作品でも、このごろはやたらに主人公が死ぬ。それも、たまたまだとか、もののはずみにだとかではなく、実に念入りに死ぬ。そして、その死に方にテーマがかかっているといった、そんな作品ばかりである。おそろしい言葉を用いていえば、劇の主人公を念入りに殺すことで劇のテーマを生み出そうとするような、そんなところがみえる。

ぼくはお祭りが好きだ、好きだからお芝居を書いている、とたったいま書いたばかりである。だのに、実際にはオトムライの芝居ばかりを書いている。言行不一致、けしからんではないか、ということになる。

お祭りとオトムライ――この、まったく相反するかのようにみえる二つのものが、いまのぼくには二つのものではないからだ、といってしまえば結論的でありすぎるかも知れないが、事実はそうである。お祭りを迎えるために、ぼくたちがしなければならないことがある。それはオトムライである。だれを、だれの何を、どうとむらうか、とむらうことができるか――それが、いってみれば、ここしばらくのぼくのテーマである。お祭りはまだまだかも知れない。しかし、ぼくたちが、だれかの何かをあかずとむらいつづけるのでなければお祭りはついに来ないだろう。そのために、たとえばこのぼくは、物を書く。

祭りすてる、という言葉がある。好きである。ついにやって来たお祭りに立ち合うことのできる民衆のエネルギッシュなイメージがそこにはある。

（「舞台芸術学院14期上演『明治の柩』パンフレット」１９６５年３月）

粧う・装う

世の中に、鏡を必要とする人種が二つあります。一つは俳優で、二つは女性です。俳優というのは、ご承知のように、自分ではないいろいろな他人に化けてみせる職業です。自分自身でありながら同時に他人を演じるのが俳優の使命であり、それが演技というものです。俳優が舞台の上で他人の人生を生きてみせるからこそ、観客はそこに自分の人生を見つけることが出来るのであって、それがお芝居というものの秘密です。

ところで、俳優たちは自分自身から他人にかわるという芸当をどんなカラクリでやるのかというと、シェークスピアもいっているように、鏡の力をかりるのです。かれらは、自分という一人の人間を複数化する仕事を、鏡にうつるもう一人の自分を見つめることからはじめるわけです。その意味で、俳優にとって鏡は必需品であり、生命です。俳優たちは、だから、いつでも自分の手鏡を大事にもって歩きます。

その点、俳優は女性にたいへん似ています。鏡の中の自分を、メーキャップとコスチュームで変形させながら他に転身するのです。女性たちもまた、粧《よそお》うことによって他を——たとえば美女を、たとえば善女を、場合によっては、たとえば悪女を装うのです。それが女性です。むろん、男も鏡をのぞかないわけではありません。でも、それは美しく粧うためにではなく、ヒゲをそるにあたってケガをしないためであり、また扁桃腺《へんとうせん》やムシ歯をのぞいたりするためなのです。男にとって鏡という道具は、女性の場合とちがい、生命であったりは決してしません。

女性はなぜ鏡にむかって化粧をするのか。男はなぜしないのか。——これは物心ついて以来のぼくの素朴な疑問ですが、この疑問は、俳優が女性に似ているのではなく、逆に、女性が俳優に似ているのだと考えることによって解決できないことはありません。そういえば、舞台の上での俳優と、メーキャップをしドレスアップをして男の前に出た時の女性には何か共通のものが感じられます。演技のにおいです。俳優たちがよくいいます。顔をつくって舞台に出た瞬間、どんなことでも口に出る、大胆になれる……。

たしかにそうかも知れません。しかし、もしそうだとしたら、そのような女性からかりに真実の愛の告白をうけたとしても、それがお芝居ではないという保証は何にもないことになります。困ります。気になります。いってみれば、そこのところが、なぜ女性は化粧をするのだろうかという疑問につながるわけです。だから、という理由だけではむろんないのですが、ぼくのお芝居には女性があまり登場しません。登場してもすぐ退場してしまいます。当然の結果として、女優さんたちから叱言をくいます。世の中には男と女がいるのに、男しか登場させないのですから、いかにも片手おちだといわねばなりません。

女性に関心がないわけではないのです。書いてみたい衝動はあるのです。でも、そういったぼくの年来の疑問がうまく解けてくれない限り、あとで袋だたきにあうかも知れないような女性しかぼくには書けそうにないのです。フェミニストなのでしょうか。

心から愛し合っている男女が泣く泣く別れるのが悲劇で、愛し合ってもいない男女が一緒に暮しているのが喜劇です。そして、ぼくは本当は女性のために悲劇を書きたいわけですが、いまいったような事情で、喜劇しか書けそうにないというわけなのです。もっとも、このごろでは、せめてものおわびに、愛し合ってもいない男女が泣く泣く別れるといった悲劇はどうだろうか、などと考えたりします。でも、それはやはり喜劇なのです。

お芝居には限らないのですが、俳優や女性とちがって、作家は鏡などを用いることなく、自分の中にたくさんの他人を発見しなければなりません。発見するだけでなく、それを表現してみせなければなりません。しかも、鏡やドーランや衣裳の力をかりないでです。そこいらへんが、俳優や女性といちばん違うところかも知れません。その意味では、女性よ鏡を見るな、鏡を用いずして自分を見つめるの術《じゅつ》をもて、といいたい気がしないではありません。でも、そういって、女性が鏡も見ず、化粧もせず、粧うことも装うこともしなくなったとした場合に、依然としてぼくが女性に対する敬愛の情をもちつづけることが出来るかどうかとなると、さあ、自信はありません。世の中のおもしろいところです。

（『新婦人』１９６５年３月）

戯曲

一、はじめに

戯曲作法とか作劇術とかのことばがあります。劇作品を書くための方法や技術のことです。いろんな形で本にもなっています。これから戯曲を書きはじめようとする人たちにとって便利なものです。この文章も、はじめて戯曲なるものを書いてみようとしている人たちのためのものですが、しかし、いわゆる戯曲作法や作劇術そのものを書くつもりはありません。なぜ書かないか。その理由からはじめたいとおもいます。

そういった戯曲のための技術論はまったく役に立たないものだという考えをわたしはもっていません。むしろ反対に、せっかくいいテーマをもちながら、それを表現する方法や技術がまずいためによくない作品になってしまっている例は多いものです。ですから、方法や技術なんかどうでもよい、書きたいことを書きたいように書けばよいのだとわたしはいいません。しかし、だからといって、戯曲作法や作劇術を身につけさえすれば戯曲が書けるかというと、そうはいきません。

わかりきったことを書きますが、そしてこれはもちろん戯曲だけにかぎったことではありませんが、わたしたちは戯曲を書くために戯曲を書くのではありません。作品を書くのです。つまり、どうしても表現してみたいある事柄があって、その事柄を、たとえば戯曲という形で作品にするわけです。戯曲でなくてもいいわけです。詩でも小説でも、また絵でも音楽でもいいわけです。戯曲という形で書かなければならない義理などすこしもないのです。このことはひどく大事なことです。

しかしながら、わたしたちはいま戯曲を書こうとしています。なぜなのか。詩や小説や絵や音楽などでなく、なぜ戯曲というジャンルを選ぼうとしているのか。——七面倒な、いくら考えても答えなど出てきそうにない問題ですが、しかし、わたしたちは、たえずこの問題を頭のなかにへばりつかせておく必要があります。現代の社会において、戯曲という表現は芸術として力があるのかないのか、あるとすればどんなふうにあるのか、現代において力づよい表現をもった戯曲とはどんな戯曲なのか。たまたま戯曲というジャンルがあるから戯曲を書くのではなく、戯曲でなければどうしても表現できないものであるから戯曲という形で書くのだという自分なりの理由をいつも問いつづけていることがわたしたちには必要です。方法や技術の問題は、それからあとのことです。というより、方法や技術の問題は、そのこととは別にあるのではなく、そのことと切りはなせない形でしかないのです。——はじめに、まず、このことを書いておきたいとおもいます。

二、演劇とは(1)

わたしは、いまベルリンでこの文章を書いています。ブレヒトで有名なベルリーナ・アンサンブルをはじめ、ほとんど毎晩のようにいろんな劇場にかよっています。こちらは、日本とちがってレパートリー・システムなので、同じ劇場で毎晩ちがった芝居をしていて便利がいいのですが、オペラや古典劇やショーなどいろんな種類の劇場を見物しているうち、日本とはちがういくつかのことに気がつきました。

キップを買って劇場に行きます。半券をモギってもらって席をさがします。座席にすわってプログラムなどをめくります。そのうち、ベルが鳴って客席が暗くなり、やがておもむろに幕があがります。芝居がはじまります。芝居がおわります。拍手をします。そして劇場を出ます。みたところ、なにもかも日本と同じです。しかし、どこかがちがっています。その一つは観客です。

日本では、能の観客、歌舞伎の観客、商業演劇の観客、新劇の観客、大衆演劇の観客はそれぞれ特定の層があって、ほとんどまじり合いません。観客それぞれの好みというよりは、なにかしらそれぞれのグループをつくっているようにさえみえます。ところが、こちらはそうではないのです。ベケットやヨネスコなどのいわゆる前衛劇は若い人たちで、オペラや古典劇はそうでない人たちかというと、ちがうのです。前衛劇を中年や老年の人たちが、オペラや古典劇を若い人たちがみていることだってあるのです。どんな芝居がすきだという好みの問題はむろんあるのでしょうが、どの芝居はどの種類の人たちがといったような、観客の層やグループによる区別がほとんどつかないのです。そして、男性も女性もそれぞれ適当におしゃれなどして、劇場に行くことをひどくたのしんでいる様子です。前衛劇をやる、座席が百くらいしかないほこりっぽい劇場に蝶ネクタイのおじさんが坐っていたり、革命の主題をあつかった芝居を大きく肩をあけたイブニング・ドレスの若い女性がみていたりする光景は、異様なくらいです。日本とちがって、こちらではなぜそうであるのかという論議はいまはぶきますが、劇場という場所が現代のわたしたちの生活のなかでしめている位置やその機能という問題を考えるとき、見のがせないことにはちがいありません。もう一つは、幕のことです。さきほど、座席にすわってプログラムなどめくっているうちに、ベルがなって客席が暗くなり、やがておもむろに幕があがる、と書きました。ところが、そうではないのです。オペラや古典劇やショーなどの舞台はたしかにそうなのですが、現代劇の場合は、観客が劇場にはいるときから幕はあけっぱなしなのです。すべての現代劇がそうであるとはいいませんが、ソビエト、チェコスロバキヤ、ドイツでみた三十ちかくの芝居のうち、ほとんどの現代劇の舞台がそうでした。日本でも最近はときどきこの手法を用います。しかし、日本ではその手法にどこかしら多少の気負いといったようなものが感じられますが、こちらでは、みせるほうもみるほうもまったくありふれたあたりまえのことをしているように見うけられました。

劇場にかよう観客の層の問題や芝居をみようとする観客の態度の問題や、また開幕時に幕がおりているかあがっているかなどという問題それ自体は、それほど重大なことではないかもしれません。しかし、現代において戯曲がどのような表現力をもちうるかという問題を考えるとき、決して無関係なことでありません。それは、戯曲というものが、演劇を成り立たせるたくさんの構成要素——たとえば俳優の演技や舞台装置や照明や音楽や演出など——のひとつであるというそれだけの理由からではありません。たしかに、戯曲は演劇のもっとも大きな構成要素のひとつです。そして、それは全体のなかの一部分というよりは、むしろ戯曲すなわち演劇というふうに考えるべき性質のものではないか、というのが、わたしの意見ですが、そのような意味で、現代の戯曲が当面している創造上の切実な課題に、ヨーロッパの演劇をみながらのいくつかの感想はあるヒントをあたえているのではないかとおもうのです。もうすこしいえば、次のようになるかとおもいます。

三、演劇とは（2）

劇場においては、ふつう舞台と客席がむかい合っています。そして、この舞台と客席とを区別し、へだてているものが幕です。これが現在の劇場の基本の構造です。舞台と客席、つまりみせる者とみる者が幕にへだてられてむかい合っているところから芝居がはじまるわけです。だれもが経験していることですが、ベルがなって客席が暗くなり、いままさに幕があがろうとする瞬間ほどたのしくうれしいものはありません。これから舞台の上で展開されるであろう未知の世界への期待にわたしたちの胸はときめきます。幕があがります。あかるい照明をうけた室内。テーブルや椅子などの調度。美しい花をいけた花瓶《かびん》。壁にかけられた絵。そして登場人物があらわれて事件がはじまります。――これが、ふつうわたしたちがみなれている劇場での光景です。しかし、このような光景は何百年、何千年もむかしからこのようなものであったのでしょうか。また、現在このようであるのはどういう意味をもっているのでしょうか。

結論からいってしまえば、このような光景は主として近代劇からあとのものなのです。近代劇といえば、すぐにイプセンの名前をおもい出しますが、イプセンの戯曲はそれまでのヨーロッパの演劇がもっていた形式や内容をうちやぶるのに大きな貢献をしました。モリエールやシェークスピアの戯曲にはまだあった独白や傍白などの手法をやめてしまったのもその一つですが、もう一つの大きな革新は、舞台の世界を三つの壁でかこまれた空間に限定したことです。三つの壁にかこまれた空間というのは、室内のことです。部屋というものは、ふつうは四つの壁を必要とします。しかし、舞台の上に四つの壁をつくると室内がみえません。どこか一つを外《はず》してしまう必要があります。そこで第四の壁を外しました。その部分が幕なのです。――いってみれば、観客は外された第四の壁をとおしてだれかの室内と、その室内での事件を客席からのぞいている形なのです。他人の生活をのぞき見しているのです。となりにいる人物と自分とはちがった意見やちがった生活をもつ別々の人間であることがはっきりしはじめた時代が近代であるとすれば、いわゆる近代劇がこのような舞台と客席との関係をつくり出したのは当然のことといわなければなりません。のぞいている者は、のぞいている姿をみられてはなりません。そのために客席は暗くなければなりません。また、のぞかれている者は、のぞかれていることを知らないふりをしていなければなりません。したがって、近代劇の舞台においては、俳優たちは決して観客にむかって語りかけたりはしません。それらが、近代劇における舞台と客席との基本の関係なのです。

そこで、さきほどの幕の問題です。はじめから幕をあけたままの舞台というのは、近代劇における舞台と客席とのそのような約束をやぶっているわけです。すくなくとも、やぶろうとしている試みのひとつだといえるわけです。幕だけではありません。たとえば室内での事件をえがいた芝居の場合でも、三方を壁でとりかこんだ舞台装置はこちらではほとんどありません。

同じことは、俳優の演技についてもいえます。登場人物たちは、たがいに対話をするばかりでなく、しばしば観客にむかって直接に語りかけます。これは、近代劇の常識からいえば、たいへんなルール違反です。しかし、ヨーロッパにおいては、このようなルール違反がすでにかなり一般的になっています。このことは、今日の世界の演劇が、形式の上でも内容の上でも、近代劇から現代演劇へと大きく脱皮しようとしている現われだと考えられます。ヨーロッパの芝居からうけた若干の感想が、単なる現象ではなく、現代演劇の本質的な課題とつながっていると書いたのはそういう理由からです。いってしまえば、わたしたちが当面しているのは、これまでの近代劇の骨法をなぞりながらうまい芝居を書くということではなく、近代劇をどうのりこえて、新しい現代演劇をつくり出すかという課題なのです。従来の戯曲作法や作劇術を勉強することはそれだけでは、何の意味もないといったのもその理由からです。

四、戯曲とは(1)

戯曲の書き方についての文章でありながら、どちらかというと演劇全体についてのことをたくさん書きました。なぜかという理由については前に書きました。戯曲というものが演劇の一部分である以上に、戯曲イコール演劇であるようなものとしてわたしは戯曲を考えているからです。このことは、近代劇をのりこえて新しい現代演劇をつくり出すという課題とつながっているようにわたしにはおもわれます。

演劇史の本によれば、演劇の起源は、どこの国でも収穫をよろこぶ農民たちの歌と踊りに端を発しているようです。はじまったころの形態は、いまもおこなわれている村祭りや盆踊りのようなものであったとおもわれます。みんなが輪になって歌い、踊ったわけです。歌と踊り、この二つの単純な組み合わせは、次第に分化をとげます。リズムと身ぶりとことばです。この三つは、おのおの独立しながら、あるいはたがいに組み合わせられながらさまざまなジャンルに発展していくわけですが、わたしたちが演劇の本質といったようなものを考えるとき、どうしてもこの三つのものにつきあたってしまいます。そのことは、現在舞台を用いておこなわれている芸術や芸能にどんな種類のものがあるかを考えてみればよくわかりますが、問題を演劇だけにかぎってみると、身ぶりとことば、この二つのものが基本の要素になっていると考えられます。動作とセリフです。この二つは、たがいに独立しながら、同時に密接にむすびついています。動作とセリフは、それぞれ演技と戯曲という分け方にもなるわけですが、演技というものは同時にセリフをふくんでいるし、戯曲というものは同時に演技をふくんでいるというのが今日の演劇の姿です。わたしがヨーロッパでみている芝居はすべて外国の芝居で、当然のことながら、すべてセリフは外国語ですが、どうしたわけかよくわかるのです。もしこれが演説であったらそうはいかないでしょう。しかし、演劇の場合は、身ぶり——演技というものが外国人であるわたしを大いにたすけてくれます。戯曲を読んでいたり、日本でみた芝居であったり、大体の内容を知っていたりという事情もあるにはありますが、完全にとまではいかなくとも、かなりデリケートな部分までわかるのです。演劇がもっているもっとも大きな偉力のひとつといわなければなりません。

ところで、演劇というものが、収穫をよろこぶ農民の歌と踊りに起源をもち、そこから分化していったとする場合に、同時にもう一つの分化がおこなわれたと考えられます。それは、みせる者とみる者、芸能人と観客の分化です。それまでは一緒に歌い、踊っていたものが、次第に二つのグループに分かれたのです。芸能人の専門化、職業化です。このことは、今日における芸術と実生活――社会との関係という問題を考えるとき、たいそう興味ぶかい意味をもっているのですが、ここではこれ以上ふれません。

さて、そこで、かんじんの戯曲の問題ですが、もちろんはじめから戯曲というものが戯曲という形であったり、戯曲作家というものが存在していたりはしませんでした。歌と踊りが、リズムや身ぶりやことばに次第に分化し、発達していく過程で、ことばのもつ比重もまた必然的に大きくなっていったのは当然ですが、それでもなお今日のような戯曲の形態はもっていなかったようです。劇作家についても同様です。ギリシャ劇の場合もそうですし、日本の歌舞伎や能の場合もそうなのですが、たいていの場合は、俳優が作者を兼ねていました。兼ねていたというより、俳優が自分で自分の台本を書いていたのです。しかし、それが単純な筋立てのものであったり、即興的なセリフであったりの段階ではそれも可能だったのですが、芝居の内容が複雑になってくるにつれ、専門の作家を必要とするようになってきました。たくさんの作品が書かれました。しかし、それらは、戯曲というよりは俳優のための台本というべきものでした。そして、台本としての戯曲が文学としての戯曲になったのは、やはり近代劇以降ということになるのです。近代劇の開幕と歩調をそろえて、戯曲は次第に文学として自立していきます。もちろん、それは、当時世界的な規模で動き出した近代文学の発生と発達とに密接なつながりをもっています。そうであればこそ、近代劇の克服という課題が、同時に近代文学の克服という課題とも重なり合うことができるわけです。戯曲が文学性と思想性を獲得したことによって、演劇はたしかに新しい世界をきりひらくことになったわけですが、しかし、それはもう百年も前のことなのです。

五、戯曲とは(2)

ヨーロッパの各国をまわってみて感心したことの一つに、こんなことがあります。それは、小説などほかのジャンルにくらべて、詩人と劇作家の地位がきわめて高いということです。ご承知のように、日本ではいろいろな面で小説と小説家が文芸の中心的な位置をしめており、詩や戯曲、あるいは詩人や劇作家はそうではありません。ところが、ヨーロッパではちがうようです。詩や戯曲、あるいは詩人や劇作家が芸術の分野や社会のなかでしめている地位は、小説や小説家とくらべて決しておとったものではありません。このことは、どんな意味をもっているのでしょうか。

ジャンルという文芸学上の概念があります。比較的新しい時代におこなわれた分類ですが、大きくわけて三つのジャンルがあるとされています。すなわち、抒情詩 (Lyric) と叙事詩 (Epic) と劇 (Drama) です。この三つは、それぞれ詩と小説と戯曲というふうに考えていいわけですが、これは単なる便宜上の分類ではなく、それぞれのジャンルがもっている表現の方法の本質にもとづいた基本的な分類だと考えられています。そして、これらは実に二千年以上の歴史をもっているのです。アリストテレスの『詩学』という本が、それらのさまざまな芸術表現の本質と方法のちがいについて古典的な、そして本質的な規定をおこなっています。必読の本といえるでしょう。

アリストテレスを読んでもわかることですが、詩や戯曲がながい伝統をもっているのに対して、小説というのは叙事詩のジャンルに属してはいるけれども、すくなくとも現在書かれている形での小説はたかだか百年の歴史しかもっていないのです。小説や小説家が全盛である（ようにみえる）のは、時代がそういう表現をもとめていることの証拠であり、それなりの必然性があるわけですが、だからといって、詩や戯曲がおとろえなければならぬ必然性があるものとは思われません。おとろえている（ようにみえる）のは、たぶん時代の要求などではなく、詩や戯曲が新しい表現方法のなかにみずからの新しい生命をみつけ出すことに成功していないからでしょう。ですから、ヨーロッパにおいて詩人や劇作家の地位が高いということは、それはそれで結構なことですが、しかし、それが詩や戯曲のながい伝統のおかげであるのならつまらない話です。大事なことは、現代において力づよい表現力をもちえているかいないかということです。戯曲についていえば、戯曲だけにかぎらず演劇という表現についていっても、これから先どんな時代がきても戯曲ないし演劇というジャンルは決してなくなったりはしません。人間がおこなう芸術表現の本質と方法にふかくつながったジャンルだからです。なお、このジャンルの問題については、日本においても、たとえばある時代を同時に代表する三人の名前をあげることができます。松尾芭蕉と井原西鶴と近松門左衛門です。いうまでもなく、この三人の作家はそれぞれ抒情詩と叙事詩と劇を代表しています。それぞれの作品が、それぞれどのようにそれぞれのジャンルの特質をみごとに発揮しているか、興味ぶかいことです。

ところで、劇あるいは戯曲あるいは演劇は、前に書いた三つのジャンルのなかでどのような特質をもっているのでしょうか。

いくつかあげることができるでしょう。その一つは、それぞれのジャンルがもつ芸術的時間の問題です。文法でいう時制（Tense）の問題です。よくいわれているように、抒情詩には時制がありません。

たとえば、私の耳は海べにおちている貝の殼《から》だ、というとき、そこに流れている時間は過去でも現在でも未来でもありません。しいていうなら、それらの時制をこえた永遠とでもいったほうがいいような時間です。それに対して、叙事詩の時制は過去形だということができます。つまりある人物の行動や事実をすでにおこなわれたものとして過去形で描写するわけです。ほとんどの小説はそう書かれています。そのことは、どの小説の文章も語尾はすべて過去でおわっていることからもうかがうことができます。

これらに対して、戯曲の場合——劇あるいは演劇といってもよいのですが——現在進行形なのです。過去の事件を過去形にではなく、現在おこりつつある事件を現在進行形で描写するのです。たとえば、ト書というのがあります。戯曲のなかのセリフ以外のことばで、舞台装置や人物の登場や退場、動作などを指定するものです。舞台上手《かみて》よりにテーブルがある。Aがはいってきてテーブルの上のコップをとり、水を飲む。——といったふうに、文法的には現在形です。テーブルがあった。Aが水を飲んだ。——とは、ふつう書きません。小説の場合とはたいへんちがった特徴だといわなければなりません。そして、そのことは、単なる表現上の習慣や規則などではなく、戯曲という表現の本質そのものとつながったことなのです。次に書くもう一つの特質と切りはなして考えることはできません。

もう一つの特質というのは、表現の方法——というより、表現の手段、あるいは媒体の問題です。美術や音楽などのジャンルは別にして、詩や小説においては、ことば—文字—活字（現在においては）が最終的な手段であり、媒体であるのに対して、戯曲における最終の表現手段あるいは媒体は人間の肉体です。俳優です。俳優の生きたままの肉体です。この点が、ほかのジャンルとたいへんちがうところです。アリストテレスの『詩学』によれば、Dramaということばは、実行するという意味のdranというギリシャ語から生まれたものだとありますが、舞台の上では、俳優が語ったり、動いたりすることによって、その瞬間瞬間に表現が生まれ、完成していくわけです。演劇ひいては戯曲というものが、現在進行形でしか表現されないというのもそのためです。

戯曲は、活字で読むとわかりにくい、読みづらいとよくいわれます。たしかにそのとおりです。また、戯曲ではむずかしかったが、舞台をみるとよくわかった、おもしろかったなどといわれます。戯曲というものが、多かれ少なかれ俳優の肉体をとおしたイマジネーションである以上、当然のことです。しかし、こんどは反対に、表現の内容そのものがまずしい戯曲でも、舞台にかけさえすればなんとかみられるという事件もおきてしまいます。たとえ人物の描写が不完全であっても、俳優によって演じられることでその人物も一見完全な人物にみえてしまいます。なぜなら、幸か不幸か、俳優の肉体は人間の肉体と等身大だからです。戯曲というものが、初心の人たちにも書きやすいものであると同時に、いつまでもむずかしいものである理由の一つがここにあるようです。

六、戯曲とは(3)

詩や小説とはちがう戯曲の特質は、ほかにもいくつかあるようです。たとえば、幕の問題です。

戯曲がほかのジャンルの文芸の形式とちがうのは、表現の全体が何幕という構成になっていることです。例外をのぞいていえば、五幕、四幕、三幕、二幕、一幕というのが一般の形式で、これを大きくわければ一幕物と多幕物ということになり、一幕物はたいてい六十分前後、多幕物は二時間から三時間です。日本では多幕物のことを一晩芝居などともいっています。

芝居というものは、どんなにながくても三時間から四時間が限度のようです。その時間が、観客の生理的な限界だというのが理由ですが、たしかに演劇は観客にたいへんな集中力を要求するようです。その点が小説とくに長編小説などを読む読者の場合とはちがっています。若干の休憩時間をのぞいて中断が許されないわけです。時間芸術の特徴の一つです。

ところで幕の問題ですが、それが何幕の芝居であるかという構成ないし形式の問題は、むろん当然にその芝居の内部構造と密接に結びついています。もっというなら、劇についての観念の問題と切りはなしては考えられない問題です。歴史的にいえば、ギリシャ演劇の時代は、何幕という形式上の厳密なルールはなかったようですが、フランス古典演劇の時代から幕の形式についてのルールの論議がやかましくなったようです。そして、その形式も五幕からはじまって、時代とともに次第に四幕、三幕、二幕という形式に移っていっているようにみうけられます。そして、それぞれの構成をもった何幕かの劇において、各幕がどのような役割をもちえたときにその劇がいい芝居になるかという角度から、実におどろくべき分析をやったのがフライタークの『戯曲の技巧』という本です。

フライタークは、名作といわれている戯曲ははたしてどんな構成や構造をもっているのかという問題を明らかにしてくれたわけで、それはそれで有益でありがたいことなのですが、さて、それではそういう名作がもっている構成で作品を書けば名作になるかというと、そうはいきません。たまたまうまくいく場合がないではありません。いわゆる well-made play というのはそういった作品のことをいいますが、それがほんとうの意味での作品であり表現であるかとなると、わたしは首をふらざるをえません。

もう一度ヨーロッパの演劇の例をひきますと、このごろは何幕ではなく何部というサブタイトルのついた芝居が非常に多いのです。むろん、単なるよび方や形式だけの問題ではありません。劇あるいは演劇というものに対する基本的な概念がかわりつつあるのです。フライタークにより分析され綜合された劇概念が、すでにふるびてしまっているという意見にわたしは賛成なのですが、しかし、最近の新しい形式の演劇がそういう劇概念をのりこえた結果うまれたものであるかというと、たしかにそのような演劇もありますが、形式の上だけでいえば、ギリシャ演劇やシェークスピアの演劇においては、幕というよりはたくさんのシーンからなるいわゆる多場面芝居がすでにあったわけで、形式の面からだけ劇ないし戯曲を問題にするのはほとんど無意味なことといわねばなりません。

戯曲において、形式の問題を形式という側面からだけ問題にするのはおかしなことであり、無意味なことだとおもいますが、しかし、戯曲が戯曲として成り立つためには、一定の構造を必要とすることはいうまでもないことでしょう。それは演劇が演劇として成り立つためには、という問題とおきかえて考えることができます。構造ということばがつよいなら、一定の芸術的な秩序といいかえてもいいのですが、表現が表現であるための秩序といったようなものが必要であるようです。もちろん、それは表現の内容から規定されるもので、結果として生まれたものが構造であり形式である、というのがいまのわたしの考えです。

日本においても、文章を構成するルールとして起承転結ということばがあります。また、能のことばに序破急というのがあります。いずれも、たくさんの試行錯誤のなかから生まれた一定の法則です。

よく考えてみると、形式の問題としてみれば、戯曲における四幕や三幕の構成のルールとたいそう似ているところがあります。表現というのは結局なんらかの秩序や構造を必要とするものですが、しかし、一定の秩序や構造の法則によってだけでは表現は成り立たないものです。芸術のおもしろさでもあり、またむずかしさでもあるのでしょう。

考えてみれば、ヨーロッパ演劇における悲劇の場合も、日本における能の場合もそうですが、悲劇（シーリアス・ドラマというひろい意味での）の場合は、喜劇の場合よりもいっそうつよく構造や形式への欲求をもっているようです。極端にいえば、一定の構造と形式のなかにおいてしか悲劇は成り立たないのではないでしょうか。それとは反対に、喜劇というものは必ずしも構造や形式を必要としません。というよりも、一定の構造や形式をもたないものが喜劇であるといったほうがいいかもしれません。喜劇は、もともと現実に対するするどい批評性をもった劇ですが、批評性がつよければつよいほど、表現の形式それ自体をすら破壊してしまうのかもしれません。

フライタークの五部三点説にしろ、能の序破急にしろ、悲劇というものは、人生において人間がおそわれる危機の構造を、そのまま表現の形式にしようとしたものと考えられますが、もしそうだとすれば、現代における危機の構造がその形式ではとらえられないとしたら、現代において悲劇的演劇が成立する余地はほとんどないものといわねばなりませんが、いかがでしょうか。ブレヒトの演劇が、それぞれの局面——場面では事件をたいそうドラマチックにとらえながら、しかし全体の構造においては、ドラマチックというよりは叙事詩的であるという問題は、ブレヒトの演劇における現実に対する批評性のするどさという点からみて、興味ぶかいことだといわねばならないでしょう。ついでに、さきほどのジャンルの時制の問題につないでいえば、現在進行形という演劇的時間のなかに過去形という叙事詩的な時制をもちこもうとしたのが、ブレヒトのいわゆる叙事詩的演劇ではないのか、というのが、この問題についてのわたしの意見です。そうだとすれば、そういったブレヒトの試みは、これから先の現代の演劇にまだまだながい間つよい影響力をもちつづけていくにちがいありません。現代の演劇はまだはじまったばかりだからです。

七、おわりに

実際に戯曲を書くにあたっての方法や技術の問題にもふれるつもりでいましたが、しかし、それらの問題はふれるつもりといった程度ではどうにもなりません。そんなことは何本かの作品を書いた人ならだれにでも書けることです。ということは、教わらなくてもいいことだということです。それより、それ以前の、すくなくともわたし自身にとって大事だとおもわれることを書きたかったし、それだけを書きました。セリフやト書についての書き方のアドバイスができないわけではありませんが、しかし、考えてみると、セリフやト書といえば戯曲のすべてであるわけです。ご自身が書いてみるよりほかはありません。

題名があって、何幕とあって、時と所と登場人物がならんで、登場人物の年齢や身分関係まで書いてあって、次に舞台装置のくわしい説明があって、第一幕第一場といったふうにはじまるような戯曲だけは書かないで下さい。書いてもいいのですが、それが戯曲の形式だなどと考えないで下さい。わたしが、これまで書いてきたことはすべてそのことをいいたいためでもありました。世のなかには、簡単なことなどなにもないのです。

もっと、なにか読んでみたい人のために三冊の本の名前をあげておきます。役に立つこととおもいます。

アリストテレス『詩学』（岩波文庫）

木下順二『ドラマの世界』（中央公論社、未來社）

ブレヒト『今日の世界は演劇によって再現できるか』（白水社）

（三一書房・高校生新書46『文章のつくり方』1966年3月）

存在・時間・空間・ヴェトナム

フーテンの季節である。

新聞、週刊誌、テレビ、映画——このところ、どちらを向いても、フーテン、フーテンである。

いつものわたしなら、またぞろマスコミの気まぐれがはじまったな、とタカをくってしまうところなのだが、こんどのように、フーテン族の根拠地新宿とわたしの家とが、つい目と鼻の先ときては、そうもいかない。用事で街に出るたび、いやでも目につき、鼻にふれるのである。マスコミの気まぐれや誇張ではない。事実なのである。

終夜営業のスナック・バー。太平洋横断ヨットから上陸したばかりといった身なりの青年や、岸田劉生えがく「麗子像」みたいな髪型の娘たちが、夜っぴて踊りまくり、くたびれまくり、ハイミナールでとろんとなった顔をつき合わせては、なにやら〈哲学〉を論じている。

フーテンとは、なにか。念のため、広辞苑をひいてみた。こう出ている。

【瘋癲】後天的精神病の中で、言行錯乱・意識溷濁・感情激発の著しいものの俗称。きちがい。

「言行錯乱・意識溷濁・感情激発の著しいもの」とは、名辞典といわれるだけあって、いい得て妙である。ただし、フーテンは「きちがい」ではない。かれらは、かれらなりのなんらかの理由があって、それをよそおおうとしているだけである。

ところで、新宿のフーテン族が舌たらずに頻発するヴォキャブラリィがいくつかある。「存在」「時間」「空間」「ヴェトナム」である。かれらは、それら四枚のカードをつかって、はてしのないゲームに熱中する。はたの者には、さっぱりである。けたはずれに、「言行錯乱」的で、「意識溷濁」的で、「感情激発」的だからである。

フーテン族を、そのかぎりで笑いすてることは、容易なことである。しかし、「存在」「時間」「空間」「ヴェトナム」ということになると、他人事ではない。

フーテンの問題は、フーテンの問題だけではない。フーテンの問題は、日本の新劇の問題でもある。ここ何年来、ご承知のように、東京では小劇団による小劇場公演がさかんである。ピンからキリまであって、十把ひとからげというわけにはいかないが、あえてくるなら、それらはすべて、フーテン劇であるとはいえないか。

フーテン族との間に、いくつかの共通点がある。発生の時期がおなじだとか、根拠地がおなじ新宿界隈であるとか、〈本場〉のイメージを週刊誌のグラビアや翻訳書から刻々補給していることだとか、数え上げればキリがないが、要するに、そのココロは、日本という名の肥った白いブタが、左脚のあたりにおこしている一種のケイレンだということだろう。「造反有理」。しかし、状況に寄生しながら、その状況に反抗しているつもりのポーズはいただけない。無理である。

フーテン族の「存在」「時間」「空間」「ヴェトナム」は、そのまま、フーテン劇のヴォキャブラリィでもある。そのこと自体は、わるいことではない。というより、現代演劇が当面している課題は、ほとんどこの四つのキー・ワードに集約されているといってもよいくらいである。むろん、この場合の「ヴェトナム」が、アクチュアリティ一般の意味であることは、いうまでもない。

謀反にはすべて道理がある。しかし、わが紅衛兵たちの行動が、いつまでたっても「言行錯乱」的で、「意識溷濁」的で、「感情激発」的であるのは、どうしたわけか。

ある紅衛兵は、いう。おれたちは、人に観せるために芝居をしているのではない。観客はいなければいないでよい。演技というものは自分のためにある。舞台の上でどのようにして存在できるか。その存在感をつかんだ時、舞台は自分にとって世界となる。アントナン・アルトー万才!

わたしは、質問をし、意見を述べる。人に観せるための芝居なんかしなくともよい。すべきではない。しかし、観客は現に目の前にいる。ポスターをはり、チラシをくばり、入場券を売ったからだ。もし、観客がいなくてもよいなら、なぜ、ポスターやチラシやチケットを配布するのか。なぜ、街頭で突如として芝居をはじめないのか。なぜ、無人の山頂や平原でやらないのか。なぜ、せまい劇場に人をあつめ、全員着席したのを見とどけたのち、幕をあけるのか。芝居には、すくなくとも一人の観客は必要だ、観客ゼロの芝居は認められない、それが、わたしの芝居の必要条件だ。演劇論だ。教条主義反対!

流動する世界の胎内に体ごと入りこみ、体いっぱいで感じた世界を、世界として信じたいのだ、と紅衛兵たちはいう。わからぬではない。しかし、それでは、下宿のベッドの上でドタ靴をくわえたまま狂死したアルトーの霊はうかばれまい。大事なことは、胞衣のなかにもぐりこみ、たぷたぷゆれるなまぬるい水にたゆたうことではなく、胞衣を切りさいて、外にとび出すことではないのか。アルトーの死によって断絶した残酷演劇の回線は、たとえば、ピーター・ブルックと王立シェークスピア劇団によって、すでにつながれようとしているではないか。かれらによって昨年上演された『US』という芝居には、アルトーは「存在」論としてのみ表現されていたろうか。「ヴェトナム」は題材としてのヴェトナムとしてのみ表現されていただろうか。

そうではなかった。「存在」と「ヴェトナム」は、たがいにたたかわされ、たがいに否定され、止揚された次元で、「時間」と「空間」をあたえられたはずである。そういった演劇作業は、ひょっとしたら、ブレヒトで断絶した地点をもこえて進んでいるのかも知れない、と考えてみるのは、すぎたことだろうか。相手が、大英帝国を代表する、文字どおりクラシック（つまり、第一級）の劇団であるだけに、複雑な感懐をいだかずにはいられないのである。

たとえば、革命五十周年をむかえたソヴェト社会主義共和国連邦を代表するのはモスクワ芸術座だが、わたしには、この劇場について語る勇気がどうしてももてない。ほかの劇場についても、ほとんど同様である。

せまい見聞の範囲のなかでしかないのだが、わたしには、ドラマ・コメディ劇場での二つの舞台、『世界を震撼させた十日間』と『セチュアンの善人』にしか、この国の演劇的未来はないようにさえ思われた。

一つは、「ジョン・リードのモチーフにより、パントマイム、サーカス、道化および射撃からなる二部の国民的スペクタクル」というながながしいサブ・タイトルをもつ、アジテーション・プロパガンダ劇。もう一つは、アジテーション・プロパガンダ劇として演出されたブレヒト作品である。いずれも、演出は、リュビーモフ。手法は、メイエルホリドであった。

幕がおりた時、観客は総立ちになり、熱狂的な拍手をおくりつづけたが、それは、作品と演出が三時間にわたって観客を打撃しつづけたことの正確な結果であると同時に、五十周年をむかえたソヴェト演劇の現状に対する痛打でもあったはずである。

にもかかわらず、『世界を……』にしろ、『ミステリヤ・ブッフ』〔マヤコフスキー〕にしろ、新しい未来を手に入れた当時の歓喜を舞台から客席へ訴えようとする時、単なる祝祭におわることなく、五十年をへだてて向かい合ったソヴェトの現実に、観客自身のきびしい視線をそそがせるようなアジテーション・プロパガンダの新しい方法はないものか、と、わたしはいまなお考えつづけている。あの手法、あの方法では、あまりに古典的にすぎはしないか。あれでは、まるで、五十年の間なにひとつ進んだものはないことを証明するようなものではないか。そう、考える。

ひるがえって、敗戦二十二周年をむかえた日本国を代表する、もっともクラシックな新劇団であるところの……

紙幅はすでにつきている。次の機会にゆずらねばなるまい。

（『大阪労演』１９６７年９月）

iv

民話劇と現代劇とリアリズムすなわち「ぶどうの会」について

こんど、木下順二さんのいままでの全作品をまとめた作品集七巻が出版されることになり、その第一回配本として『二十二夜待ち』『三年寝太郎』『おんにょろ盛衰記』ほか二篇の民話劇を収載した巻が発行され、頼まれて書評を書いた。

それらの民話劇は、すでに何度か読み上演された舞台も観、いずれもぼくに親しいものであったので、実は改めて読み直す労を省かせていただこうとたくらんだのだが、いい感じの装幀の書物をめくっているうちについ読みはじめ、読みはじめたら一気に全巻を読まされてしまった。むろん、読んでみてよかったのである。

よかったというのは、たとえば、見事にリファインされた日本語の美しさに今更ながら感じ入ったということではなく、また、単に一つ一つの作品でなされているいくつかの技法上の試みに魅かれたということでもない。それもあるが、それだけではなく、木下順二によって書かれ「ぶどうの会」によって上演されてきた民話劇と、もうひとつ、いわゆる現代劇の二つの流れがたがいにはたらきあい、もつれあっていくプロセスを読みとることができ、そのプロセスをたどっていくことで、木下順二と

「ぶどうの会」がさぐりあてようとしているリアリズム演劇の問題の輪廓がわりにはっきりしてきたということである。つまり、こういうことである。

この本（作品集Ⅱ）の巻末にある木下さんと竹内実さんとの「対談解説」にも出てくることだが、たくさんの人たちの過剰な期待に反して、『二十二夜待ち』からはじまる民話劇の大部分の作品は、いわば「非常に気軽に」「ちょこっと」書かれたものだということがまずある。さもありなんということと同時に、いやそれだけではあるまいということはあるのだが、すくなくとも、『おんにょろ』『夕鶴』を除くほとんどの作品には、たしかに、過剰な期待や深刻な意味づけをうけつけぬなにかがある。開放的でかろやかなのである。

戦後のある時期、たぶん『夕鶴』の上演をきっかけに口火が切られたと思われる民話ないし民話劇ブームの時期、すなわち一九五二年からの数年間における民話劇へのむかい方、とりあげ方には、善意ではあったろうが、善意というやつがよくやらかす〝ひいきの引きたおし〟がみられた。いまもないとはいえない。いうならば、民話を素材とした一連の劇作品がそれぞれもっている内容に、たいそう窮屈な解釈やいかにも強引な意味賦与を行なうという傾向である。『彦市ばなし』や『三年寝太郎』はいわずもがな『夕鶴』にまで、時の権力ないし権力側の体制に対する民衆の抵抗、抵抗のエネルギーという解釈をおしつけ、現在の政治状況にひきつけたせっかちな評価をやるという姿勢があったのは事実である。ないものねだり、というべきだろう。

これは、一九五〇年の朝鮮戦争、レッド・パージ、五一年の講和・安保条約の成立、五二年の破防法、火炎ビン闘争、五三年の内灘と続いていく当時のにえたぎるような政治状況のなかでは、ある程度やむをえなかったろう、というよりむしろ、当然のことだったのかも知れない。何よりもまず、文句なしに惚れちゃったということが先にある。何かしらホッとするもの、何の気兼ねもなしにスッと入りこんでいける世界を民話劇に発見したということでもある。

いわば、気まぐれ者の横恋慕にも似た惚れこみ方をされ、モミクチャにされたわけだが、しかし、〝民話劇は残った〟——のである。水が油をはじくような具合いに、そのような形での政治をうけつけなかったのである。しかし、民話劇に対するあらゆる層からのないものねだりは、反面、民話劇がもっていなければならない、というのが無理なら、もっていてほしいのにもっていないなにものかに対する、まことに民衆のやり方らしい評価の一つの現われでもあったろうと思うのである。したがって、民話劇に対するこの飢餓感は、読者なり観客なりそれを受けとるこちら側に許される当然の無責任さをもって、同じ作家の現代劇への期待へと鉾先を向けてくるのである。それは、読みかえす労をいとって批評を書こうなどという不都合千万な振舞いにおよぼうとしたぼく自身の意識ともどこかで通いあっている。

しかしながら、すでにいわれているように、『三角帽子』『赤い陣羽織』あたりから始まって『夕鶴』で見事な達成を示し、『おんにょろ』でも結実しているところの、日本の伝統的世界をヨーロッパの演劇伝統、とりわけ、アリストテレスによって定型づけられたギリシャ悲劇のドラマトゥルギーによって構築しようとする作業の軌跡は、木下さんの最初の作品が戦争中に書かれた『風浪』であることをひくまでもなく、民話劇に対する民衆の不満は同時に、というよりも、すでに木下さん自身のそれであったことを物語っている。

『夕鶴』と『おんにょろ』は、そういう意味で、いわゆる民話劇の範疇とそのコースを大きくはみ出している作品といえよう。そして、はみ出したまさしくその局面で、『風浪』にはじまって『山脈（やまなみ）』『暗い火花』『蛙昇天』『東の国にて』『沖縄』とつづく現代劇のコースと分かちがたく交錯し、結合しようとしている。そしてこの、民話劇と現代劇の二つのコースが、ないまぜられながらのびていくヴェクトル上に、木下順二の、そしてこの場合、「ぶどうの会」のリアリズムの課題があることはたしかなのだが、そしてそういってしまうことは本当に簡単なことなのだが、しかしこの両者の関係の仕方は口でいうほど簡単ではない。たとえば、次のようなことである。

民話劇と現代劇の両方の系列の作品に共通していえることだが、さきほどの『おんにょろ』『夕鶴』までふくめて民話劇の作品が、たいへんまとまった劇の世界をつくり出しえているのに対し、現代劇の方はそうではない。すなわち、民話劇が世界を完結した構造で表現しえているのに比べて、現代劇は、すくなくとも結果としては、完結しえない世界を完結した構造でとらえようとして、なお十分にはとらえきっていないようにみえるという点が、両者を区別するきわだった特徴として現われていることは注目されてよい。

このことは、もちろん、民話劇が、民衆のあいだで語りつがれ、語りつがれることで生命を与えられながらつくり上げられた、つねに完結した物語の骨格をもつ民話を素材としているのに対して、現代劇は、おそらく永久に完結することのない現実、しかも決して単純明快とはいえない日本の現実を素材としている、ということに第一の理由をもっている。

動いている現実を、しかも、大げさにいえばどっちを向いて動いているのかわからぬ現実を、動いている方向で、かつ動いていかねばならぬ方向でとらえて表現しなければならぬのがリアリストの任務であり、かつそれを、詩でもなく散文でもなくほかならぬ劇としてとらえて表現し、表現することでとらえるのが劇作家の仕事だとすれば、これはやはりたいへんな仕事である。事実、木下さんの一つ一つの現代劇の作品は、身をもってその困難さを証明しているかのようである。

完結しない現実を完結した構造でとらえようとするところに、劇におけるリアリズムの課題があるのだとした場合、木下さんにおける民話劇と現代劇とは果たして有効な関係をむすびうるか、うるとしたらどのような結合の仕方でありうるか、というのがぼくの疑問であるわけだが、両者の関係は並列的ではないにしても、しかし、軽々しくないまぜられるといっていいほど好都合な関係ではないようである。

たとえば、木下さんのあのリファインされた日本語は、完結した世界を表現するのには有効かつ不可欠であるとしても、ゆれながら動いている現実をとくにアクチュアルな地点でとらえようとした場合、なおかつそのまま有効であろうかという疑問もある。最近作の『沖縄』（『群像』未完）に対する、ぼくのもっとも大きな関心の一つがそこにある。変革のイメージをつくり、それをささえる言葉は、民話劇の世界をささえる言葉とはどこかで大きくちがった質感とダイナミズムと、場合によって破壊的なエネルギーをふくんだものでなければならないのではあるまいか、という疑問および関心である。

いまはふたたび政治の季節である。対象たるぼくたちの現実は当然かつ正当に政治につらぬかれている。が、その政治とは、例の気まぐれ者の政治野郎ではもちろんない。それをこえたもっとスケールの大きなやつ、そしてそれをもくわえこんで動く、歴史とでもいってしまった方がよいなにものかである。ひと息にいってしまえば、それと人間とのたえまない緊張関係の上にこそ現代のドラマは築かれるにちがいない。読者あるいは観客の、民話劇へのある種の飢餓感の正体が何であるかということ、および、それを充たしたい欲求が同じ作家の現代劇に向けられていることの理由もまた、ここいらへんにあるだろうと思うのである。

実のところ、どちらかといえば「ぶどうの会」についてたくさん書くつもりが、以上のようなことになってしまった。が、それほど別のことを書いたような気がしているわけではない。それは、「木下（順二）の作品を、岡倉士朗が演出し、それに山本（安英）が出演し、それがぶどうの会という若い俳優集団との結びつきにおいて上演され」ていたという関係の故というよりは、木下順二の民話劇――現代劇――リアリズム演劇というサークルをどう攻め上げていくかが、ここ当分の、そしておそらくずっと当分の、「ぶどうの会」のやはり課題だとぼくが思っているからにちがいない。

今年のはじめ、除名や脱退やの問題があったと聞く。書かれたものもいろいろ読んでみた。この「ことがら」についての意見もあるが、それにはまたほかの機会があるだろう。いまは書かない。ただ、いろんな意味で、これまでの「ぶどうの会」にあった不可解な、不透明な部分がすっきりしたという感じは一つある。うまくいえないのだが、そこのところ、何かを引いた残りが「ぶどうの会」だという引き算勘定ではなく、もっと意識的に、もっと自信をもって、太々しく大胆に、大衆のなかに入っていくことだと思う。

これは、もちろん、蛇足というべきであろう。

〈一九六一・七・二一〉

（「ぶどうの会公演『夕鶴・おんにょろ盛衰記』パンフレット」1961年8月）

戯曲について

この作品を活字で読まれた人、あるいは劇場でプログラムをひらかれた人は、『遠くまで行くんだ』というこの戯曲には、題名の下か横のほうに（三部）という文字があるのにお気づきだろう。（三部）とあるだけで、（三幕）とも（三部のドラマ）とも（三幕二十八場）とも書かれていない。つまり、（幕）だとか（ドラマ）だとかの銘がうたれていない。

なぜそうであるのか、そうであることの意味はなにか——ということについては、むろん作者自身によって語られるのがいちばんだが、作品を読み、上演された舞台をみ、その作者を敬愛おくあたわざる友人としてもち、かつ、みずからも劇作の仕事に従おうとしているぼくにしてみれば、この問題を次のように歪曲してみたい興味をそそられるのも事実だ。

ご承知のとおり、『遠くまで行くんだ』の主人公は青年たちである。この作品には、したがって、現代をさまざまに生きようとする青年たちの、思考や感情や思想やパッションや行動が、状況のなかでどのように転げまわり、ぶつかり、分かれ、結びつき、とどのつまり何に到達したか、あるいはしなかったかという軌跡が見事に緻密なタッチでえがかれている。——そこまでは、だれがいっても、そうである、とおもう。

問題は、だから、それらのことが、なぜ小説や詩や映画でなく、ほかならぬ劇作品として書かれたのかということだ。大まじめにいえば、『遠くまで行くんだ』はドラマなりや否や、なりとせばいかようにドラマたりえているやということだが、（三部）うんぬんの表現はこのことに関係があるらしい。

歪曲してみたい興味、などという福田善之らしいいい方をしたのは、作者には迷惑かも知れないが、問題のそういう引きつけ方をしてみたくてたまらないぼく自身のいまの状態があるからだが、しかし、たとえば、真に何が保守であり何が反保守であるかの分別すらつきにくい今日的状況のなかで、ドラマなりや否やという設問はあまり意味がない。算術のような計算で解答が出てきても、それには大して興味はない。――かといって、戯曲がこんにち戯曲たりうる、劇が劇たりうる原理の追及をサボったところに演劇が成り立つはずはない。何が真に保守であり進歩であるかの追及を放棄したところで運動が成り立たないのと同断である。

『遠くまで行くんだ』という戯曲は、教科書の定義ふうなドラマの概念を一ケタも二ケタもはみ出している作品である。というよりも、目分量でいってすくなくとも半分は、そういったドラマ概念をけとばそうとする作者の意図がある、というのが正しいだろう。その限りでは、この作品は作者が考えた以上にその役割を果そうとしている、といってよいだろう。

木下順二の言葉を、これまた歪曲させていただけば、「決して完結することのない現実を、完結した世界としてつくり出したもの」がドラマだという意味でのドラマではないということだ。が、木下ドラマ論を歪曲せずにいえば、そういったドラマと、「生活している社会全体でつながった」地点でストレートな共感や感動をよぶドラマとを統一したものがこれからつくらねばならぬドラマだという意味のなかでは、統一されねばならぬあとのほうのドラマの要素をつよくもっているものだ、とはいえないか。はしょらせてもらえば、いわゆるドラマとしての完結性を意図するものではないが、ヒリヒリするようなアクチュアリティをもった作品だということができるだろう。

その意味では、たしかに、登場人物の対話のなかには構造があるが、作品の構造のなかには対話がない、あってもよわい、ということはいえそうである。にもかかわらず、なぜ一九六〇年代を生きる日本人の共感と感動をこの作品はよびおこしえたか、というところに問題の肝心な部分がある。そのような共感や感動とつながる状況の意味を表現するのに、ではいったい、この作品を書くのに用いられた以外のどんな方法があったろうか、ということである。それに対する彼の答えがこの作品だ、ということだ。

また、この作品の主人公は青年たちだと書いたが、ドラマとしての非完結性という問題も、実はそのことと無関係ではない、という問題がある。若さは消費である、とだれかがいった。——かどうか知らない。が、そういってもまちがいではない。なぜなら、エネルギーの存在形態は消費の瞬間にあるからだ。石炭も石油も燃焼することでエネルギーたりえている。そして、マルクスの言葉を引くまでもなく、生産に関与しないで消費というものはない。消費と生産、破壊と創造という矛盾の関係に条件を与えれば運動になる。運動であるからには完結はない。そして、完結しないのが若さであり、青年である。

前にむかって進む運動のなかのミイラ化した部分を打撃する決定的なモメントが、だから、この作品では、「思想」というよりは、青年たちのシリコーンのように水をはじく思考やエネルギーによりつよくおかれているのには理由がある。理由はあるが、しかしそれでよいのかどうか。もちろん、「思想」を破壊するのに「思想」をもってせねばならぬという義務は、一義的には戯曲（文学）にはない。だが、エネルギーを単にエネルギーとしてではなく、そんな作業が成り立つかどうか知らないが、エネルギーを構造的にとらえることはできないものか。音楽や絵とちがって、演劇にはそれが必要にして可能だといってしまえば、ぼくの戯曲もここに極まったというべきだろう、か。

『遠くまで行くんだ』という戯曲には、破壊されなければならぬ状況（これをせまくせまくとる傾向の人々のために、つくり出さねばならぬ世界といってもよいのだが）と、それに立ちむかう姿勢が示されているばかりでなく、それを戯曲としてえがくために破壊されねばならぬ方法がピッタリ一枚のものとして示されている。たいへん刺激的である。

〈一九六二・三・二七〉

（「舞台芸術学院11期上演『遠くまで行くんだ』パンフレット」１９６２年４月）

風雅な人たち

日本が外国との戦争にはじめて敗けたとき、つまり一九四五年の八月、ぼくは九州にいた。いた、といっても、思春期の六年ばかりを北京に過した期間をのぞけば、たったの一度も九州をはなれたことがなかったのだから、兵隊や徴用で九州に行っていたのとはわけがちがう。土着していたのである。

その一九四五年の八月、の、それも下旬になってからのむろん話だが、九州島だけが本土とはなれて独立国になるというウワサがとんでいた。独立して〈大九州帝国〉になるのか〈九州人民共和国〉になるのかでいえば、おしむらくは〈大九州帝国〉のほうだったのだが、日本が従属国になるのをきらい、神州不滅のスローガンのもとに地域人民闘争を敢行しようという、あの戦争の幕切れにふさわしい〈構想〉は、いかにも九州のものだった。

井上光晴と高山図南雄が九州である。ということを知ったとき、ぼくはちっともおどろかなかった。高山はぼくの郷里熊本に住んだことがあるそうだし、ぼくは井上のハイマート佐世保に住んだことがあるのだが、この二人をみていると、風土が人間の稟質《ひんしつ》に影響をあたえるということがわかる気がする。それほど九州的なのだ。

熊本に〈フガジン〉という土地のことばがある。うしろゆびをさして、あいつはフガジンだ、といった用法をするのだが、パラフレーズしてみれば、つきあいにくいヤツ、ヘソまがりなヤツ、といったほどのことばである。

さいきん人に聞いたところでは、〈風雅人〉あるいは〈風雅仁〉なる字をあてるのだそうだ。どうしたわけか、九州にはこの〈フガジン〉がじつに多いのだが、井上と高山をぼくが勝手に九州だときめこんだのは、ほかならぬ〈フガジン〉を二人に発見したからだ。

十年ほどまえ、ぼくが九州をひきはらって東京に出てきたとき、東京の人間がめったにハラをたてないのにおどろいたことがある。へたにふるまうとこいつは〈フガジン〉にされちまうぞ、よく自分にいいきかせたものだ。そういう九州人のパースナリティ、のなかのある気質——つきあいにくさ、ものわかりのわるさ、執念ぶかさ、はげしさといったものを二人にみて、だからぼくはホッとする。酒をいみきらわない点でも似てるとあっては、うれしくさえなる。おまけに、二人とぼくは同じ年の生まれである。

九州から東京に出てきている人間には、演劇人とバーの女給が多いそうだ。「おっかあ、ここが上野だよ」というような東北型のいじらしさでなく、文字どおり出奔というイキオイのよさが九州型だとおもうのだが、それだけに、水のちがった土地で討死させられる危険もあろうというものだ。生きのびてこそサムライの本懐、善戦したいものだ。

二人にもっているぼくの親近感は、しかしそういう地縁的なものだけではもちろんない。その、地縁的なものではないところで、ぼくは井上と高山のこんどで二回目になる共同の仕事に期待をもっている。拍手。

（「演劇座公演『スクラップ』パンフレット」１９６２年５月）

〝三島美学〟はどれほど有効か
──『喜びの琴』上演と戦後の新劇界

東京に都電なるものがある。新劇を観るためにはわれわれ都電に乗らなければならぬ。商業演劇の劇場はおおむね国電沿線にあるのに、新劇のそれは都電の沿線にしかないからだ。料金が安いかわりに、ひどくノロマで能率のわるい路面電車。が、不思議なもので、ガタゴトゆられているうち何となく新劇の観客らしい気分になってくる。──というふうな、新劇の都電的イメージは生きながらえるべきであるか。

むろん、ゆれ動いているのは電車だけではない。築地小劇場いらい四十年の〈伝統〉をほこる日本新劇もまた、こんにち重大な転機に立とうとしている。

築地小劇場の創立は一九二四年、だから新劇もことしでちょうど四十年になる、というのはしかしいわば算術の問題である。重要なことは、その四十年のうち半分の二十年は、戦後の新劇のものだという事実、つまり、戦後の日本新劇はすでに戦前とほとんどひとしい歴史をもつに至っているという事実である。もはや算術の問題ではない。戦後二十年、新劇はその時間にどのような内容をあたええたか。なにを営み、なにを創出し、そして、いずこに赴こうとしているのか。

資料によれば、一九六三年における東京の新劇は、延べ九十三の劇団が合計百九の公演をおこない、その演目も外国戯曲五十四に対し日本戯曲五十五（うち新作三十）ときわめて多彩である。これに、それらの地方公演や地方劇団の公演を加えると、劇団数、公演回数、観客数など数量的には戦前の比ではない。繁栄というべきだろう。

しかしながら戦後における演劇実践の実体はなにかとなれば、戦前の新劇が〈運動〉としての曲折をたどりながらいくつかのモニュメンタルな作品と舞台を生み、それによって〈戦前新劇〉という総体像を形成しているのにくらべ、戦後の新劇は、戦前の〈運動〉を象徴化してこれを心情的に継承しながら、しかし創造と運動の論理としてはこれを発展的にも否定的にも継承する方法をもたないまま、あるいはもとうとしないままに続けてきた。

きわめてコンベンショナルな上演活動の尨大なしかしほとんど無意味な堆積——それが新劇の戦後だといえる。〈運動〉など、むろんついに成立していない。なしくずしの戦後である。そして、なしくずしのまま迎えようとしている転機である。

そのような新劇も、しかし、状況のより拡散的な方向への深化がすすむにつれ、ようやく苦悶の表情を呈しはじめたといえよう。とくに一九六〇年からの何年間におきたさまざまの事件は、当事者たちの自覚をはるかにこえて重要な意味をもっている。六三年における文学座の分裂もその例外ではない。というより、あらゆる意味で象徴的な事件でそれはあった。

知られているように、文学座は、戦前戦後を一貫する二十五年の歴史をもち、芸術至上主義を理念としてかかげ、家族主義的連帯により結ばれた多数の座員をかかえる、日本でもっとも高名な劇団の一つであった。

その文学座が二度にわたって分裂した。はじめの場合は、座に不満をもって脱退した三十名ちかくの中堅俳優・演出家が、福田恆存氏をリーダーとして演劇集団雲=現代演劇協会を結成し、こんどの場合は三島由紀夫氏の戯曲『喜びの琴』の上演中止を契機にして十数名の作家・演出家・俳優が脱退した。けだし、不幸な事件といわねばなるまい。

しかし、この二つの分裂事件がわれわれに呈示しているのは、新劇団にありふれたお家騒動などではなく、新劇がただいまそこにおかれている新しい状況のきびしさと、その状況によって摘発された新劇の病理そのものである。

『喜びの琴』が政治劇あるいは思想劇であるかないか、そしてそれの上演中止が政治上あるいは思想上の理由によるものであるかないかが問題であるより、ことがらがそのような形にしばられてゆかざるをえない現在の状況の中にこそ問題はあるはず。中止の理由をめぐる作者対劇団のやりとりはむしろユーモラスでさえある。その意味では、『喜びの琴』という作品の評価それ自体は直接この事件に関係がないともいえるだろう。

この作品に対する見聞したかぎりでの評価は、あんまりかんばしくないようだ。たとえば、「出来がよくない」、「調子がひくい」、「凡作」などの評語を眼や耳にしたりする。読んでみて、なるほどとおもわぬではない。しかし、ぼくはそれほど「出来がよくない」「凡作」だとは思わない。念のため三島氏の他の劇作品と読みくらべてみたが、氏の代表作の一つとされている『鹿鳴館』よりははるかによい。『鹿鳴館』が多少手のこんだウエルメイド・プレイだとすれば、『喜びの琴』にはおなじマナリズムでも吉本隆明氏いうところの〈自己表出〉があるようにおもわれる。

ただ、素材が素材だけに、ということはアクチュアルな〈政治〉を素材としているだけにということだが、在来の政治主義的な政治劇に多くみられる風俗劇的手法と文体とを氏がとらざるをえず、そしてとったことの結果として、風俗性を逆手にとることで琴の音をひびかせようとしたはずの（『近代能楽集』の諸作品をはじめほとんどの作品にも共通している）意図が、このたびはたいそう不完全にしか実現されなかったのではないか、ということはいえよう。

そのような問題はあるにせよ、しかしこの作品はいわゆる政治劇ではない。まして思想劇ではない。それは、芸術や芸術家をあつかったからとて芸術劇とはよばないと同断である。何よりもまず、『喜びの琴』は芸術作品として劇団に提出された。したがって文学座は、この作品の芸術的価値をあくまでも芸術上の問題として論議し結論を出すべきであったはず。上演できないならできない理由をこの作品に対する芸術的批判として出すべきであったろう。にもかかわらず、公式的には「思想上の理由により」中止する旨の一札を三島氏にとられている。この問題、三島氏のほうが役者が一枚上であった、ということではすまないことがらである。

もっとも、形而上のものをつねに形而下のものとしてあつかわねばならぬのが俳優集団である。とすれば、芸術至上主義を標榜する劇団ともあろうものが、という非難は酷にすぎるかも知れぬ。が、いまはあえていわねばならぬ。

ところで、この作品はこの五月、浅利慶太氏のプロデュース・演出で日生劇場において上演されるという。いうまでもなく日生劇場は、商業主義とプロデューサー・システムをもって、四十年の〈伝統〉と〈統一と団結〉をほこる新劇を攪乱するものとの悪名をはやくからはせ、一部からは福田恆存氏を首領とする劇団雲とセット・アップされて、〈ケネディ・ライシャワー路線〉の一環だという非難や攻撃の集中打をあびながら開場した。ともあれ、この劇場にははじめに書いた都電のイメージがない。電車ではなく、カーとタキシードである。そのような演劇であり、新劇である。そして、ともかく開場し、盛業中である。いくつかの新劇団と個人も参加している。一時の非難攻撃は下火の気配である。さて、どうなるか。

好むと好まざるとにかかわらず、日生劇場およびそこでプロデュースされる新劇が、それ以外のたとえば民藝、俳優座などの大劇団とともに、これからの新劇のペースメーカーであろうとし、とくに公演回数や動員観客数などの物量的な側面でかなりな程度に、でありうるだろうことは疑いない。そのかぎりにおいて、これらの集団は、みずからの芸術的達成を商業主義との格闘を通じて成功させねばならぬ困難な課題と当面するだろうし、その成否に芸術家集団として最後的生命をかけることになるであろう。

商業主義との困難なたたかいという場合、具体的にはキャパシティをもつ劇場、ポピュラーな演目、アトラクティブな配役等の諸条件の合理的な検討もさることながら、しかしむろん最も困難な課題は、上演演目の芸術内容をことば本来の意味においていかにクリエイティブなものたらしめうるかの問題であろう。

それらの集団がそのためにおこなわねばならず、そしておこなっていることは、プロデューサー・システムというピック・アップ方式か、単位集団内での貯蓄方式かの別はあれ、老練な演技力を一個の舞台に組織することである。老練な演技力こそがその場合のたのむべきもっとも有力な武器である。そして、この老練な演技力のみが、〈苦難〉にみちた新劇四十年の歴史のいまやほとんど唯一の達成なのである。

日本新劇の鼻祖小山内薫が創業にあたって念じていたのは、役者を素人に、素人を役者にということであった。そのため旧劇の役者とも袂をわかち、何よりもまずわれらの技芸を、とさけんだのだが、テレビ『赤穂浪士』を瞥見するまでもなく、われらの技芸はついに旧劇のそれにまで達しえたかにみえる、とすれば、風雪四十年、日本新劇の使命いまここに果てたり、というべきではないだろうか。

芸と術のみがみえて芸術を見失うに至るやも知れぬ新劇状況は、つくられてはならない。杞人の憂いかも知れぬ。が、戦前の〈遺産〉としての古典的な左翼主義に心情的にひたりながら、状況とはもとより、他ジャンルでの運動や論争ともひたすら形而下的に孤立しつづけてきた戦後新劇の二十年をおもうとき、それが杞憂であることの保証は何もない。

状況とのするどい緊張関係をもつ芸術主体の確立と創造方法の追求を、新劇もいま努力しなければならぬ時期なのである。われわれがまだすぐれた大衆劇の方法を発見しえていない現在、商業主義的環境の中での芸と術との練磨にはおのずから限りがあるはず。われわれにとって何よりも急務なのは、あたり前の話だが、新劇における芸術本来の機能の回復と強化である。そのことのために、三島氏の美学はどれほどわれわれに有効でありうるか。『喜びの琴』と文学座の分裂をあげつらったのもそのためにほかならぬ。

（『週刊読書人』1964年3月16日）

福田善之についての走り書

ぼく、芝居をあまりみません。みたくないと思っているのではないのですが、何となくあまりみません。東京にいながら、しかも芝居を書く身分なのですから、まことに不心得なことだといわねばなりません。

そんななまけ者のぼくが数日前ある芝居をみました。ことしになって初めての芝居です。劇団民藝の『夜明け前』です。ご承知のように、この芝居は島崎藤村の原作を村山知義さんが脚色し、久保栄さんの演出で戦前の新協劇団が上演したことのある、『火山灰地』とならぶ〈名作〉のひとつです。その再演だというわけです。劇場は有楽町の読売ホール。土曜日のマチネーだというのに、ひろい客席はほぼいっぱいでした。

芝居がおわりました。ながいながい拍手のうちに静かに幕。――というのが最近の芝居のお行儀ですが、その日はそれとはちょっとちがった、何とはなくフンギリのつかない感じの客席でした。となりにいたBGの人たちがいいました。「あら、もうおしまい?」「らしいわ。あっさりしてんのね」。

このお芝居、実は第一部、第二部とあって、今回はその第一部だというわけなのですが、チラシなどではそれがはっきりしないため、知らない観客はよけいそんな印象をもったのかも知れません。でも、このお芝居は元来、演出にあたった久保さんのことばをかりれば「脚色のスタイルが規定するとほり、舞台の環境と行為もスタチックであり、一見事件性に乏しいやうに見られる」作品なので、さきほどの「あっさりしてんのね」というBGの印象もあながち理由がないわけではありません。久保さんは、だから、「演出にあたっては、この外形的な静学性（静力学性の意かとも思います——宮本）のなかに、内面的なダイナミシテイを導入することが、欠くべからざる条件」（「演出おぼえ書」）といっているのですが、当日の舞台表現の成果はさておくとして、幕切れの場面——ご存じのように、第一部は京都に出発しようとする主人公の青山半蔵が「……ひどいあらしだ。鐘ももう聞えない。もう少しで夜明けだよ」と妻のお民に語るところで幕がおります——その、いわば〈感動的〉な場面でふいと福田善之の『オッペケペ』を思い出したのです。どういうはずみだったかよくわからないのですが、いってみればこんなことではないかと思うのです。

東京での公演の際、『オッペケペ』とくにその幕切れの場面にいろんな批評がでました。ぼくが見聞したかぎりでは、賛否の意見がきれいに二つにわかれたようです。すなわち、福田もやっと〈感動的〉な芝居を書くようになったかと賛成する意見、および福田もとうとう〈感動的〉な芝居を書くようになったかと反対する意見です。幕切れの、初心を忘れて戦争劇にはしった先生の城山剣竜にそむき、ひとり愛甲辰也が戦争反対のオッペケペ節をうたいまくる（？）場面についての解釈ないし評価の問題です。

こんな場合作者としてはさぞ迷惑だろうとお考えになるかも知れませんが、どうしてどうして、作者冥利につきるとはこんな時のことをいうのです。が、それはともかく、反対だという意見の人たちによれば、そのような芝居の結着のつけ方は〈心情的〉だというのです。劇の論理によってではなく、心情によって観客に訴えようとするのはけしからん、ずるい、まちがいだというわけです。おもしろい問題です。

もっとも、福田善之の芝居の結末が〈心情的〉であるという意見はいまにはじまったことではありません。そういった〈心情的〉なものからずっと遠く離れたはずの『遠くまで行くんだ』についても、幕切れのスペイン国境での青年たちとくにジャンがそうだという意見。また〈心情的〉とは縁もゆかりもないはずの『真田風雲録』における幕切れの佐助がそうだという意見など、これまでもいわれては来ていました。とすると、これはどういうことなのでしょう。

芝居にかぎらずどんなジャンルの作品でも、主人公が作品のテーマを直接にしゃべったりはしないものです。作者が登場人物の口をかりて作品の主題を語らせられるものなら、創作なんてこんな楽な仕事はないはずです。むろん、実際にはときどきそんな作品にお眼にかかることもあります。いわゆる自然主義の手法で書かれたものに多いようです。でなければブレヒトです。ブレヒトを例外とすれば、そのような手法で書かれた作品は芝居の場合とてもはっきりしています。たとえば、幕切れで主人公が高らかに、あるいはうめくように口にするセリフがテーマであるような作品がそれです。その手法では、それよりほかにテーマを表現する手がないからです。

ところで『オッペケペ』はその点どうでしょうか。もし、愛甲青年が主人公でテーマが戦争反対なら、そういう作品だということになります。が、果してそうでしょうか。どうもちがうような気がします。戦争反対がテーマでも愛甲君が主人公でもないようにぼくは思います。でも、この問題はやはり幕があいてから、いや、おりてからの問題として残しておいたほうがよろしいようです。ただいっておきたい気がするのは、福田善之の作品には主人公の読みちがえがよく起きるということです。たぶんこやつが主人公だろうと合点しながら読んでいると、あるいは観ていると、たいていの場合そやつではなくあやつであったということになるのです。『オッペケペ』もまたしかり。愛甲青年が主人公でないとすればではだれか。それによって、むろん、テーマもかわります。福田の芝居における〈心情的〉の問題をときほぐしていく手掛りのひとつがそこにあるのではないかと思います。

さきほどから〈心情的〉ということばかりいいますが、なぜいうかといいますと、この〈心情的〉というやつが〈感動的〉というやつと結びつくとたいへんなことになるからです。しかも、この二つはひどくショートしやすいし、人間は劇場にはいると不思議に電気にうたれたい気分になるからです。やっかいなのです。『夜明け前』の舞台をみながら福田善之の芝居のことをひょいと思ったのも、ぼくのなかの一種の短絡反応といえるでしょうか。

何業にてもあれ不自由というものはつきまとうものですが、芝居とて埒外ではありません。でも、役に立つ不自由さと役に立たぬ不自由さというものはあります。福田善之は、芝居を書くのに役立たぬ不自由さを見事に脱ぎすててみせました。戦前からの新劇のいろんな不自由さを、こうすれば脱ぎすてられるんだとぼくらに教えました。と、こんなことを福田にいうとかれは不機嫌な顔をします。むろん、やすやすとそれができたなどとは思っていないのですが、なぜかうれしそうな顔をしません。でも、かれの芝居が、四十年の歴史をもつ日本新劇のゆきどまりの地点から新しい展望をひらく可能性のいくつかを示しているのはまぎれもない事実です。たとえそのコースがかれ以外の才能には許されないとしてもです。

福田善之はあるところで、このごろの心境を「風蕭々として易水寒し」の詩句に託して語りました。その心境と『真田風雲録』や『オッペケペ』の舞台とをどうつなげたらよいのか迷う人がすくなくはないはずですが、それにはいますこし、時折りひどい淋しがり屋になったり、斗酒をあおってなお乱れなかったり、両眼に涙をたたえて人を諫《ただ》したりなどする、かれのもう一つの顔にふれるの必要がありましょう。また、そのことによってはじめて当初の問題にある照明をあてることもできましょうが、しかしそれはあまりにも〈心情的〉かつ〈感動的〉にすぎようというもの、またここはその場所でもないようです。

（『大阪労演』１９６４年５月）

さすらいの千禾夫さん

千禾夫さん、千禾夫さん……と、みんなそうよぶ。田中さんとか、田中先生とかいったよび名はあまり聞かない。若い俳優さんたちの敬称も千禾夫先生である。おつきあいの深浅、多少にかかわらず、新劇の人たちはそのように田中千禾夫さんのことをよんでいる。お人柄である。で、この文中においても、千禾夫さんとよばせていただく。

千禾夫さんに手紙を書こうとしたことが二度ある。一度は、昨年『自由少年』（未上演）という新作を読ませていただいたとき、もう一度は、そのあと伊豆の旅館で『ザ・パイロット』という自分の作品を書いているときである。何かの用件ができたわけではない。作品についての感想や質問を書きたかったわけでもない。ただ何となく、衝動的にそう思っただけである。紙までひろげながら、しかし、結局書かないでしまったのだが、もし書いていれば、艶書みたいなものになっていたのではないかと思う。一度目のときは作品を読んだことで、二度目のときは作品を書いていることで、ぼくは決して正常とはいえない、エキサイトした精神の状態にあったからである。いってみれば、何かひとこと声をかけたい、かけずにいられないような、そんな場所にその時千禾夫さんがいらっしゃるような気持にぼくがなったということでもあろうか。

ここ数年来、ひらたい言葉でいわせていただくなら、千禾夫さんのお芝居はだんだんおもしろくなりつつあるとぼくは思う。だんだん難かしくなりつつあるという人もいる。しかし、人が難かしいといっているその度合いだけ実はおもしろくなりつつあるのだとぼくには思える。それはなぜか、そしてそれはどのようにであるか——ということをいまここで書くわけにはいかない。そのためには、きちんとした作家論と作品論がきちんとしたやり方でやられる必要がその前にあると考えるからである。一、二年前から、田中千禾夫論をやる必要があるなぁ、だれかやらないかなーと、ぼく自身も考え、友人たちとも語らったりしてきたのだが、なかなかその機会がない。機会がないというより、本当のところは、ちょっとやそっとのことでは尻っぽがつかまえられない作家であり作品であるからにちがいないのだが、そうかといって、わかる・わからない論や神様論や女性憎悪論でお茶がにごされている状態を指をくわえて眺めていることはないのである。大きくいえば、千禾夫さんの作品の系列を丹念にさぐってくると、作家としての個性や稟質をこえて、日本の新劇がいま当面している芸術上の問題状況と深いところでクロスしていることがわかるはずである。戯曲だけをとってみても、最近の創作劇は、ひところの行儀正しい作劇法がこわれ去り、みめかたちの定かでない、ヘンなお芝居がふえつつある。いうならば、そのようなヘンなお芝居を生み出さざるを得ない今日の芸術状況を、田中戯曲はある意味でたいへん正確に反映している、というよりはむしろ、正確に先取りしているところがあるように思えるのである。正確な批評が出てこないのはそのためであるのだが、千禾夫さんという作家は、そのような砂漠のごとき新劇界を、微笑をうかべながら飄々とさすらっていらっしゃるような、そんなおもむきがある。

『さすらい』という最近作がある。上演を楽しみにしていたのに事情でどうしても観ることが出来なかった。〈紙芝居のアルファ場〉というサブ・タイトルみたいなものがついている。どんな舞台だったか、と人に聞いてみたら、とてもおもしろかったという人と、しかしどうもよくわからないところがあるという人がいた。なるほど、そうだろうな、やはりおもしろかったんだな、とぼくは観ないのに観てしまったような気持になってしまった。『さすらい』という戯曲を読んだだけのところでいえば、こんなことをぼくは考えたりしたものである。

——〝小さい暴力を追放しよう〟という運動があった。新聞のキャンペーンで、一時はかなり派手だった。バスの中でタバコをすったり、行列に割りこんだりした男を警察につき出した、などという美談が毎日のように新聞に出ていた。バスの中のタバコや行列の割りこみはたしかによくないことだし、それを制止するのはよいことである。それはそれでいいのだが、しかし、ぼくは新聞をみるたびにひとりで忍び笑いをした。おかしかったのだ。というのは、敗戦直後の超満員の汽車や電車、車内では人の頭や肩を平気で踏んづけて歩いたり、窓から出たり入ったりのあの風景を思い出したからである。あれからざっと二十年、あの時「はい、ごめんよ」などとまっさきに窓から入っていたおやじさんが、二十年後の今日、「なんだ、てめえ」などと割りこみの男に口をとがらせているような気がしたのである。

町の正義派というか、戦争中は勇気をもって敵とたたかい、敗戦の時は勇気をもって泣き、戦後は勇気をもって窓から突入し、現在は勇気をもって割りこみを排撃する。いってみれば、それが庶民であり、民衆であり、日本人である。

かれらは――したがってわたしたちは、戦後の二十年の前と後では変ったのか、変っていないのか。変ったともいえるし、変っていないともいえる。変ったというのは、しかし、この場合時間が流れただけであり、世相が移っただけであり、彼（あるいは彼ら）自身ではない。したがって、彼（あるいは彼ら）はちっとも変っていないということである。妙ないい方をすれば、変るということは変らないことなのである。

そのような人間像はそのような時間の流れの中でこそもっとも溌剌としているのだが、それを芝居の中でとらえるためには若干の操作が要る。何らかの形で時間を停止させなければならないわけである。現在進行形でしか進まぬ劇の時間を変更するには、原理的には叙事詩的にか抒情詩的にしかない。そして、そのことの結果として、舞台の上の時間と空間は、自然の、というか、歴史上の時間や空間とはちがったものに変化し、変貌し、たがいに交錯しながら、その座標の上に人間をえがき出す。むろん、流れを切られることによって人間の像もまた変形されるわけである。

田中戯曲を読まれた方は、劇中のト書が渦去形で書かれていることにお気づきであろう。『さすらい』においてもそうである。注意ぶかい方は、幕のあかない前のト書は現在形で、あがってからは過去形であることにも気づかれるにちがいない。そして、紙芝居の口上で進んでいくこのお芝居が、紙芝居という語り物――いうならば叙事詩の形式で組み立てられていることもおわかりだと思う。また、とめどもなく転変しながらなおかつ変らない人間をとらえる時間の相は永遠である。そして、永遠という時相は本来抒情詩のものである。とすれば、田中戯曲は叙事詩と抒情詩の世界をその中にはらんでおり、結果として、古典的な意味での劇の構造を解体しながら新しい劇の世界をめざしているといえるだろう。

流れ去ってやまぬ時間にさからい、あらがい、容れられずさすらっている人物——それがおなじみの攸《ところ》参吉である。その参吉が千禾夫さんだ、すくなくともその分身だとはいわないが、参吉が本当に死んでしまえる時、千禾夫さんの舞台に本当のお祭りがくる。そのお祭りの前ぶれが、どの作品にも聞えてくる。お芝居は、とどのつまり、お祭りだとぼくも思う。芝居書きが芝居など書かなくてもいいようなお祭りが早く来てほしいものだと、本当にそう思う。

（『大阪労演』１９６５年２月）

チェーホフとぼく

ことしの春、『イルクーツク物語』などの作者として知られているアルブーゾフさんが日本へ来た。一、二回会う機会があった。かなりの年輩のはずなのに、話すことは少年のように若々しい感じのおじさんだった。何かのついでにモスクワ芸術座の話が出た。そのとき、アルブーゾフさんは、モスクワ芸術座について相当に率直な意見を述べた。つまり、批判した。ユーモラスないい方だったので、同席の人たちといっしょに笑ってしまったのだが、意見そのものは共感できるものだった。こんなことを書くと叱られるかも知れないのだが、一口にいうと、あの劇団はもうアカンというのである。意見の詳細については余裕がないので省くが、ぼくはその時ふと、チェーホフについてはどうなんだろうということを思いうかべた。

モスクワ芸術座が来日した際、ぼくは『おちつかない老年』をのぞくすべての演目を拝見したのだが、そして、その舞台から一定の芸術表現をささえる秩序感といったようなものはうけとったのだが、表現というものは、それを守ることによってではなく破壊することによってしか人は生み出せないと考えるぼくとしては、モスクワ芸術座の舞台に相対しながら、ああ、人間、遺産で食ってちゃいけないのだな、という深刻な感想をいだいたものだった。モスクワ芸術座のその時の演目四つのうち、前記の『老年』と、ゴリキーの『どん底』をのぞけば、あとの二つはチェーホフのものだった。『桜の園』と『三人姉妹』。

ことのついでにいってしまえば、チェーホフはわたしたちにとってすでに遺産なのだと思う。古いというのではない。まだまだ新しいものがある。しかし、いかに莫大なものであろうと遺産は遺産である。すくなくとも、ぼくにとってはそうである。それが、戯曲の、演劇の宿命である。子孫のために美田を残さずという文句があるが、同様、だれが七十年後のことまで考えて戯曲を書くだろう。芸術、とりわけ演劇はこんにちただいまのものである。かけはなれた時代の人がその時代をとらえようとした作品に、ダイレクトな「現代的意義」などを求めることは無意味な努力というべきである。どんな作家にだって、古典を書く力はない。古いものははじめから古いし、新しいものは年月をへてもかなり新しい。

だれにでもあることだろうが、小説などを読んでいて、その作者が自分自身ではないかと錯覚するような経験がある。そんな場合、人はよくその作家に熱中したり傾倒したりする。ぼくには、太宰治とアントン・パーヴロヴィチ・チェーホフがそうだった。ほかにも、関心をもったり、敬服したり、面白がったりする作家や作品がなかったわけではない。しかし、自分にいちばんインチメートだということでいえば、太宰とチェーホフだったような気がする。いろいろと読んだものだった。二十年も昔の話である。

チェーホフについていえば、どちらかというと、短篇や『チェーホフの手帖』のようなフラグメントが多かった。いまでも、「手袋を片方だけはめた死体」だの「生涯左派だけに投票していた男」だの文句がうかんで来る。ペーソスという言葉をチェーホフとだけ結びつけておぼえていた記憶もある。そんなチェーホフのイメージをガラリと変えたのがエルミーロフのチェーホフ論だったが、いまのぼくのチェーホフは、むろんペーソスともエルミーロフともちがっている。おかしないい方だが、チェーホフはチェーホフ、ぼくはぼく、なのである。とはいっても、トレープレフやトリゴーリン、ニーナやアルカーヂナ、ソーリンやドールンなどの作家、女優、実生活者たちの間でかわされる会話を読みかえしてみると、いまさらながら身につまされ、閉口してしまうような部分がある。日本の新劇の話みたいなのである。しかし、これとても、チェーホフがいまだに新しいことの証拠というよりは、ぼくたちがいまだに古いことのそれであると考えるべきであるのだろうとぼくはおもう。

プロセニアムのむこうで、実際の人間がするのとまったく同じような動作をたくさんしながら、何かしら始終出たり入ったりしている登場人物たち。アーチのむこうに小さな宇宙をつくり上げ、決して客席に語りかけて来ない舞台。それを、暗がりからじっとのぞきこんでいる観客たち。——そういう劇場での約束ごとが出来上ってから七、八十年になる。ペテルブルグのアレクサンドリンスキー劇場での『かもめ』の初演が一八九六年。この新形式の芝居は、当時の観客たちのヒンシュクを買い、公演は無残な失敗に終ったのだという。世間も変ったものである。

「私はかもめ」——という言葉を、ニーナという若い女性が劇中でいく度もくりかえす。それから何十年、テレシコワという同じくロシヤの女性が同じ言葉をいく度もくりかえした。「ヤ・チャイカ」「ヤ・チャイカ」。——ニーナのレフレインは、閉ざされた世界のシンボルとして。しかし、テレシコワのそれは、開かれた宇宙からの新しい人間のコール・サインとして。——演劇の舞台だけがいつまでも閉ざされていていいわけはない。

この文章が活字になったころ、ぼくはモスクワにいる。ペテルブルグ（レニングラード）かも知れない。アルブーゾフおじさんに会えたら、チェーホフのことをあらためて聞いてみたいとおもっている。

（「文学座公演『かもめ』パンフレット」１９６５年９月）

V

ロマンティシズムとの出合い

——斎藤茂吉『万葉秀歌』

妙なくせがあって、わたしはよく自分の年齢を忘れる。いまに始まったことではなく、昔からのくせである。——昭和という年号の下の数字が、いつもわたしの年齢だからである。おぼえていなくてもいいのである。昭和になってからの日本の歴史は、だから、そのままわたしの歴史でもある。

昭和の十二年から十九年まで、つまり、太平洋戦争が始まってほぼ終るまでの約七年間、わたしは中国の北京にいた。十二から十九までというと、青春のまっただなかである。わたしの青春はぴったり戦争と重っていた。

北京では、春になると一日中強い風が吹いた。その風がモンゴルの砂漠から砂をはこんできた。中国の人たちは、それを黄砂とか黄塵とかよんでいた。どんよりと、そして、ざらざらした毎日だった。しかし、どんな砂地にでも水分さえあれば花が咲くように、そこにわたしの青春もあった。

幼ない時分から本と名のつくものなら、むさぼるように読みあさっていたわたしの習慣を、当時二つの環境が妨げていた。一つは戦争であり、二つは受験であった。本はだんだん少なくなっていた。あっても、何らかの形での戦争についての大人本だった。それに、わたしはいわゆる上級学校へ進むための受験勉強にはげんでいたのだった。

『万葉集』は、当時もっとも出題される頻度のたかい参考書の一つにすぎなかった。わたしは警句や標語の類がべたべたと張られている机の前で、斎藤茂吉『万葉秀歌』(上・下)や沢瀉久孝『万葉集新釈』などを読んだ。が、読んでいるうち、次第に、本のなかの世界がとめどもなくふくらみはじめ、それらの本を参考書としてではなく文学として読んでいる自分を発見しなければならなかった。受験などということが、急につまらないことに見えはじめたのである。

あかねさす　紫野行き標野行き
野守は見ずや　君が袖振る

という歌などが、いまでもすぐ頭にうかんで来る。

それが、わたしのロマンティシズムと初めての遭遇ではなかったかと思う。倉田百三の『愛と認識との出発』『出家とその弟子』などが、これにつづいていくことになるわけである。それからというものは、家の近くにあった長崎屋号書店という古本屋に、脚絆《きゃはん》を巻いた脚で通いつめた。河合栄治郎編『学生と××』という学生叢書や、三木清『哲学入門』などの一頁一頁に胸をときめかせた記憶は、いまなお鮮烈である。

――受験には、むろん、失敗した。試験の前日の宿屋で酒を飲み、当日の作文の出題が気にいらなくて白紙で提出したりしたからである。何カ月もしなくて、日本は戦争にまけた。

青春と戦争とが、浪漫主義的にわたしのなかで癒着していたのである。中国の北京でのそのような青春が、どのようにリアリスティックな意味をもっていたかを教えてくれたのは、当時の北京の生活を中国人の眼で描いた老舎『四世同堂』であった。戦争が終って数年がたっていた。よい本との出合いは、よき愛人との出会いにもまして、微妙で、むずかしい。

（三一書房・高校生新書47『私の人生を決めた一冊の本』１９６６年）

教育とセンス

およそ世の中で、すでに自分のものとなった知識を他人に教えることほどくだらない行為はない。そのような行為は、他人に何かを教えたことにならないばかりか、教えようとした自分自身をもそこなってしまう。そういうおもいがわたしのなかにはたえずある。

作品を書いていて、ちょっとしたハズミでそういったポーズが自分のなかに入りこんでくることがある。しかし、そういったポーズに目をつぶってしまうと、その瞬間から作品は作品であることをやめ、表現は表現であることをやめてしまう。あと味のわるい気分になり、酒でも飲まずにはいられなくなる。

世の中には、他人に自分の知識を教えることを職業としている人たちがいる。教師もそのひとりである。自分の仕事の姿勢からいうと、だから、教師の仕事はわたしとは無縁のものだ、オヨビではない、そんな気持がつねにわたしのなかにある。

しかし、だからといって、教育という仕事を蔑視したり、ないがしろにしたりする気は毛頭ない。むしろ逆である。うまくいえないけれど、教育という仕事は人間が人間にはたらきかける仕事のうちでもっとも貴重なものだとおもう。

その意味では、教育という仕事は、そのなかに知識の開発という機能を必然的にふくんではいるけれども、本来的には、おさない他人になにがしかの既成の知識を伝授しておわる仕事ではないだろうし、あってはならないのだろうとおもう。教師を業とする人たちにしても、そこまでのことは自明の理であるだろう。

しかし、教育の現場での実践上の問題となると、ことがら本来の意味での教育を実現しようとすればするほど、さまざまの矛盾にひきさかれ、さいなまれずにはいられないだろうとおもわれる。教育が、未定型の人間を定型化することではない以上、人間を実現させる（あるいは、それに手をかす）という仕事は、人間のなかにふくまれている矛盾を拡大してやることにもなるからである。

こんなことがあった。

学校のこどもたちのために劇を書いている先生があり、ある作品ができあがり、その作品について批評をもとめられた時のことだ。書いてはみたけれど、テーマがわからなくなった。作品の結末をどうしめくくればいいのか教えてほしい、というのだった。

――春さきのたんぼ道。あたりは一面の麦畑。そこは学校の行きかえりの道すじでもある。ある日、畑の持ち主のおやじが学校にどなりこんできた。ようやく出そろった麦の穂が、かたっぱしから抜かれてしまうというのである。先生は、クラスのこどもたちに麦がお百姓の労働の産物であり、みんなの食糧でもあることを話してその行為の非なることをさとし、盗んだ者は手をあげなさいといった。おそるおそる、しかしほとんどのこどもたちが手をあげた。先生は、こどもたちになぜ盗んだかをたずねてみた。すると、こどもたちは口ぐちにいった。〈だって、麦の穂がとってもきれいで、かわいいんだもの〉。

おおよそ、こんなお話であったとおもう。

その作品の作者である中年の女の先生はいった。〈お百姓とこどもたちと、どちらが正しいかわからないんです。それがはっきりしなければ、劇のかたちにならないんです〉。

その時、その先生は、教師としての自分と創作者としての自分にひきさかれていたのだとおもう。教師の立場に立てばそれなりの解決があったろうし、創作者の立場に立てばそれなりの別の解決があったろうとおもわれるのだが、その先生はいずれの一方でもない立場から問題をつきつめようとしたのである。結果として、自己分裂をおこしたわけである。しかし、〈事件〉なり〈問題〉なりを、社会科や国語科の教材としてではなく（すなわち教師としての立場からではなく）、それをこえたところでとらえようとしたからこそ、〈事件〉や〈問題〉がそのような形でとらえられたのだとおもう。逆説としていえば、その先生は、教師であるまいと努力することで教師に近づき、教育をはなれようとすることで教育に接近したのだとおもう。わたしは、そこに、手アカにまみれていない教師や教育のすがたをかいまみたようにおもったものである。

頬をなでる麦の穂先の感触に声をあげた記憶のないこども、穂を抜くときのキュッという快感、歯でかみしめたときのあおい味覚、うまく音が出せたときのよろこびをその記憶にもたないこどもたちを、わたしは不幸だとおもう。すくなくとも、そのような〈事件〉にめぐり合うチャンスをもちながら、それを禁じられた場合のこどもたちを不幸だとおもう。世にいう情操教育などということではない。情操教育とは、この場合でいえば、麦の穂を抜かせるための麦畑をわざわざつくってこどもたちに与えてやるということだ。つまらない。そこには、たたかいがない。麦はどうしてもお百姓の営々たる労働の産物でなければならないのだ。ほんとうのたのしみは、大きなギセイや危険とひきかえでしか得られないことをも同時にこどもたちに教えてやることが必要だからである。

センスは、もともと肉体に帰属している。肉体的、生理的なものである。sensual という語がしめすとおり、性的なものでもある。あらゆる外的規範から自由であろうとし、これとたたかう。古来、人類の歴史のなかで人間を襲ったいくたびかの危機を人類はそれによってあやうく切り抜けてきたし、いまもそうである。と同時に、それによってみずからの危険をもしばしばまねいている。ロジックとセンス、規範あるいは論理と感覚の両者は、人間のなかでそのような危険をはらみながらつねにたたかい合っている。それが人間である。human nature とは、よくいったものである。

そのような論議は論議として、さきに書いたある女教師の戯曲にみられるような問題が、こどもたちの日常生活のさまざまな局面で露出するのにわたしたちはよく出くわす。身近かな例で申しわけないけれども、たとえばわたしの家の小学四年の男の子の場合である。

——あるこどもが学校からかえる。カバンをおろして宿題をとり出そうとすると、部屋のあちこちから〈ともだち〉があらわれて遊ぼうとさそう。ロケット王子やら○○くんやら、テレビでおなじみの主人公たちである。手に手をとって外に出ようとしたそのこどもは、しかし、こんどは別の〈ともだち〉から腕をひっぱられる。そっちじゃなくてこっちと遊ぼう、というわけである。みると、国語の本やら理科の本やら社会の本である。両方から腕をひっぱられたこどもは、たいへん困ってしまう……。

ある国語の教科書の劇の教材である。学校でこれをならったわたしの家の四年生は、大いにテレていた。〈どうせ、勉強がすんでからテレビをみなさいというんだろ？　劇にしてみせたりしてアクドイや〉というのであった。わかってはいるけどやめられない気持はどうしてくれるんだ、というのが四年坊主のいい分だった。それから何日かして、かれは自作の劇をつくり、かれの所属する草野球のチームがそれを学校で上演した。もちろん担任の先生の指導があってのことだろう。わたしは台本をみせてもらった。キングサタン一味と四人の刑事のたたかいの劇で、クライマックスは、一人の刑事が敵の手にとらわれ、おれのことはかまわずにサタンをやっつけてくれとさけび、これを救出しようとする三人の刑事が立ちすくみ、サタンの笑いがひときわ高くひびきわたるといったシーンであった。

登場人物はすべてこれテレビの主人公たち、時間にして十分足らずのたあいのない劇である。しかし、それはそれとして、わたしはその劇のなかにあるドラマティック・センスともいうべきものを発見しないわけにはいかなかった。カタストロフにむすびつきうるお話の結構という点と、もう一つは、ト書のスタイルという点であった。

劇の表現における tense（時制）は、いうまでもなく現在（進行形）である。戯曲のト書は、したがって、すべて現在形で書かれる。〈ドアから入って来た〉ではなく、〈入って来る〉である。〈出て行った〉ではなく、〈出て行く〉である。それは技法上の約束というより、演劇空間における劇的時間の問題である。日記などを書かせると、〈学校からかえって、野球をしました。ホームランをうちました。ぼくたちのチームが勝ちました。家にかえって、ゴハンをたべて、ねました〉と書いてしまうこどもが、劇になると、〈サタンがにげる〉、〈刑事が追いかける〉と書くのである。技法上の知識ではなく、センスの問題がそうさせるのだとおもう。劇を書こうとすれば、なんとなくそうなってしまうのである。

同じようなことが、詩についてもいえる。日記や作文ではくどいくらいの過去（完了）形を用いるくせに、詩となると、まるっきりちがってくる。とたんに大胆なイメージや文体をつくり出したりする。うんざりするくらいな叙事文のパターンがどこかにとんでいってしまうのである。

むろん、これらすべてを先験的なものとするわけにはいかないだろう。しかし、かといって、たとえば言語芸術における epic や lyric や drama の概念をこどもたちが知識や規範としてもっているわけでもない。とすれば、日記とは、詩とは、劇とは、というものにむかい合った時の漠然とした反応や感覚が、何とはなしにこどもたちをそれぞれの表現にむかわせるのだと考えるほかはない。そして、肝心なことは、そういう漠然とした感覚が、実は物事の本質的な部分と一定のたしかな脈絡をたもっているらしい、ということである。いってみれば、human nature としての人間の感覚の体系は、それ自体として、外界の体系と対応した関係をもっているのだといえよう。外界の反映としてばかりでなく、それ自体として、である。

センスという言葉が浅薄な印象を与えるのなら、人間における感覚の体系とそれをよんでもいいのだが、こどもたち（にかぎらず）の感覚にからみついてくるもろもろの既成の規範からかれらを解放してやることができるなら、そのことによって、教育もまたみずからを解放できるのでないかとおもうのだが、どうであろうか。

（『文理』１９６７年６月）

アイスバイン

どちらかといえば用心ぶかいほうだから、ゲテモノには手を出さない。かといって、味覚にそれほど潔癖だというのでもない。要するに、あやしげな物でなければ、何でも食うのである。

ドイツでアイスバインを食ったときが、そうだった。

東ベルリンの、ある小さな料理店。滞在中通訳をやってくれていたフンボルト大学のドクター・Bが、用事を済ませたらすぐ行くからメシでも食っていろと教えてくれた店だった。昼食時で、テーブルは満員。ウェイターが来てメニューをひろげたが、読む気がしない。読んでも分らない。へたに指さしてとんでもない料理を運んで来られた経験がモスクワやプラハ滞在中にも何度かあったから、こんな場合のいつもの手で、うしろの席でだれかが食べている料理の皿を指さして、あれをくれ、といった。――それが、アイスバインだった。

大きな小判皿に、小山のような肉塊。白っぽい。湯気が立っている。よく見ると、うぶ毛のようなものが生えていて、動物のどこか表面の一部らしい。動物図鑑のあれこれの図を想像してみるのだが、見当がつかない。ナイフを手にしたまま、うしろを振りかえってみた。食べ終えたらしい男が、ゆうゆうとナプキンを使っている。皿の上を見た。驚いた。海賊船のドクロの旗印である。シャレコウベの下の例の×印の骨みたいなのが一本、デーンと残っている。——もう、おそい。

ままよとばかりに、ナイフを入れてみた。ズブズブと入って、カチンと皿にあたった。やわらかいのである。わたしは、あたりを見まわした。だれも見ていない。ほどよい大きさに切ると、思いきって口にほうりこんだ。——遠く、淡い、人が失神する直前に味わうあのかるい嘔吐感がわたしをつつんだ。どこかで、草原を群れをなして疾駆する野獣の悲鳴がした。そう思った。のみこんだ。肉片が、ゆっくりと食道をおりていき、胃に達するのが分った。

「やあ、食べてますな」——と、テーブルにやって来たドクターがいった。「あなたにも一度は食べてもらおうと思っていましたが、アイスバインは、わがドイツのもっとも誇るべき国民的料理の一つです。どうです、うまいでしょう」。

ドクターは、確信にみちた表情でわたしの動作を見ていた。どうだ、うまいだろう？　というセリフはどこの国に行っても聞かされる。ロシアでもそうだったし、チェコでもそうだった。味のナショナリズムである。インターナショナリズムに生きる社会主義国でもそうなのだから、日本などはもっとひどい。テンプラ、スキヤキ、サシミの自慢だけならまだしも、外国旅行となると、カバンの中に日本茶、ノリ、センベイ、粉ミソシルなどを山とつめこんで出発する。茶碗やハシまでご持参におよぶのもいる。外国に行くということは、外国のメシを食いに行くことではないか。おれなんぞ、どこの何でも食う。

それはたしかにそうなのだが、しかし、眼の前のアイスバインには正直参っていた。ドクターの説明では、チョン切った豚の脚を塩漬けにしたものだという。それを蒸しただけで、味もなにもついてない。つけ合わせは、酢漬けのキャベツを煮たのと野菜が少々。瓶がカラになるくらい塩をブッかけると、そんなにかけては駄目だ、そのままが一番うまい、とドクターがとめる。そして、聞く。「どうです、うまいでしょう」——。

ドレスデンに行ったことがある。ベルリンから汽車で南へ二、三時間の古い都市だ。第二次大戦中、連合軍の砲撃で原っぱのように破壊された街である。市の中心にすごい宮殿が残っており、その近くになんとかいう有名なレストランがあった。話によると、昔、イタリアから何千人という建築師や大工や人夫をしょっぴいて来て、その宮殿を建てさせたのだというのだが、その当時のイタリア人人夫たちの飯場の食堂が、そのままレストランになったのだという話だった。その話を思い出した。ドイツという国は、階段の手すりの飾りだとか料理だとか、そんなチマチマしたことは不得手なのである。もし必要なら、そんなことを得意としている国を拉致して来て、やらせればいいのである。大国なのである。ロシアがそうであるように、政治的に大国である国の料理法が発達しないのは、そういう理由による。そんな国にかぎって美食家が多いものだが、飯場のメシに舌つづみをうつくらいの味覚だから、これは大したことはない。もっとも、他人の食う物をつくるのに精出すよりかは、それを食うほうにまわったほうがずっと立派である。それが、大国というものだ。

皿の上には、巨大な白い骨がまるまると残っている。観察してみると、どうやら膝の関節であるらしい。にぎりこぶし大である。わたしは、ナイフとフォークを置いた。ドクターが、葡萄酒をついでくれながら、また同じ質問をした。わたしは、答えた。「あなたの国は大国です。わたしの国なんぞ、てんで駄目」。

ホテルに戻ったわたしは、別の階のある部屋のドアをノックした。ある日本商社の人がオフィスにしている部屋だった。その人が、オッケモンがよく漬かりましたからよかったらどうぞ、といっていたのを思い出したからだった。

ポリバケツから黄色いタクアンが出て来た。すべてを現地調達の材料でまかなった、苦心の作らしかった。洗面所の水で洗われ、ナイフで輪切りにされたタクアンには、宇治茶がつき、割りバシまで添えられた。わたしは、ひときれをつまんで口に入れた。——失神するのではないかと思った。ひどい嘔吐感だった。


（ドリーム出版『味覚の記録』1967年8月）

vi

木下順二著『ドラマの世界』を読んで

目次を開いてみると、それぞれのサブタイトルのついた国の名が、次の順序で並んでいる。

アイルランド――民族運動と芸術運動と
附　アラン島
イギリス――本国で見たシェイクスピア
フランス――パリの無感動
東ドイツ――ハーリヒのことなど
ソ連邦――モスクワ芸術座のこと
中　国――新しい可能性への予感
インド――非演劇的報告
朝　鮮――北部朝鮮の現実と芸術と

『ドラマの世界』という表題よりして、ある一つの期待をもってこの本を手にした私は、だから、目次を拾った限りでは、一九五五年の著者のヨーロッパ・アジア旅行の見聞記ないし紀行、せいぜい演劇論に仮託された世界各地の演劇状況視察報告にしかすぎないのではないかという印象をもっていた。だが、読んでいるうちに、これはとてつもない本だということがだんだんわかってきた。つまり、単なる旅行記でも見聞記でもなく、これはまさしく、木下順二の「演劇論」ではないかということである。

著者は、「はじめに」という前書の部分で「私の演劇論」は、この本の中で「いわば散らして出して」いると書いているが、実はそうではなく、このような形でしか問題の本質的な部分をえぐり出すことが出来ぬといった木下ドラマ論の、まさにそのような形での展開が行われているというべきではないか、と考えたのである。つまり「ドラマとは何か」（『テアトロ』五八年三月号）といったオーソドックスな形のドラマ論を裏打ちし補充してゆく演劇論ないしドラマ論というよりも、ある意味では、歴史と社会という二つの軸をもった座標の中に位置を占めようとする演劇論の、それはまさにそうあるべき形での展開の仕方だとさえ思えるのである。

木下順二によれば、ドラマの根源は「作者自身が何ものかと対立する」ことにあり、「人間である作者が、人間以上のなにものかと決定的にあい対した時、ドラマティックになる」という。そして、この「人間以上の対立物」とは、ギリシャにおいては「神話——運命」であったし、イプセンにおいては「社会——社会的因習」であったとする。とすれば「現代のそれは何であるか」、「現代の日本におけるわれわれにとっての、ドラマの本質的な問題は一体何なのか」（以上、引用は『テアトロ』前同）ということである。

極めて明快な問題の立て方であり、提出の仕方である。だが、その「一体何なのか」についての答はまだ出されていない。というよりも、「そのことを考えるためには、その前にもう少し、過去のいくつかの時代のドラマトゥルギーについて」考えてみる必要がある、という地点で、問題は切れたままになっているのである。私が、この本に「ある一つの期待」をもったというのは、そういう意味であり、そして結論をいえば、その期待は空しくなかったということである。

日本の近代劇が――アジアのいわゆる後進諸国がすべてそうであるように――その国の伝統演劇と全く断絶した地点から出発せねばならなかった以上、「過去のいくつかの時代」というのは、ヨーロッパのそれでなければならないが、事実、五十年にわたる日本の新劇運動は、屈折したコースをたどりながらも、たえずヨーロッパの演劇理念を直接間接の媒介にしながら、自らの演劇理想像の発見と確立に努めてきた。だが、五十年たった現在、日本の演劇状況は、ますます混迷の度を加え、いよいよ複雑な様相を帯びてきている。これは一体どうしたことなのだろう。何かがどこかで狂っているのに違いないのだが、この本は、それが何であるかについての重要な視点に満ちており、というより、それに貫かれている。

ヨーロッパの古典劇、近代劇への関心やそれへの追求が、ややもすれば、何故それが現在おのれに必要であるか、という立場からは行われなかった結果、西欧は西欧で日本は日本といった風な、結局何をどうすればいいのかさっぱり見当がつかぬハイカラ論理が横行する破目になる。その典型的な例の一つに、最近では、三島由紀夫の『鹿鳴館』があるといえよう。

木下順二の場合、西欧の古典劇ないし近代劇への追求が、そのまま「日本の現代」へビーンとはね返ってくる確かな立場というものがある。その立場については、とくにアイルランドの章で、この国の民族運動と文芸復興運動のかかわり合いの中で、シングとイェイツとジェイムズ・ジョイスのそれぞれの作品と作家的立場との深い関連について述べている箇所に明らかである。ここには、単なる作品論でもなく作家論でもない、それを超えた何かが光を放っているように見える。この章のこの部分と、次にくるイギリスの章の「『マクベス』試論――歴史というもの」の部分は、この本の圧巻というべきだろう。私は、創作作品以外の文章で、つまり論理《ロジック》によって昂奮をおぼえながら文章を読んだ経験をあまりもたないが、この部分など快よい昂奮をもって何回となく読んだ。そういう筆致であるということでもあるのだが、そこには、『マクベス』『オセロー』『ベニスの商人』におけるシェークスピアの、また他の箇所での『桜の園』『三人姉妹』におけるチェホフの、それぞれの「現代」に身をおいた場合の、「歴史」というものへのいらだちとでもよぶより他にはない「人間と歴史の間にあるとらえがたいそのような関係」が書かれてある。それらは、この本の他の記述とあいまって、「現代の日本におけるわれわれにとっての、ドラマの本質的な問題は一体何なのか。」という、著者自らが問うている課題に答えようとする、ギリギリの姿勢と解答が示されようとしている。そこには、一九五五年の旅行を境にして、その前の二冊の評論集と、その後に書かれたこの本との間にある、たしかな発展と定着の跡をみない訳にはゆかない。他人の褌で角力をとる流でいえば、私たちの財産に加えられた一つの貴重な蓄積であるといえよう。

従来の演劇論、ドラマ論は、どちらかといえば、それだけの世界にとじこもった論議が多かった、というのではなかろうか。歴史や政治や民族との深いつながりの中で演劇をとらえ、ドラマの問題をたしかめてゆくという視点——方法があるのではないかということ、つまり、文化論ないし文明論との関連で問題がとらえられねばならぬのではないか、ということである。その一つが、この本の中で重要な比重を占めているアジア諸国の問題である。はじめに掲げた目次の配列は、著者の旅行日程の順ではなく、「これらの国々が私の中を通りぬけた」順序になっているのであるが、アイルランド・イギリス——フランス・東ドイツ——ソ連邦——中国・インド・朝鮮という四つのグループのこの配列は、おそらく、木下順二における「ドラマの世界」の起承転結を構成しているに違いない。私なりに考えれば、古い国から新しい国へ、遠い国から近い国へという方向で、歴史的に社会的に問題をたぐり寄せておいて、それを一つにしぼった地点に「日本の現代」を打ちすえようとする意図のようにそれは見える。

「日本」は、この本の超課題だから当然目次には上らない。とすれば、中国とインドと朝鮮というこの三つのアジアの国が、「日本の現代」とかかわり合っている意味は一体何か、ということになる。

もちろん、伝統演劇と近代劇の二本建をもつ「後進国」という共通性はもっている。しかし日本とこれら諸国との関係には、その演劇的状況においてよりも、演劇以外の状況において、より比重がかかっているように見える。事実、この本には、アジアの三国に関する限り、演劇的報告よりも「非演劇的報告」の記述が多いのである。にもかかわらず、なぜこれらの後進諸国が「ドラマの世界」で大きな比重を与えられるのだろうか。

西欧諸国が先進国であり、アジア諸国が後進国であるという既成の概念が、たしかにもうどこかで崩れおちつつあるのである。現に、日本は先進国で中国は後進国であるという観念は、すでに現実的根拠をもたない。そういった、歴史の激動期ないし転形期である現代における社会と人間の問題——例えば、アジアとヨーロッパをめぐって来た堀田善衛の集約的感想——「その歩みがのろかろうがなんだろうが、アジアは、生きたい、生きたい、と叫んでいるのだ。西欧は、死にたくない、死にたくないと、云っている。」(『インドで考えたこと』)ともつながるだろうし、また、レーニンの「おくれたヨーロッパとすすんだアジア」(前同)という発想ともどこかでつながるものなのに違いない。このことは、西ヨーロッパの諸国――アイルランド、イギリス、オーストリー、西ドイツ、フランスにおいて「美食飽食させられたのだが、要するに何を食ったのかはよくわからない」演劇と、それを「骨董品を愛撫するようなふうに」「鑑賞」する民衆とがいる現代ヨーロッパという著者の感想と見事に見合っているといえよう。そういったヨーロッパの演劇状況への、いわば愛想づかしともとれそうな叙述が、この本には満ちみちているのである。それは一体どういうことなのか。

著者は、そのことを論理的にときあかしてはいない。歴史への「予感」ないし「予見」という形でしか出していない。いまはそういう形でしか出せないことかも知れない。だが、それにしても、西欧に対しては論理的であった批判が、アジア諸国に関する限り、論理よりもより多く心情において理解されようとする傾きを感じるのはどうしてだろう。例えば、中国の活劇『万水千山』を見て、戯曲としては並列的平面的で構造的ではないにもかかわらず、「観客の間に坐って舞台を眺めていると」、「肯定的に評価するきもちが生まれてきて、これはこれでいいのだというきもち」（傍点――宮本）になるという部分などである。

紙数がつきたのでいまは書かないが、これが、更に検討を要する重要な問題であることだけはたしかである。

この本は読めば何かの参考になる、といった風の本ではない。そのものずばり、現代に生きる人間の本である。そういう人で、この著者があるということでもある。

（『学校劇』１９５９年７月）

『久保栄全集』第三巻――『火山灰地』他

久保栄記念と銘うった劇団民藝の『火山灰地』公演が大当りをとった。戦前戦後を通じて最高の観客動員になるらしい。

この『火山灰地』上演、および季刊『久保栄研究』の発行など一連の努力は、すべて同劇団のかかげる「リアリズム演劇の基盤の確立」という戦略目標につながるものだが、久保栄の全作品・評論・日記・書簡などを十二巻に編もうとする『久保栄全集』の発刊もまた、その重要な一環だといえる。

この巻には、『火山灰地』(一九三八)と『林檎園日記』(一九四六)、それに未完のシナリオ『石狩川』(一九四〇)が収録されているが、いずれもモニュメンタルな作品だ。

「リアリズム一すじに生きた」久保栄、および代表作『火山灰地』の名声はすでに確固たるものがあり、公演の成功もすくなからざる部分をその名声に負うているとさえいえるが、しかし、久保栄が、したがって劇団民藝が提起しようとした問題は、かならずしも批評の側と正しくかみ合ってはいないようだ。

戦前の初演当時にくらべて、現在の状況なり運動のサイクルなりがそれほど単純なかっこうでは存在せず、それをとらえて表現する方法としてのリアリズムもまた、こみ入ってきているというちがいがある。だからこそ、いま久保リアリズムがあらためて検討されねばならぬ事情があるわけだが、問題はしかし簡単ではないようだ。

『火山灰地』は一晩では上演できぬ芝居である。しかし、二晩にわけて上演せねばならぬ五百枚という分量をついやしたにせよ、そこにはトータルな現実が描かれている。ということは、逆にいえば、現実をトータルな構造でとらえようとすれば五百枚をついやさねばならなかった戯曲の方法があった、ということでもある。

エンゲルスのテーゼを「生産部面を基底にして、その上に総合的な社会像を、比重を正しく描き出す」とパラフレイズした久保栄のリアリズムは、その限りでは基本的には反映論に規定されているといわねばなるまいが、そのような方法でなおかつトータルなものとしてとらえられる現実が存在しているかどうか。

そのことのために、いまさまざまなリアリズムが乱世を横行しているわけだが、そういったリアリズムの恣意的な多義性を整理する一つの軸であることはたしかだ。むろん、どのような軸たらしめるかが問題なのだが、すくなくとも、いまなお白昼をまかり通っている社会主義ナチュラリズムなどにリアリズムを僭称させないことになることはたしかだ。

その意味で、この巻には久保リアリズムを洗い出す上に重要な代表作品が並んでいる。たとえば、『火山灰地』がファシズムに対する「芸術的抵抗のもっとも大きなものの一つ」（野間宏）だとすれば、戦争末期に書かれ戦後すぐ発表された『林檎園日記』は、ファシズムに対する「何」を意味するのかという問題など、そのひとつだ。チェホフを思わせる、正統的な四幕の構成をもつこの作品にはなぜすっぱい味がするのか、といった問題だ。

豪勢な本である。解説は『火山灰地』が野間宏、『林檎園日記』が小宮山量平。単なる解説ではなく、それぞれの久保評価がなされていておもしろい。解題は内山鶉。値段のほうも豪勢で、これには当惑する向きも多かろう。

（『日本読書新聞』1962年11月1日）

『秋元松代戯曲集』

秋元松代は三好十郎のすぐれた門下の一人。そのはじめての作品集である。処女作の『軽塵』から最近作の『村岡伊平治伝』まで九編の戯曲が収められている。

いずれも、俳優座、民藝、仲間などの劇団により上演されたなじみぶかい作品だが、こうしてまとめて読んでみると、一人の作家が作品ごとに屈曲していく軌跡がよくわかって、のぞいてはならぬものをのぞき見するような楽しさがある。

処女作が一九四七年だから、戦後作家である。『軽塵』や『芦の花』など初期の作品に〝疎開流れ〟のモチーフがつよく流れているのも、この作家が〝敗戦〟を創作上の出発点としていることを示している。置き去りにされた人間が置き去られた地点から独りで歩き出そうとするテーマがそこからくる。

ふつうなら、そこのところを大上段に振りかぶりたいところだが、秋元松代は、「大きな社会的変動の波浪」にもまれながら「社会の底辺に黙々と生きる人間性の秘密」をじっくりさぐろうとする。たいへんまともである。が、奔放無頼の作風をもって聞える三好門下としては、いかにも優しい。とはいっても『婚期』『礼服』などで方法上の発展をとげながら『日々の敵』『ものいわぬ女たち』など多分に〝問題性〟をもつ素材と取り組んで『村岡伊平治伝』に至る筆跡をたどってみると、この作家が意外なほど骨っぽく、しぶといのにおどろかされる。女は女の問題をなどと婦人代議士みたいな芝居を書いている〝女流〟の多いなかで、やはりユニークな存在というべきだろう。『礼服』はその意味でも光っている。

新劇はもっとこの作家に作品を要求すべきだし、秋元松代はもっと作品を書くべきだ、というのが十五年の業績をまとめたこの戯曲集を読んでの感想である。売れていい本だ。

（『日本読書新聞』1963年1月28日）

『久保栄全集』完結を機に

『火山灰地』がファシズムに対する〈芸術的抵抗のもっとも大きなものの一つ〉（野間宏）だとすれば、戦争末期に書かれ戦後すぐ発表された『林檎園日記』は、ファシズムに対する〈何〉を意味するのかという問題……チェホフをすら思わせる、正統的な四幕の構成をもつこの作品にはなぜすっぱい味がするのかという問題。

――と、ぼくが久保栄全集の最初の巻の書評に書いてから一年と何カ月かになるが、このほど刊行された「日記」(第十一巻)および「書簡ほか」(第十二巻)をよむと、その問題がかなりはっきりしてくる。『火山灰地』がファシズムに対する芸術的抵抗のモニュメントだとすれば、『林檎園日記』はその挫折のモニュメントなのではないか、というのがその時ぼくが呈示しようとした問題の中味だったわけだが、一九二一年から五六年まで三十六年にわたる日記その他の記述をたどってみると、その問題に関するかぎりそのように断定してもよいのではないか、という気がしてくる。

むろん、この問題の解明には、『林檎園日記』につづくロマン『のぼり窯』および戯曲『日本の気象』など戦後の作品を貫いている久保リアリズムの屈折した軌跡を作品に即しながら方法論の問題として洗い出す作業が必要である。が、ファシズムに反対する統一戦線の思想と芸術の方法とを運動の次元で統一しようとする立場にたつ久保のリアリズムは、運動が次第に敗退していく歴史過程と切りはなしては考えられない。『火山灰地』(一九三八)のあと、新協・新築地劇団の強制解散と検挙にはじまる〈密室〉での精神生活の記録は、その意味で貴重きわまりない。

官憲の眼にさらされることを慮ったための慎重さ、しかしそのためばかりではおそらくないであろう慎重さや完璧さにもかかわらずというよりはむしろそういった慎重さや完璧さの故に、戦中とりわけ検挙=公判の年である一九四二年前後の日記はかえって動揺や歪みや破綻を生き生きと伝えてくれる。

「英米にたいして宣戦の詔勅がくだったということを、予審判事の口から聴かされた。犯罪の性質が性質だから、あるいは軍法会議に廻るかもしれないが、とにかく調べだけは進めるといい渡された時には、激しい動悸がして、椅子にかけた体の安定を失いかけた」(四二・一・二)。「永く捨てて顧みなかった歌や俳句が、何かまた身に近く感じられてきた。これは、いいことか、悪いことか?」(同一・三)
そして、ヘトヘトになりながら上申書を書き上げたあと、前進座に弁護のための上申書を依頼に行く。しかし、長十郎は会おうとせず、代理が出てきて「おわかりくださるだろうと思います」との断わりの口上をのべる。そして、公判。
「村山は、『日柳燕石』以下、彼の手がけた国策的な演出のリストを作って法廷に提出した。千田は、アングストの通弁で上海に行ったとき、敵の襲撃を受けて勇敢に闘い、弾の来るなかで坐礁した船をクリークにはいって動かした行為についての、部隊長からの感状を提出した。自分にはそういうものが一つもない」(同七・一六)
「村山に対する訊問によって、彼が、警察調べ、検事調べ、予審廷を通じて、新劇合同当時、久保その他が、旧プロット的観点から合同に反対し、あるいは、旧プロット的なものを合同運動へ持ち込もうとしたという意味のことを強調し、それと対比させて、当時の彼の立脚点を低く印象づけようとしたことが明らかとなる。その彼が、新協の性質に関して、きょう読み聞かされた僕の手記にたいし、失敬な批評めいた言葉を吐いたのは不愉快だ」(同六・二四)
やがて、判決。禁固二年、執行猶予三年。劇団メンバーはそれぞれ安全な生活の場所を求めて散って行く。「夕方、千駄ケ谷(山本安英をさす――宮本)が見舞に来てくれる。苦楽座のことなどが話題にのぼり、とうとう私だけ売れ残りましたと笑っている。今後の身の処し方について、心を砕いている態度を尊く思う。何にも買って来なかったからといって、五円置いて行った」(同八・六)

そして、久保みずからは、安全な仕事は「たとえ匿名にしても断わるべきだという結論」を固持したまま、『林檎園日記』『のぼり窯』の案をねり、評伝『小山内薫』を書きついでゆく。

信じられないほどの無垢と剛直さであるが、ぼくは無垢や剛直さの証明よりは次のような狼狽にむしろ動かされる。「きのうは、魚の骨を喉に立て、きょうは煉炭火鉢にもたれていて、丹前と下着へ大きな焼けこがしをこしらえた。何かに思い屈している自分の魯鈍な姿が顧られる」。——魯鈍。他人をスノッブとよぶをこのんだ久保が、何という自らをよぶにもっともふさわしからざる語を用いたのであろうか。太平洋戦争の開戦から六十日目の日記である。

四三年、四四年、四五年とすすむにつれ記事は次第に短簡になりほとんど戦況と評伝『小山内薫』の進捗状況の記述に終始する。しかし、ソビエト軍の攻勢を主としたヨーロッパ戦線の動向の異常なまでに詳細かつ正確な記録と営々として倦まぬ評伝の進捗状態についての記述は、やがてそのままの姿勢で敗戦という歴史の時間を通過することになる久保の、戦後における活動の方向と立場を決定的に予告している。

戦中＝戦後世代であるぼくにとっては、たとえば久保におけるような、正確な情況判断が次のアクションを発動する何らのモメントをも準備せず、数日の空白ののち敗戦の翌日に着手された作業が継続中の著作の再開でしかなかったという事実は、あらためて衝撃的であった。

それらのことが、戦後におけるかれの創作方法を規定すると同時に、芸術運動とくに新劇運動のなかでかれが負わねばならなかった悲劇的な役割を約束していることはいまや明らかである。

新劇活動の再開をめぐるあわただしい動きに久保は投じようとしなかった。四五年の十月の日記にはこんな記事がならぶ。「新劇人の会合の通知状来る。すぐ欠席の返事を出させる」「新劇懇談会の参集予定者として、名が出ている。迷惑なことだ」「まるで、連合軍の『民間情報教育部』の仲介者にでもなったような挨拶状が来る。滑稽感を催す」「東京に薄田の新劇の再建についての談話が出ている。『人民解放演劇同盟』とか、KPとの結びつきとかいう言葉が眼につき、眉をひそめる」等々。

のちになって、「戦争責任についての『林檎園』のテーマを描き深めることで、現在の新劇と、どの程度の摩擦を生じるか、よく考えてみることにする。現在の新劇が、高揚の場で、ほとんど中間演劇化した以上、ゲリラ戦法以上のものが、自分にはとれないのではないか」（五二・一・一八）と書いているることでもわかるように、久保としては戦争責任の究明から戦後の運動を出発させたかったにちがいないことはすでに明らかである。

しかし、その方向は、久保がみずからを無垢にして剛直なる非転向者として措定するかぎり、ひとにぎりの非転向者をシンボルとしてかかげた大量の転向者グループ――日本共産党と必然的に対立する。その対立の位相は、いわゆる五〇年問題をめぐる日記の記述において明確化されている。

久保の提出した戦争責任の問題はモラリッシュなものとしてではむろんなかったであろう。その意味では、無垢にして、剛直なる、という形容は適当ではない。むしろ惨怛たる非転向とよぶのがふさわしいとさえいえる。しかし、久保の精神における貴族的なたたずまいとでもよぶべきポーズが問題をかなり複雑な形にしているのは事実である。そのポーズと非転向の論理とがどこかで微妙に重なり合っているのだ。

いずれにせよ、『林檎園日記』が戦争責任のテーマをふくみ、そしてこの作品が戦争中に構想されそしてまた戦争中の作者の精神がさきに書いたような姿勢でささえられていたとするならば、戦後の現実にたちむかう久保の思想の基軸はすでに挫折した反ファシズム統一戦線の廃墟の上におかれたものにすぎず、したがって、戦後の現実をとらえる運動と芸術の方法の新しい展開をみることができなかったのではあるまいか。

『林檎園日記』という作品が物語っているのはほかならぬそのことではなかろうか、ということである。とすれば、他の非転向という名をもつなしくずしの転向者とはことなって戦後の久保栄の一切は非転向の挫折のたぐいまれなる悲劇とはいえないだろうか。久保の死はぼくたちがほんとうの〈戦後〉を獲得したまさにその時点でおとずれている。久保栄がぼくたちにとって大いなる遺産であることはまちがいない。むろん、大いなる負債であるが故にである。

（『日本読書新聞』1963年4月22日）

福田善之著『真田風雲録』

〈フォルムの呪縛〉ということを福田はよくいう。そして、それらの脱出作業の完了についてしばしば語る。この場合〈フォルム〉とは、はるかさかのぼればアリストテレスの美学に帰着する〈ドラマ〉の規範、さかくだっては久保栄のリアリズムに短絡する〈ドラマ〉の方法といいかえてもよいのだが、戦前戦後をつうじて日本のリアリズム演劇にかけられていたそういった呪縛からおれは解放された、とかれはいうのだ。そしてその解放のプロセスをこの作品集はみごとに物語ってくれる。『遠くまで行くんだ』が解放のモニュメントであることはいうまでもない。とすれば、『長い墓標の列』（五七〜八年）の正系と、『遠くまで行くんだ』（六一年）の異端とにはさまれた二年余の時間がもっている意味は重要である。安保があった。が、むろん安保はひとりの作家の内部でおきた大きな地すべりがもつ意味の全部を説明してはくれない。ということを、福田の仕事のまたとない協同者でもあった林光が長文の解説で明らかにしている。すぐれた作家論であり作品論である。

林がそこで指摘しようとしていることでもあるのだが、ここ数年来の福田の内部における地殻の変動がかれ自身をこえてもつ、またもたねばならぬ意味は大きい。いずれはだれかがどのようにかは破らねばならなかった日本新劇とりわけ戦後新劇の出口なしの状況に、かれはたしかに風穴をあけたのだ。呪縛からみずからを解放しようとしたかれは、同時に日本新劇をもそれから解放しようとしたのだといえよう。

この作品の上演に対して放たれたある種の威丈高な批判は、解放を求めようとせぬ人々に対する衝撃のたしかさを逆に証明している。

ともあれ、福田はいま地球の重力圏を脱して軌道にのったカプセルのなかにいる。ケネディからもフルシチョフからもお祝いの電話などかかって来ないゴキゲンさのなかで歌でもうたっているようだ。講談と歴史による娯楽劇とうたう『真田風雲録』やテレビドラマ『三日月の影』、その他この本にはのっていないたくさんのテレビ作品やシナリオには、いわばカプセル・アイ・ビューとでもいうべき新しい眼でみた地球が語られている。ユニークなどという平凡な言葉がおよそふさわしくないこの才能のハラハラするような、しかし緻密な計算をもった冒険に期待せざるをえない。

（『週刊読書人』1963年7月1日）

添田知道著『演歌の明治・大正史』

あしたのデモで歌うのだから今夜じゅうに作れ、という話だった。一九六〇年の六月四日のたしか前夜。作詞はともかく作曲は無理。ええ、ままよと朝までかかって作り上げたのが五、六曲の替え歌。相棒は福田善之。何とか間に合ってガリ版ずりの歌集が安保の街頭に出た。その中の一つが、例の「からすの赤ちゃん」である。一節を引く。

〽岸さん岸さんなぜ泣くの／やさしいアイクのおじさんに／ロッキードがほしいよ／でっかいミサイルほしいよ／とアンポアンポ泣くのね……

なんともはや、おぞましきかな、である。作ったほうもほうだが、歌ったほうもほうである。むしろんアドリブとパロディのぞくぞくするような妙な楽しさがそこにはあった。が、しかし、それにしてもしょせん歌は歌。しかも替え歌。情緒の発散はあっても、自他を動かすのにどれほどの力があろうはずがない。

「思想の流れと大衆の接点」に生まれたという演歌。その「発祥」と「変遷」をたどることにより「庶民の明治大正史」を綴ろうとしたこの本を読みながら、街頭に成立する思想のあやうさについていろいろ考えさせられた。いまさらながら、である。

収録された歌、索引に出ている分だけでも百六十。うち四十四は曲譜づき。これだけでもたいへんな骨折りだったろうが、おかげで、ページをめくっているだけで、政治が民衆にはたらきかけ、同時に民衆が政治にはたらきかける新形式として出発したはずの演歌が、こと志とちがい次第に風俗化していくすじみちが手にとるようにうかんでくる。演説は演歌となり、演歌はついに艶歌となる。政治も思想も、うたっちゃあぶないのである。

ことがらは、伊藤仁太郎・奥宮健之らの政治講談や川上音二郎らの壮士劇についてもまったく同様で、それらが当初の機能や効用を失っていったのは、いずれも〝うたう〟ことによってであった。歌はよい。が、政治に行きづまった政治屋が歌なんぞうたってちゃ困るのである。

「壮士演歌」にしろ「新講談」にしろ「壮士芝居」にしろ、時代の閉塞状況をやぶろうとした政治の新形式が、芸能の形式としてすら有効に自立できなかった理由の第一は、しかし、むろんすでに形骸化していた民権運動そのものの中に求められよう。衰弱した思想は、政治にも芸術にも無用の長物。いまもむかしも、である。

おびただしい歌の数である。後年になっていわゆる流行歌の中に解体・合流していった演歌派の歌をも合わせると厖大な量になるだろう。まったく、作ったほうもほうだが歌ったほうもほうである。それらについて、一流の祖添田唖蝉坊を父にもちみずからも演歌活動に従事したこの本の著者は、「俗歌はすべて奴隷の歌である」と断じている。その言やよし。その覚悟によって、この本は単なる懐旧の書に堕するを救われている。それだけに、数の網羅や時代背景の解説だけでなく、同一作者の作品系列の分析や、個々の曲目における文脈との関係にまで筆が及んでほしかった気がする。

演歌が伴奏楽器として提琴を選んだように、演歌はリズムであるよりはメロディである。演説→演歌におけるフシは、七五調・七七調という日本固有の文脈とわかちがたく結びついている。中国やヨーロッパの音脈をとりこんだ曲目の系譜が、同時に文脈の定型をも破っている点を考えてみるまでもなく、新しいことばと新しいリズムによってはじめて、著者のいう「ほこらかな〈人間の歌〉となる」のだから。

街頭に思想が成立するのも、その時であろう。

（『日本読書新聞』1963年11月18日）

大島渚著『戦後映画・破壊と創造』
――全映画状況への訴状

ぼくはよく映画をみる。そうしばしばではないが、しかしかなりよくみる。そして、この本の著者に打倒されるかも知れないことを覚悟の上でいえば、ぼくがみる映画のほとんどはアメリカ西部劇か日本時代劇である。

そのほかの映画、たとえば内外の力量ある監督——アラン・レネや大島渚などの作品をまったくみないわけではない。しかし、みたくてみるのはたいてい西部劇か時代劇である。新劇というしちめんどうなものを他人にはみせながら、劇作家としてなんたる不勉強、なんたる不謹慎な所業かといわれればたしかにそうだが、しかしぼくはかならずしもそうは思っていない。

演劇は芸術である。とすれば、演劇が芸術である程度には映画もまた芸術であるだろう。が、ぼくが映画館に入るのは、もしかしたらそこに芸術があるかも知れぬという期待からではなく、この場合はごくもう単純に、セルロイドの影像がシーツのような白い布の上でくりひろげるある種のゲームをたのしむためである。

「映画俳優の先祖は名優などだったのではなく、単に走る一頭の馬だった」というのは、この本に出てくる安部公房の言葉だが、西部劇や時代劇ではいまなお馬が走るだけではなく、俳優もまた馬のごとく走る。そのたのしさである。

もっとも、馬や人間が走るのをみたいのなら競馬や競輪に行けばいい。にもかかわらずぼくが西部劇や時代劇なのは、それ以外の日本映画のほとんどが、メロドラマであれ、ヒューマニズム物であれ、社会物であれ、モダニズム物であれ、すべてそういった娯楽第一主義の作品が娯楽的ですらもないからだという簡単な理由からにすぎない。ラリルレロも満足にしゃべれないスターのアップにつき合っているよりは、馬でも眺めているほうがよほどいい。スクリーンでは、馬が馬らしいほどに人間は人間らしくないのだ。

大島は、そのような映画と、そのような映画をもとめる観客と、映画企業と、そしてそれに反対する運動のよわさとを、力をこめて弾劾し告発する。「明後日の作家から」（一九五六）にはじまるほぼ三十のエッセイをまとめたこの本は、だから戦後における日本映画の全状況に対する彼の告発状でもある。

映画と演劇とは、隣接したジャンルのように一般には理解されている。多くのみせかけの類似にもかかわらず、映画と演劇は本質的には敵対関係にあるのではないかというのがぼくの考えだが、しかしこの両者をともに芸術としてとらえるかぎり、両者が現在おかれている状況と課題はほとんど完全に共通のものとなる。

たとえば、大島が、テレビやスポーツやレジャーの攻勢にさらされた映画の危機について次のように書くとき、文中の映画なる語を演劇と読みかえるだけで、それはそのまま日本演劇、とりわけ新劇が運動として当面している課題を表現する。

「今や映画は、プロ野球のテレビ中継その他が与え得ないものをこそ観客に与えなければならない。このこともまた、百万遍も千万遍でも繰り返して言う必要がある。そして、その基本的な方向は、映画の基本的な特質の再考察であり、それを再確認した上で、観客の認識の部分に踏み込み突き刺さる感動を与える映画を生み出して行くことであろう。そのことによってのみ、映画は他の娯楽が与え得ないものを持った娯楽となり、と同時に芸術となるのである。そのように考えるならば、他の娯楽によって脅かされている現在こそ、映画が真にその特質によって娯楽的になり、芸術的になる好機なのである」

まったく賛成といわねばならないだろう。むろん、その場合それぞれの「基本的特質」の「再確認」ということは、テレビはテレビらしく、映画は映画らしく、演劇は演劇らしくその分限をまもれという意味ではない。乱世の相を呈してきたから王政復古をというのでもない。演劇もまたそうであるように、映画はふたたび馬をうつすことでその新しい生命を復活することはもうない。大島はいう。そのためには、「絶えず自己を否定し、変革して行く運動が必要なのである。それは当然新しい方法論を準備するであろう」。

運動と方法論——運動は運動で、方法は方法論でというのではなく、この二つをエネルギッシュに統一しようとする方向線上に大島は日本映画の未来をえがく。そして、つづけていう。「しかも、そのような運動・方法論は、それ自体自己目的化されるのではなく、あくまで、現実変革の武器として、意識の変革をめざす立場につらぬかれなければならない」。

大島にとって映画は、「現実変革の武器」である。むろん、「芸術は直接的に政治効果のある現実変革の武器にはならない、ただ間接的に人間の意識の変革を通じて」という文脈においてである。ある意味ではしごく当然であり、自明の理である。当然であり、自明の理であることをテレもせず堂々といい放つところが大島の面目でもあるわけだが、しかし、芸術は現実変革の直接の武器たりえないという一句には、戦後における独立プロをふくむ革新的な映画運動の創造および運動の方法に対する重量ある批判、そして同時に戦後のいくつかの運動の圏内で生きてきた大島自身の自己批判がこめられている。もちろん、俗流政治主義への批判ばかりではない。「巨匠」や「職人」やモダニストなどすべての俗流俗派もまた弾劾される。全状況への訴状でこの本があるゆえんである。

全状況に対する告発である以上、被告発者たちからの反撃もまた当然である。『日本の夜と霧』の公開中止をそのシンボルとする映画企業からの反撃、俗流の政治家や芸術家たちからの反撃。そして、それらの反撃に対して、大島は単純にして明快なる論理と戦闘的な肉体を準備している。戦闘的といえば、この本の文体もまたしかりである。ほとんどのエッセイはみごとな直接話法で書かれ、ほとんどの語尾は命令形か否定形、たまたま出てくる疑問詞も自らにではなくすべて他に向けられるといったふうである。あふれんばかりの断定、否定、挑戦のストレート・パンチである。が、単純にして明快な論理、大胆な論断にともなう大味な部分がないではない。また、運動論と方法論とがうまくないまぜられていないところからくるあいまいさも若干は残っている。

そういう意味では、この本のなかのもっとも短いエッセイである「ショットとは何か」と、おそらくこの本のために書きおろされたと思われるもっともながいエッセイ「戦後日本映画の状況と文体」とがひかっている。

前者にはシャープな映像論が、後者には戦後の十八年をいくつかの時点でおさえながら、民衆の意識形態の変化——被害者意識から擬似主体意識へと進んできたプロセスの分析と、その擬似主体意識をさらに主体意識へと発展させようとする映画のプログラムが示されている。今井正の方法を実証的に批評した『夜の鼓』がおもしろいのは、大島の方法論と運動論とが、このエッセイのなかで正確なバランスをとりながら結合しているからにちがいない。

しかしながら、それらさまざまな論理や理論は、つまるところすぐれた一つの作品をつくり出すためのものである。たくさんのすぐれた一つの作品をである。しかも、大島はこの場合まずなによりも一人の映画作家である。なによりもまず「作品を通じて」「対話し」「烈しく格闘」すべき職能をもつ作家が、これほどの発言をするからには相応の自負があったにちがいない。事実、大島は、『日本の夜と霧』についてみずから「はじめて日本の映画が生活の中で真面目にものを考えている人達のところまで達した記念すべき作品」と書いている。これははたして正当な自負であるか、それとも過当なそれであるか。

が、そのいずれであるかが問題なのではなく、それより、これらの挑戦的な発言が、『愛と希望の街』『青春残酷物語』『太陽の墓場』『日本の夜と霧』『飼育』『天草四郎時貞』とつづく創作活動のただなかでおこなわれていることに注意をはらうべきだろう。

つまり、大島はそれらの発言に終始みずからの作品をかけているのであって、責任を疎外した単なる否定者でも告発人でもないということである。大島は、みずからを実験体とすることによって状況への反措定者たろうとしているのである。大島の場合、そのほかのなにものよりも、そのこと自体がまさしく「方法」とよばれるにもっともふさわしいものだ、というふうにぼくには思える。

たとえば、『日本の夜と霧』。そこには、「ショットとは何か」において示されているようなするどい映像感覚があり、方法がある。眼高手低、意あまって筆およばずのみっともなさは微塵もない。しかし、テーマにおいても手法においてもスタイルにおいてもあのようにまで衝撃的な作品が、どのように「観客の意識を変革」しえたか、いや、しうるかがつまりの問題である。

あの作品に対する大衆批評がどのようなものであったかぼくにはまだそれを知る機会がない。また、ぼく自身の批評をのべるには紙幅もつきている。だから、そのかぎりでいえることは、みずからを実験体としながらはげしい反措定をおこなおうとすること、大島の言葉でいえば「作者の主体と観客の意識が烈しく格闘する」こと、つまり、作品ないし作家主体と観客とのそのような弁証法によってしか現代の芸術は生まれないだろうことには、まったく異存がないということである。

と同時に、そのような努力を単なる実験におわらせないために、ぼくらが四つに組まねばならぬ観客対象を、この本の末尾の部分に書かれているような観客層——主体形成にむかっている擬似主体意識の層、および状況に浮遊しながらも擬似主体意識の補強や改良につとめている層——というふうに限定してしまうのは、はたして「言うまでもない」ことなのかどうか、疑問がのこる。

演劇は、その観客を特定少数から不特定多数へとひろげようとする志向のなかで、前衛的な創造方法を手さぐりしているのに対し、映画はむしろその逆であろうとしているかにみえる。このちがい、演劇俳優の先祖が、幸か不幸か一匹の走る馬ではなかったことに由来するのでもあろうか。『日本の夜と霧』をみた同じ座席で西部劇か時代劇をみながら、いますこしていねいに考えてみたいと思うのである。

（『人間の科学』１９６４年１月号）

『井上光晴詩集』

「豚の白いねじれた腸と、黒ずんだ紫の心臓を売る老婆が、いつもの通り診療所の裏口にあらわれた時……」

井上光晴が何者であるよりもまず詩人であることは、わざわざ『地の群れ』のこの書き出しを引くまでもないことだが、一九四六年から六二年までの、大半が壁新聞や細胞新聞やビラに書かれたものだという八十五篇の詩を読んでいるうち、むかし理科の時間、四肢にクギを打たれたカエルの白い腹をひらくと小さなアズキ色の心臓がメスの刃先でピクピク鼓動するのにおののいた少年の記憶がもどってきた。自分の心臓に刃物をあてられているような、そんな感じようである。

ぼくにとっては、たまたま同年に生まれ、たまたま同地方に育ち、かつ、たまたま……であるという生活のどれほどかの重複からくる一種の生体反応でもあったのだが、しかし、むろんそれは単なる体験の重複をこえて、「戦後史の血まみれのルツボの中で、コミュニズムとは何か、革命とは何か……と問い続けてきたにちがいない」(刊行のことば)人々すべてをおののかせずにはおかないはずのものだろう。まさしく「思想史の詩」(同じく)とよぶにふさわしいものである。

「ほんとのことを書くんだ／どんなに苦しくたって／ほんとのことを書くんだ……ウソを書かなけりあ／生きてゆけないときだって／俺りあ、目をつぶって／ほんとのことを書くんだ／俺りあほんとのことを／一生懸命ほんとのことを書くんだ」(「詩」)

四八年初頭の作だから、二十二才のころだろうか。この何行かにあえて「詩」と名づけ、この「詩」をあえてここにおさめているところに井上の文学はある。このあと、「頽廃前」「がらすのないがらす窓」の大きな揺れをとおって小説『書かれざる一章』につづくあたりから、井上の詩は急速度にのびやかなイメージと適確なメタフォアを獲得してゆくようだが、しかし井上は、やはり「一生懸命ほんとのことを書く」ことをあきれるほどやめようとしない。かなわん、という気がする。

詩にしても小説にしても、井上のものには臓腑のにおいがする。みずからの内臓をひきずり出し、切りきざむ。が、このごろは、老婆のように裏口から売りにいったりはせず、白昼の大道で「白いねじれた腸」をあざやかな手さばきでしごいてみせたりする。口でもあけて眺めているやつは間違いなく売りつけられ、買わされる。

「サネなし女は抱いても駄目よ／いくら抱いても燃えつかぬ／燃えつかぬのはあんたが悪い／サネは男が作るもの」（「潜竜炭鉱節」）

「マラの太さで気持がわかる／空の炭車はついたてまくら／嫁にするなら味みておくれ」（「神林炭鉱節」）

井上における臓腑や内臓が、まがりくねった坑道のメタフォアであるのはいうまでもない。かれの〈故郷〉である。

（『日本読書新聞』１９６４年４月13日）

中井正一著『現代芸術の空間』

わたしたちにとって、中井正一という名前はそれほどしたしいものではない。個人的な著作が全集で出るくらいだから、まず若い人でないことは知れる。事実、中井正一は明治三十三年の生まれ。哲学者にして美学者。死んだのは昭和二十七年である。

小説などを書いた人ではないから、人に名前を知られる機会がすくなかったことはわかるが、しかし、現在わたしたちの芸術にこれほど深いかかわりをもっている人で、これほどなじみのすくない名前をもつ人はいないようにおもわれる。

そういう人の著作物が五巻の全集に編まれて、いまもわたしたちの眼前に現れるということの意味はいったい何だろうか。

わたし自身、中井正一の名前を知ったのはわずかに数年前である。いくつかの雑誌で、かれの芸術思想の再検討、再認識ということがいわれ、文章が書かれ、それを読んだ。そして、なんとなく、中井正一を読んでみようではないかという演劇関係の小さなグループができたのが、つい去年である。

テキストに選んだのが『美学入門』。河出書房の市民文庫で出ていたその本が入手できないのでプリントをつくった。江藤文夫をチューターとして、わたしたちは何回かの会合をもった。ふたたびゼロの地点から出発するんだな、とだれかが初回の会合でもらした言葉を印象的におぼえている。

「物理的集団的性格」と「思想的危機に於ける芸術並びにその動向」の二つの論文がテキストとして追加され、テキストは、たくさんの傍線や書きこみでいっぱいになった。

新劇の現場ですくなくとも十年以上は仕事をして来た演出家からなるその研究会は、あられもない脱線をやらかしながらも、その脱線の軌跡をたどっていくことでメンバーのだれそれが戦後のかなりな時間を背負って来たお荷物の中味をのぞかせてしまうことにもなるといった、一種の気はずかしさやたのしさのまじった、魅力的な会合であった。

テキストの題名をかりるならば〈思想的危機に於ける芸術〉の問題。いわば、それがわたしたちのテーマである。むろん、この論文が書かれた一九三〇年代とは〈危機〉の意味はちがっていよう。が状況の外圧のなかで、解かれたスクラムがもう一度くまれねばならないだろうときの一人一人の人間の問題、芸術の問題を考えるとき一九三〇年代と現在とはあまりにも類似が多すぎる。新劇の領域でわたしたちを挑発することをやめない。たとえば久保栄にしろブレヒトにせよ、いってみれば一九三〇年代である。

類似といえば類似だが、しかし、それはたぶん類似ということをこえている。いずれにせよ、わたしたちの当面しているものが、思想的危機の状況における芸術の主体と方法をいかに確立するかの問題であることはたしかである。

そういうわたしたちにとって、ハイデッガー流の実存主義美学の系譜をひくアカデミシアンでもある中井正一の次のようなことばは、はなはだ魅惑的である。この巻の中心をなす「美学入門」や「カットの文法」などに出てくるのであるが――

「映画は、何にもまして、その時代の人々の『願い』、『悲願』に最も近く構成されるべき、文法をみずからの構成の中にもっている」

「繋辞《コプラ》のないカット、それは進行を止めた歴史の瞬間である。前のめった歴史である、多くの前のめった歴史的瞬間を、一筋に貫くものは、原始時代より、歴史の未来にまでも、一もって貫いている人間の歴史的嘆息である」

「映画が、演劇および文学のごとく『である』『でない』の説明の繋辞をもっていないことは、この『である』『でない』の判断を、大衆の意欲、歴史的主体性に手渡すこととなるのである。多数の場所に流れている同一の今を、閃光のごとく貫くものは、万人の中にある歴史的な願望である。歴史的主体性である」

これらのことばは、劇場の観客でもある大衆を、愛するがゆえに憎みつづけ、その憎しみのなかで本当の対話を回復できる方法をさがしあぐねている、たとえばこのわたしにとって殺し文句である。あやうく参りそうになったわたしをとめたのは江藤文夫である。もうすこし読もうではないか、というのである。

たしかに、もうすこし読んだほうがもっとおもしろいはずなのが中井正一である。ホッとするようなことば、ハッとするようなことばが随所にちらばっている。が、懐中無一文になったすっからかんの丸裸で、手ぶらで読んではつまらない話である。わたしたちの戦後は、たしかに、やたらにいそがしかった。が、ふりかえってみて元の木阿弥だったというわけにはいかない。わたしたちが知らずに体のなかにたくわえこんで来たたくさんの〈事実〉はかなりの重量である。

（『東京大学新聞』１９６４年10月５日）

山崎正和著『世阿彌』

俳優座によって上演された舞台をみせてもらった時の印象は、ひどく新鮮だった。芝居のアカにまみれていない、どこかの実験室で純粋培養されて出てきたような、そして妙な歯ごたえをもった芝居、そんな記憶をもっている。だから、この戯曲はあのようにモダーンな演出ではなく、もっと古風にオーソドックスに舞台化されたほうがよかったのではないか、もしかしたらこの作品近来まれな正統派の戯曲なのではないか、とその時おもった。

読みかえしてみて、なるほどと考える。たしかにある種の正統派である。が、この作品の何がどのように正統であるかとなると、かならずしも判然とはしない。新劇にかぎらず、およそ正統の概念をもたぬのがこの国の文芸の世界である。その世界でなおかつ正統をこころざそうとしているようなところがこの作品にはあるのだが、正統の劇概念がこの国にないとすれば、いきおい西欧である。が、それへのアプローチは木下順二的ではなく、三島由紀夫的であり福田恆存的である。強固な〈せりふ劇〉の観念がそこにある。

舞台から新鮮な歯ごたえを感じたといったが、それは劇全体にというよりは個々のセリフにであったことを読んでみて発見した。舞台全体はどちらかというと流動感にとぼしく、ところどころは難渋な部分さえあった。が、登場人物のだれかがたとえば次のようなセリフを発するとき、にわかに新鮮で重いのである。

「なるほど。が、それがどうしていけませぬかな。この人生、見物席ほど坐り甲斐のある場所がありますかな。」

「見物席。名もない顔もない、人に喝采を送るため飼ひならされた家畜の群ぢや……」

「ひとはこの世に遺恨を抱いて見物席に着くのです。舞台の上には三千世界の影がある。それに本物以上の命を与へることで、ひとはこの世に仕返しをしてゐるのです。」

わかるように、ここには、乱世に生きて死んだ能役者世阿彌の姿をかりながらの、作者の美学のユニークな展開がある。大成した秘伝花伝書を奪われるにあたって、世阿彌は笑っていう——。

「わからぬか。あれは私の、仕掛けた罠だ。このさき多くの猿楽師が、あれに足をばすくはれるであらう。凡庸の者は言葉にとらはれ、形ばかりの能を演じる。覇気ある者は殊更に、あれに叛いて形を破る。だが、そのゆゑに、才子は却つて才に溺れるのだ。このさき何百年、あれは無数のにせ物どもの、躓きの石となるのだ。長い長い時の歩みに、私はさうして立ちはだかつてやるのだ。」

この作品をぼくが新鮮と感じたのは、このような堂々たる古風さをで多分あったろうと、いまはおもう。古風さということは、正統さといいかえることもできるだろう。新劇のいまの状況のなかで、たしかにそれは新鮮である。

しかしながら、写実をきらい、肉体にまつわる生理や心理をしりぞけた場所に強靭な観念の世界を仮構する作業は、当然ながら演劇においてはさまざまな困難と危険とをともなう。併録された前作『カルタの城』を読み、その感をもつ。もっとも、困難や危険はどの道にもころがってはいる。

作者は京都の人。地元の大学を出て美学をやっている。未上演だが、最近作に『動物園作戦』がある。期待しよう。

(『日本読書新聞』1964年10月26日)

木下順二著『冬の時代』

ひとむかし前だが、かなり丹念に『資本論』を読んだことがある。そのころから『資本論』なら高畠素之訳の改造社版にかぎるという観念がぼくにはある。戦後に新しい訳がいくつか出たが、どうもなじめない。あまりにも社会科学的で、正確で、文体に味がない。その点、高畠訳には一種独特の文体があり、味があり、雰囲気がある。巻中いたるところにシェークスピアの作品などの引用句が出てくるのだが、その訳文がおぼれたように凝っていてうれしく、こちらもおぼれるようにそれを読んだものだ。

その高畠素之が『冬の時代』に登場する。高畠だけでなく、堺利彦や山川均や大杉栄や荒畑寒村など初期の社会主義者たちをモデルとした人物たちが、いわゆる社会主義の冬の時代をやりすごすために売文社の屋根の下に集まる。作品は、それらの人物が、冬もおわり又春をむかえようとする時期にそれぞれの道を別れて歩き出そうとするまでを三幕の戯曲にまとめたものだが、読んでいながら『資本論』は高畠の訳にかぎるとぼくが思いこんでいた、個人の仕事の背後にあって個人を動かしている時代がもっている〈何か〉が、それなりにわかるような気がした。

『資本論』がたとえばぼくによって文学的に読まれたのとはまったく逆に、そしてそのような文学的な読解がなぜその本において可能であるかを教えてくれながら、しかしおそらくはそのような効用をもこの作品がもっているという理由によって、『冬の時代』という戯曲は文学的にではなく、社会科学的に読まれるであろう危険をもっている。事実、散見するいくつかの批評はいずれもそのことにおいて共通している。

事実と仮構との素朴な混同といってもはじまらない。いまの世の中、屁ひとつ放ってもアナロジーがおこなわれるような、チカチカした時代である。のがれようはない。書くよりほかはない。その意味で、第一幕の自由で磊落な描写はおもしろく、たのしい。というより、気持がいい。そしてぼくはそこに、巧妙な技法よりはむしろ、剛毅の時代をおえて大正という色白のすんなりした時代をむかえた時期でのあるエネルギーを感じた。ははあ、これが大正というやつだな、という感じである。もしこの作品にただいまの状況と重なり合う部分があるとすればこの幕であろう。そしてたぶんこの幕だけである。

第二、第三幕とすすむにつれ、そういうぬけぬけとしたおもしろさは次第にうすれてくる。芝居だから幕切れがある。その幕切れにむかって、寝そべった人物たちをたたき起し、すじみちを立てさせ、歩き出させねばならないのだから致し方ない。正坐の議論になる。議論の果てに何人かが赤旗をかついで歩き出す。が、その旗は肩に重い。劇のピークが戯曲のピークを支えているとはいいがたいのである。

作者自身がいうように、この作品はいわゆる〈ドラマ〉ではない。その限りで、この作品は社会科学的にではなくと同時に、戯曲的にでもなく、文学的に読まれなければならないのだろうとおもう。〈ドラマ〉からはどうしてもはみ出してしまう部分を何でどうすくうかという仕事において、おぼれてしまいたいような、時には食べてしまいたいような美しいコトバをつくり出せるこの作者の自由で奔放な、ぬけぬけとした冒険を今後も期待しないわけにはいかない。

（『図書新聞』１９６４年11月14日）

木村光一訳『ウェスカー三部作』

——方法の変革への刺戟

アーノルド・ウェスカー。イギリス。——一九三二年の生まれだから、日本でいうと昭和七年。三十二才の若さである。

解説によると、これまでのウェスカーの作品は書かれた順序でいって、『大麦入りのチキンスープ』『根っこ』『調理場』『僕はエルサレムのことを話しているのだ』『みんなこまぎれ』の五本。いずれも日本で上演ずみであるが、この本には三部作として『チキンスープ』『根っこ』『エルサレム』の三本が収められている。

三部作というのは、これら三つの作品が一年に一本という形で連作され、登場人物も共通で、かつ一貫したモチーフが貫かれているからだろうが、こうしてワンセットにして読んでみると、ウェスカーという作家の全容がかなりはっきりしてくる。

福祉国家の実現ということだけがかろうじて目標の無目標社会的状況、そのなかでの革新的な政治プログラムの欠如と民衆の政治への無関心。世界的な規模で進行しつつあるそういうかったるい状況の中で、政治と民衆の両方を打撃しながら民衆の立場からの人間の回復というテーマを追求しているのがウェスカーである。おもしろくないわけがない。

そこでは、ひと頃の左翼演劇の情勢を外側からパノラマとしてえがく方法ではなく、状況を内側から衝動的にえがいていく方法がとられている。そこいらがニュー・レフトとよばれる所以であるのかも知れないが、しかし、反既成の演劇といっても旧来の創作方法の否定から出発しているのではなく、衝動やいらだちに表現を与えようとしながら結果として方法の変革という問題にたどりついたというべきだろう。状況へのいらだちという点では、オズボーンやアーデンにも共通していることだが、ドラマとしてみた場合そこからくる主情性がやはり気にならないではない。

状況を個我との葛藤で内側からとらえようとする方法なのであるから、当然のこととして、日常をもう一つの日常としてとらえる新しいするどい眼が必要になってくる。三つの作品、とくに最初の『大麦』など手法としてはかなり自然主義的であるのだが、しかし、それは『エルサレム』の詩的イメージを考え合わせると、『根っこ』の猥雑な日常性などもナチュラルなそれではなく、イメージとして再生されたもう一つの日常性なのではないかと思われる。『調理場』はそれなしには考えられない作品である。いってみれば、そのあたりがたいそう刺戟的なのである。

ウェスカーは日本の映画からインスピレーションを得たなどとお世辞をいっているそうだが、日本の戯曲も読ませてみたいものだ。

ともあれ、ウェスカーの全作品を、生き生きとした舞台語で紹介してくれた木村光一氏の努力に、敬意を表しないわけにはいくまい。

（『新劇』１９６５年２月）

岡倉士朗著『演出者の仕事』

「……今まで長いこと芝居をやって来たが、ほんとのものは一つもなかった……ほんとうに思想のあるもの、大衆と結びついたもの、芸術的なもの、それぞれのものはあったが、三つを一つにしたものはなかった。どうしてもやりたい」

死の数日前の病床での言葉である。一九二九年、新築地劇団の発足と同時に演劇生活に入り、爾来三十年新劇の歴史を演出家としてのみ生きてきた岡倉士朗のイデーは、ほとんどこの一句に集約されている。

三好十郎『疵だらけのお秋』からスタートした演出の仕事は、新築地劇団の中心的レパートリーのほとんどへの関与をへて、戦後はぶどうの会と民藝を足場としての『夕鶴』『島』などの演出につながっていくわけだが、その基本的モチーフは、数多い演出作品のすべてをつらぬいて見事に一貫しているといえよう。

一九三〇年代のいわゆる新協・新築地時代を戦前における日本新劇の黄金時代だとすれば、新協劇団を代表する作品に『火山灰地』『北東の風』が、新築地劇団の作品に『土』『綴方教室』がそれぞれ挙げられる。そして、『土』と『綴方教室』が、岡倉の演出作品なのである。

しかし、演出家としての岡倉のそれ以後のたたかいは、戦前の代表作に数えられるこれらの舞台において達成された成果を、ほかならぬ彼自身がいかにこれを否定し止揚するかという胸ふさがる思いにみちた作業の総体であったともいえそうな気がする。そのことは木下順二が「刊行のことば」でいう、「現実をとらえることのできる手段はなかなか方法論にまで高まらず、方法論ではなかなか現実がとらえられないという矛盾」――をいかに発展的に統一するかという課題への執念であったともいえるだろう。

冒頭の一句は、そのような一人の芸術家の三十年にわたるたたかいの結論でもあるわけだが、あえていうなら、それは結論というよりはむしろわれわれの芸術のいわば出発点であり、前提であり、それへの解答を方法論で出すためにわれわれの努力のすべてがあるはずである。岡倉にとっての結論がわれわれにとっての前提であるような、そのような環になった関係その関係のなかに、何十年にわたる新劇の運動としての堆積をみればよいのか、あるいは、岡倉がそこから出発した原点への回帰をみればよいのか、にわかには断じがたい。日本新劇がいま当面している熱い課題と重なっているからである。

没後六年をへて出された遺稿集。寡言寡筆をもって知られた岡倉士朗の二千枚におよぶ大小百四十四篇の論文、手記、日記であってみれば、それだけでも瞥見の価値はある。そして、読者は、言葉や文字によってではなく、ほかならぬ俳優の肉体のみを用いてみずからの思想を語ろうとし、語りえた一人の芸術家の文体と文法をそこに発見するだろう。演劇にかぎらず、戦前と戦後とをつなごうとするあらゆるジャンルでの作業に従事する人たちにもそれが無縁であるはずはない。

新劇でいえば、たとえば、生前の二つの主な仕事場であった民藝のその後の異常な〈繁栄〉と、ぶどうの会の異常な〈衰滅〉というアクチュアルな事件のナゾをとくカギも、この本の行間から読みとれないことはないのである。関係者の労を多としないわけにはいかない。

（『日本読書新聞』1965年3月29日）

H・キップハルト著『オッペンハイマー事件——水爆・国家・人間』

日本にかぎらず、世界の現代演劇が当面している芸術状況は、ブレヒトの次のような有名な命題を問題軸として展開しているように思われる。すなわち、「今日の世界は演劇によって再現できるか」（一九五五年）。

一般にブレヒトの言葉として知られているこのテーゼは、デュレンマットが提出した疑問に対するブレヒトの肯定的回答をその内容としたものである。デュレンマットは、それを不服として『物理学者たち』という作品を書いた。核分裂の時代を迎えた科学者の喜劇である。時を同じくして、キップハルトが同じテーマの作品を書いた。記録演劇『オッペンハイマー事件』〔岩淵達治訳〕である。

キップハルトによれば、この作品はあくまでも「戯曲であって、ドキュメント資料をモンタージュしたものではない」が、アメリカ原子力委員会のオッペンハイマー博士に対するタイプ用紙三千枚におよぶ喚問調書を資料とするにあたっては、「戯曲的効果」よりも「歴史的現実」に厳密に、忠実たろうとしたものだという。徹頭徹尾ディスカッションに終始する二部九場のこの裁判劇が、テーマにおける強烈なアクチュアリティを獲得し得ているのは、まさしくそのような方法によってであることは疑いない。

訳者がその解説において指摘しているように、そこであつかわれているのは、良心と義務との葛藤といった古典的なテーマでもなければ、それに悩む単なる一科学者の悲劇でもない。そういった個人のドラマをはるかにこえた次元でしか成り立たぬ「今日の世界」をこの作品は解析し、「再現」しようとしている。その意味では、ブレヒトが『ガリレオ・ガリレイの生涯』で提起したテーマと方法を正統的に発展させたものといえるだろう。

「歴史的事実」に対する劇的処理の禁欲的なまでの抑制にもかかわらず、素材への安易なもたれかかりはない。個々の事実や事件や個人は、それぞれの固有の意味をこえて、作者の企図に確実に奉仕させられている。ブレヒトにより開発された方法ではあるが、並々ならぬ才気を感じないわけにはいかない。ドキュメンタリーでありながら、何という技巧的なセリフの数々だろうか。読んでいるうち、今日の世界は演劇によってしか再現されないのではないか、という気さえしてくる。

(『週刊読書人』1965年9月13日)

千田是也著『演劇入門』

花柳章太郎が死んだのは、去年の一月である。その時分、新劇は築地小劇場四十年を祝っていた。花柳の死とともに新派は死んだが、死んだのは新派だけではない。新派とともに歌舞伎劇の反措定として出発した新劇もまた、一つの歴史をその時におえた。つまり、死んだ。

ごらんのとおり、大劇団のますますの極大化と小劇団のいよいよの極小化。大劇場と小劇場。玄人芸による娯楽巨篇と素人芸の異色短篇。これが、その後の、というよりすでに数年前からの新劇界見取図である。〈素人を役者に〉（小山内薫）という新劇〝運動〟の悲願が成就したいま、当然といえば当然のなりゆきである。

近代劇としての新劇の歴史がやっと終ったのである。そして、現代演劇としてのたたかいがはじまっている。が、作戦要務令もなければ歩兵操典もない。当然ながらの乱戦、混戦である。ミシュラン社製のホーチミン・サンダルをはいたゲリラ。おびただしい数の小劇団、小劇場。ネコもシャクシもアンチ・テアトル。わるくはないが、時計の針を四十年逆戻りさせてのモダニズムのおさらいは困る。かといって、食うや食わず四十年かかってみがき上げた〈技芸〉を〈後期ブルジョワ演劇〉としての近代劇のなかで定着させ、商品化し、それによってこれまでの貧乏を取り返そうとしたり、というのもみじめな話である。

いってみれば、こういった演劇状況をおさえながら、演劇の芸術としての本来の機能を回復させ、アクチュアリティを与えようとしたのが、本書である。ややもすれば、内閉的にそれ自体として完結したがる舞台表現を解体し解放し演劇を現実状況に挑戦し、これを挑発する機能として甦生させ、体系化しようという試みがそこにはある。ゲリラの側からでなく、いわば四十年の伝統を背負った正規軍によって書かれた新しい作戦要務令である点が、注意をひく。

俳優であり演出家でもある著者は、現代演劇の体系化への企てともいうべきこの作業を、ちょうどマルクスが、資本制生産様式の解明をその成素形態である一個の商品の分析からはじめたように、演劇芸術の成素形態であり、それ自体が表現の主体であり媒材でもあるところの俳優の演技の分析からはじめる。

人間の身体表現ないし言語活動における三つの機能を〈表出〉〈伝達〉〈要求〉にわけ、これらが〈抒情詩的〉〈叙事詩的〉〈劇詩的〉のそれぞれのジャンルの土台をなしつつ、たがいに独立し、あるいは組合わさっているのが演劇の基本のタイプであるとしながら、今日の世界は演劇によって再現できるか、できるとすればどのような演劇によってかという問いにもっとも答えうるのは、ブレヒトのいう〈叙事詩的演劇〉の方法ではなかろうか、というのがその骨子である。

カタルシス演劇や不条理演劇が批判されるのもその観点からであるが、ただ、ベケットに対する評価には疑義がのこる。本書の立論からいえば、ブレヒトの世界は当然にベケットの世界と接しているはずなのだ。それに、ベケットはイヨネスコではない。

体系的であろうとすることからくる若干のアカデミズムはまぬがれないが、これは単なる入門書ではない。

（『日本読書新聞』１９６６年５月23日）

竹内実著『日本人にとっての中国像』

一九六五年の秋、モスクワでの文学会議に出席したあと、わたしは、東欧から西欧にぬけ、南まわりでサイゴンを経由して帰国した。地図をたどると、それは、中国をまんなかにおき、そのまわりをぐるりと一周するコースであった。

旅行中、いろんな国でいろんな形で中国のことが話題になった。もちろん紅衛兵の出現以前で、時事的にはベトナム問題をめぐる中ソ路線の対立が中心だったが、国家体制のちがいをこえて、ほとんどの国のほとんどの人間が、中国路線に批判的であった。〈ファナティック〉というのであった。悪罵にちかい反対意見も多く聞いた。文字どおりの四面楚歌だった。

それらの、単純にして明快、とりつくシマもないような駁論に耳をかたむけながら、そして基本の論理としてはかれらの意見に同意しながら、にもかかわらず何がしかの反論をこころみようと努力している自分をわたしはたえず意識していた。畢竟は心情の問題でしかないと知りながらも、その心情のなかに何らかの論理を発見しようともがいているような、不思議な姿勢だった。考えてみると、それは、旅行の全期間を通じて自分をとりかこんでいたヨーロッパ的精神環境に反撥する、一種の汎アジア的感情のようなものであったという気がする。例えば、モスクワのホテルで、ソビエトでの公演をおわって帰国しようとしていた中国解放軍歌舞団の一行を見たとき、およそ熱狂的とは正反対のひんやりした周囲の空気のなかで、ひっそりと整列していたかれらの表情に、ひとこと話しかけずにはいられないような、竹内実さんの言葉でいえば〈本当に奇妙な親しさ〉を感じてしまったことともそれは関係がある。事実、中薗英助さんとわたしは、むかしの中国語の記憶をたよりに二言三言の会話をかれらと交したのだが、その時、中薗さんの場合とたぶん同様に、わたしにおいても、戦争中の七年間を中国で生活した体験が、その場面で微妙にはたらかなかったとはいえない。それは、まことに〈奇妙な親しさ〉だった。

わたしの場合がそうであるような、個々にとってかけがえのないさまざまな中国体験のいわば総体が、いま刻々と変貌する中国の現実とむかい合っている。実際にみるように、中国に対する日本人の対応の仕方が、核実験にしろ文化大革命にしろ、政治の次元においてはいわずもがな、思想や感情の次元においてすら複雑に屈折した形をとっているのは、たしかにそのことに理由の一端がある。むろん、体験だけの問題ではない。しかし、わたしが旅行中に経験したような論理と心情との錯綜した意識をわたしたちに強要するようなところが中国にはある。それは、同じく社会主義国であるソビエトに対応する意識の型ともちがうし、同じくアジアの一国であるベトナムに対応する型ともちがっている。そこのところを大きな言葉でいえば、中国は、インターナショナリズムとナショナリズムの矛盾の巨大な結節点として、わたしたち日本人の前に立ちふさがっているということになる。学問としての中国文学がいったいどのあたりまでの研究範囲をもっているのか門外漢のわたしにはわからないが、竹内さんのこの本での仕事は、中国と日本の文学作品にキメこまかく立ち入りながら、ありがちなアカデミズムをこえ、ナショナリズムからインターナショナリズムへという今日もっともアクチュアルな課題に、独自の角度からせまろうとしているものだということが出来るだろう。

〈ナショナルな「原体験」を、このような「想像力」＝「論理」をもってインターナショナルな「歴史」＝「思想」に昇華させること――われわれにとってナショナルな使命とは、このことをおいてほかにはない。〉

　これは、巻頭にかかげられた「二つの『戦後』とインターナショナリズム」という論文の結語である。この問題をすすめていく上での、竹内さんのテーマとみていいだろう。竹内さんは、こんな実例を挙げる。

　戦争中、八路軍の捕虜になった日本軍の兵士たちが日本軍の残虐行為をうつした写真集を見せられた。国民党によって編集されたこのアルバムには、〈日本人がわが民族におかした滔天の罪行〉という文字があった。数々の写真からうけた衝撃の意味をつかみかねていたある兵士は、その文字を読んではじめて意味にたどりついた。その手記。――〈だが、八路軍の人たちは、私に一度もその罪を責めるようなことはしなかった。かえって、私をなぐさめ、いたわってくれた。なぜか私はこのときはじめて、八路軍の人たちが私に期待していたことが何であったかを悟ることができた〉。

　竹内さんはこう書いている。〈八路軍の捕虜政策というインターナショナリズムは、この種のインターナショナリズムをもたない、重慶＝国民党のナショナリズムによる写真集を媒介として、はじめて「思想」として日本軍兵士の胸にしみ透る突破口をひらいたのである〉〈捕虜を扱う中国側の政策が立脚するのは階級の立場であったが、それを日本人捕虜が自分のことばで理解する契機となったのは、民族の立場であった〉。

インターナショナリズム一点張り、バカの一つおぼえみたいな原則論からはこぼれおちてしまうだろう民族的な契機を、竹内さんはそういう形で、インターナショナルな思想の文脈のなかにくみ上げようとしている。思想上の安全とはいえない領域にあえてふみこみ、それをこえようとする積極的な姿勢と方法とがそこにはある。観念としてのナショナリズム、観念としてのインターナショナリズムに、思想としての実体をあたえようとすれば、どうしてもそうなる。なりやすい。そこのところが、いまのわたしにはひどく興味がある。

しかし一方、中国に対応するわたしたちの国際関係を、インターナショナルな論理＝原理から一挙にではなく、ナショナルな原体験、つまり戦争を通じての不定型な中国体験を軸にしながら徐々に形成していこうとする方向には、当然ながら、ナショナルをインターナショナルに止揚するための正確な弁証の方法が用意されていなければならないが、そのような弁証法がはたして用意されているか、用意されうるか、やはり疑問は残る。前の引用でいうなら、〈「想像力」＝「論理」〉という等式の問題、それを用いてナショナルな体験をインターナショナルな思想に〈昇華させる〉という場合の〈昇華〉という概念の問題。また、〈ナショナルな使命〉という場合、〈使命〉という概念を丸山真男さんのナショナリズム規定における「使命感」の裏返しとして使ったのだとしても、裏返しの「使命感」ということが字句以上のものとしてどのように成り立つかという問題など、まだうまくのみこめないところがわたしにはある。

ナショナリズムを否定的媒介としてインターナショナリズムを——ということはまったくその通り

であって、この二つの概念はまさにそのような関係においてのみ概念たりうることはいうまでもないのだが、対ソビエトの場合とちがって対中国の場合、ナショナリズムを軸にした実体的な関係がふかいだけに、階級と革命、つまりインターナショナリズムの視点をよほどしっかりつらぬかないかぎり、民族的な契機の重視がそのままナショナリズムへののめりこみになってしまう危険がないとはいえない。その意味で、〈二つの「戦後」〉によってではなく、花田清輝さんのいう〈二つの革命〉の視点によるアプローチのほうに、いまのわたしはもっと興味がある。

ここ何年かの竹内さんの文章には、ある種の重苦しさがつきまとっていた。政治情勢論をこえようとする思想上の作業が、政治情勢そのものからいたぶられているといった趣きがあった。しかし、「中国核実験と日本知識人」（六五・一）という文章は明快であった。中国の核実験に対し、〈理解することと支持することはべつだ〉〈君たちの客観条件は理解できる。しかし、支持することはできない〉と竹内さんが書いた時、竹内さんは〈私の内なる「私」〉を〈敵〉としてうち倒したのだと思った。あの文章には、爽快な気分すらみなぎっていた。しかし、竹内さんが竹内さんの〈原体験〉について語る時、紅衛兵たちが、〈善悪の基準を超えたところで〉〈本当に奇妙な親しさ〉（「わたしのなかの紅衛兵」本誌六六年十一月号）をもった存在として竹内さんの前に立ち現われて来るのはどうしたわけであろう。竹内さんにとっての紅衛兵は、核実験の時のように〈君たちの客観条件は理解できる。しかし、支持することはできない〉存在なのか、あるいはそうではないのか、日ごろ竹内さんの文章から教えられることの多いわたしは、そこがいちばん聞きたいのである。この文章を、わたし自身の私的体験から始め、ヨーロッパ人との中国論議に関して論理と心情との錯綜した意識を経験したと書いたり、モスクワでの解放軍歌舞団に〈奇妙な親しさ〉を感じたと書いたりしたのも、実は、西施のヒソミにならうことで、〈私の内なる「私」〉を〈敵〉としてうち倒したかったからにほかならない。——そのような読後感である。

（『新日本文学』１９６７年2月）

岩淵達治著『ブレヒト』

戦争と革命の二十世紀前半をそれとの格闘で生きつづけたブレヒトの芸術は、世紀の後半を状況とのアクチュアルな関係で生きようとする芸術および芸術家にとって回避してすすむことを許さぬ存在として今なお立ちふさがっているものといえる。

ブレヒトの芸術は、状況変革の可能性、現実に対する芸術の有効性についての古典的なまでの信頼の上に成り立っている。二十世紀前半の芸術の刻印が鮮やかにうたれている。その限りでは、ブレヒトにつづく作家たちから、ブレヒトはすでに「時代からとり残された」（ヴァルザー）、あるいは、「古典作家のもつ広汎な無効性」（マックス・フリッシュ）をもつに至ったなどという批評が出るのも故なしとしない。

しかし、みずからに対する仮借ない批判や否定の論理を呼びおこすことによってみずからの方法を発展させていくところにブレヒトの弁証法があるのだとすれば、ほかならぬそのことによってブレヒトの今日性は保証されているともいえよう。強靭なのである。むろん、単なる芸術形式の上でのブレヒト理解や、政治主義からするブレヒト誤解など、この際まったく無縁のことである。

そのような意味で、すでに神話や伝説にとりかこまれはじめたブレヒトからそれらをはぎとり、現代の芸術状況のなかでブレヒトの方法がもちつづけている意味を明らかにすることは、今日きわめて大事な作業でなければならないがブレヒトの全作品に年代順に即しながら、精確な考証により、思想と方法の発展のプロセスを解きあかそうとした著者の努力は大きく評価すべきであろう。

「単なる貯蔵的な教養としてブレヒトを知識の一隅に収めることは最も非ブレヒト的なこと」（まえがき）だとする立場から書かれたこの本には、作品の単なる解説や注釈をこえて、現実と演劇、政治と芸術との力動的な関係を「叙事詩的演劇」なるジャンルでとらえ、晩年さらにこれを「弁証法的演劇」に発展させようとしたブレヒトの思想的＝芸術的営為の総体が、トータルにえがき出されようとしている。終章の「ブレヒト以後の諸問題」を読むと、現代演劇の切実な課題が、ブレヒトの提起した問題といかに深いところでかかわっているかを、あらためて考えさせられる。

（『週刊読書人』１９６７年３月６日）

新劇の心身にあたえる影響について

——東京劇信をはじめるにあたって

トーキョーゲキシンを書くのだといったら、発音がわるかったらしく、東京撃沈とはおもしろい、と人にいわれました。芝居の話だよ、と説明したら、いいじゃないか、東京の新劇を撃沈しろよ、とあおられました。あおられているうちに、何となく、それもわるくないという気になりました。いつものわるいくせです。

東京の新劇には、しかし、そういってみたり、いわれてみたくなったりするような、そんな感じがつきまとっているようです。劇団の数は大小七十はあるというし、したがって、野球のナイターはなくとも新劇の舞台がどこかにかかっていない日はない、といわれる繁昌ぶりです。何業にてもあれ、繁昌しないよりはしたほうがいいにはきまっています。が、やたらに多くて困るのは、東京の人口ばかりではありません。問題はその中味です。

新劇団のフランチャイズが東京に集中しすぎている問題をいかに解決するか。という問題もさることながら、しかし、さしあたりぼくが果たさねばならない仕事は、東京で毎月上演される演劇の中味についての報告を書くことです。紹介だけなら、新聞の切り抜きをまとめて送ればいいわけですが、批評もしろということなので、そうなると、いやでも劇場に足をはこばないわけにはいきません。これはたいへんです。

なぜ、たいへんかといいますと、まず、交通不便な劇場まで手間ひまかけて通わねばなりません。が、それはまあ、仕方のないことです。それより、ぼくにとってたいへんなのは、できることなら芝居だけは観ずに平和に暮したい、というここ一年ちかくまもってきた生活信条を放棄しなければならないからです。

実は、去年、ぼくは妙な決心をしました。一年間にどれだけたくさんの芝居を観られるものか、ひとつやってみようという決心です。一年がたって戦績を調べてみました。そしたら、大小職業劇団の舞台が三十二。職場や農村のサークルの舞台が二十六。合計五十八本。月に五本の勘定になりました。まったく、ばかなことをしたものです。

そして、その翌年、つまりことしは、別の決心をしてみました。芝居を一本も観ないでやろう、という決心です。ところが、きょう九月十八日現在で勘定してみたら、残念ながら、この九カ月間に四本も観ています。いずれも、やむをえず観（せられ）た舞台で、そのうちには自分の書いた芝居もふくまれているので、まことに余儀ない本数といえましょう。

何のためにこんな二た通りの決心をしたかというと、演劇がぼくの精神と肉体にいかなる影響をあたえ、また、あたえないかという実験がしてみたかったからに外なりません。実験期間が完了しないうちに劇場に通わねばならぬ破目になりましたので、中間結果ということになりますが、結論としては、芝居とくに新劇は、観ても観なくても精神に対する影響力は同じ。肉体に対しては、観ないほうが明らかに良好。ということです。

こんなことでは困ります。まず、観せられるほうが困りますし、したがって、次に観せるほうも困らざるをえません。もちろん、そうならないようにどの劇団も苦労しているわけです。いろいろな動きがあります。いろいろな努力があります。秋のシーズンに入って、東京でも各劇団が幕をあけはじめたようです。劇場に足をはこぶ決心をさせられた以上、ぼくたちの心身にいい影響力をもつ舞台にぶつかりたいと願わずにはいられないわけです。

この第一信には、さっそくいくつかの舞台についての報告を書くつもりでいたのですが、実は、ある劇団がこの秋に上演する作品の執筆のため東京を一と月ちかく離れていたので、それができなかったのです。しばらく舞台を観なかったせいでしょうか、体の調子がばかにいいので、次回からは元気のよいお便りを書くことができると思います。

(『大阪労演』「東京劇信1」 1962年10月)

主に『城塞』のこと

「新劇のコヤ(小屋)っていいですねえ」俳優座劇場のロビーで、フランキー・堺さんがこういいました。俳優座の日曜劇場『城塞』を観にいったときの休憩時間です。

それだけでは、劇場設備がいいのか、客席の雰囲気がいいのか、舞台がいいのか、それとも、「いいですねえ」という言葉をつかって反対のことをいったのか、そこいらがはっきりしません。そこで、聞きかえしてみました。すると、「いやあ、もう、ぼくらは大衆演劇のほうでしてね。とても、こんな……」という返事です。もちろん、これでもはっきりしません。しかし、その時の感じでは、いわゆる新劇に対するインフェリーオリティ・コンプレックスの表明、というふうにうけとるのがいちばん自然な口調でした。その晩は、観客の入りがよくなかったせいか、劇場のロビーには一種おごそかな空気が流れていましたし、新劇の常連でもないかぎり、つい気押されてそんなことを口にしてみたくなるような気分をこの劇場がもっているのも事実です。しかし、そういった時のフランキーさんは、いかにも溌剌としていて、大衆を肌で感じることのできる俳優さんだけがおそらくもっているだろう、エネルギーが体中から発散しているような、眺めているうちにだんだん楽しく元気になってくるような、そんな表情と体をしていました。

新劇の俳優さんにこんな人いるかな、いるとしたらだれだろう、そんなことを考えていると、ベルが鳴って幕があきました。安部公房さんと千田是也さんのコンビによる『城塞』の第二幕です。

劇は進みます。が、客席は第一幕のときと同様、平静そのものです。その晩は一般観客だけで労演会員はいませんでしたから、夕食のパンをたべる紙袋の音がしないのは、まあ、当然です。が、それにしても、すこし平静すぎます。水をうったような、というのとちがった平静さなのです。つまり、物事がうまくのみこめない時に人間が示すところのあれです。一口にいえば、わかりにくい芝居だということです。念のために、あとで労演の会員に感想を聞いてみました。そしたら、紙袋の音がしたことをのぞけばほぼ同様な雰囲気だったそうです。「よく、わかんねえな、あの芝居」というわけです。

ぼくはといえば、ひたすらおもしろくて、文字どおり体をのり出して――バレーボールでいえば後衛のレフトあたりの席からカブリツキに出て——観ていました。いつものオバケが出てこないのは淋しいけれど、出てこないおもしろさがこの芝居にはあるのです。

上演時間が二時間ですから、小説でいえば中篇というところでしょうが、芝居としても、二幕構成ということもあり、何となくおちつかない形はしていますが、中量級の舞台だけがもちうる魅力は十分にたたえていました。凝縮度がたかいというばかりでなく、第二幕で行われる二回目の「儀式」の展開に集約される方法上の発明は新鮮な感銘をそそりました。オバケの系列の作品が、イメージを外へ外へとひろげていくヴェクトルをもつのに対し、この作品には内へ内へというヴェクトルがはたらいています。その意味では、素材とテーマとが緊密に結びついているようです。初期のすぐれた作品『制服』をおもい出したほどです。

しかしながら、です。幕切れになって、武内亨さんの「男」が「父親」にたたきつけるセリフがだめなんです。たいへん力がこもっているのですが、どういう意味のことをいってるのか、さっぱりなのです。言葉というよりはむしろ音響であって武内さんのよく動く唇のあたりをただもう茫然と見ているだけなのです。もちろん、武内さんの演技の是非をいっているのではありません。そのように芝居が書かれているということです。しかも、一篇の戯曲のいちばん大事な個所がそういう形で書かれることの必要を生んだのはこんどの作品の方法であること、ああいう力をこめたいい方をしなければならぬセリフが安部さんの作品にあるなんておかしいということなど、あいまいないい方でいうと、芝居ってやはりむずかしいものだな、と思ったことでした。それは、たとえば、『幽霊はここにいる』に出てくるコウモリ傘をさしてピョコピョコ歩く市民たちに、それ以上の役割を負わせようとすることがおかしい、といえばわかりやすいでしょうか。観客のわかりにくいという声を、ぼくはぼくなりにそう理解することにしました。

この作品は、東京労演が委嘱した作品だそうです。だから、わかりにくい作品を安部さんは書かれたのかも知れません。そうだとしたら、それにはぼくも賛成です。しかし……

しかし、どうやら『城塞』のことばかり書きすぎたようです。東京ではほかの芝居も上演されているのですから、そのことも書かねばなりません。筋も何も書きませんでしたが、作品をお読みになりたい方は『文藝』という雑誌の十一月号をごらん下さい。——忘れるところでしたが、はじめに書いたフランキーさんのことは、だから、観客席のあのような平静さを考えてみると、「新劇はいいですねえ」というかれの言葉は、お世辞をつかったふりをしながら、実はおとなしい新劇の観客とそのような観客にささえられている新劇の幸福についての、どうやらひやかしではなかったのだろうか、という気持にぼくがなったということをいいたかったための前置きだったことをつけ加えておきます。

さて、九月から十月にかけて東京で上演された芝居には、次のようなものがあります。主なところをひろうと、舞芸座の『表具師幸吉』(内田栄一作)、七曜会の『俺たちのせいじゃない』(マックス・フリッシュ原作)、青年座の『われらの同居人たち』(椎名麟三作)、仲間の『婉という女』(早坂久子脚色)などです。

決して怠けたのではありませんが、実は全部観そこなったのです。切符も用意して予定を立てていたのに、どうしてもだめでした。残念です。評判はまちまちですが、観ていないので書けません。

これらのうち、『われらの同居人たち』は、ミュージカルだというので関心をもっていたのですが、千秋楽をまちがえるというヘマをやったため見逃しました。この芝居と関連して、ジャーナリズムは、新劇のミュージカルへの機運ということでとり上げたりしました。『真田風雲録』『メカニズム作戦』。それにこんどごらんになる『三文オペラ』などの上演をつなげれば、たしかにそういうこともいえましょう。労音関係では『可愛い女』『劉三姐』もあります。

ミュージカルといえばすぐ出てくるのが、「演技はともかく、歌がどうも」という批評。下手なものを無理に上手いという必要はさらさらありませんが、下手を下手だというだけでは何にもいったことになりません。じゃ、いったい何といえばいいんだ、という質問にこたえてくれる……かどうかは知りませんが、そのことをぼくが考えていく手掛りを与えてくれるだろう舞台がそちらにまいります。ミュージカルではありませんが、ブレヒトの『三文オペラ』です。

実はぼくもこちらで観たのですが、大阪労演からこれについては書かなくともいいとのことでしたので、省きます。東京では俳優座劇場でしたが、あの芝居は大劇場むきのものですから大阪での公演はきっと見ごたえのあるものになるでしょう。

芸術祭のシーズンになって、東京の演劇界もいよいよたけなわです。来月はいいお便りが書けると思います。では。

（『大阪労演』「東京劇信２」１９６２年11月）

わかる芝居 わからない芝居

中国演劇家代表団が、一カ月の滞在をおえて、無事帰国しました。これは、一昨年の新劇訪中公演をはじめ、日本の演劇代表が中国でいろいろとお世話になったお礼をこめて招請したものだそうです。東京だけでなく、関西や名古屋などの各地でも交流行事が行なわれたようですが、代表団の公演を観る機会がたくさん準備されたようです。

ところが、東京の場合、滞在中の大きな公演のほとんどが翻訳劇で、日本の創作劇がすくなかったということがあり、折角のシーズンに来てもらったのに、と残念がる人もすくなくありませんでした。翻訳劇の大きな公演というのは、俳優座の『三文オペラ』(ブレヒト)、文学座の『守銭奴』(モリエール)、民藝の『るつぼ』(アーサー・ミラー)というわけです。ちょうどその時期での創作劇といえば、新人会の『月明らかに星稀に』(田中千禾夫)、ぶどうの会の『明治の柩』(宮本研)の新作二本、それに泉座の『禿山の夜』(大橋喜一)の再演といったところでした。

創作劇がすくなくって残念、とはいうものの、しかし、中国の代表団にとってみれば、東京に来ただけでドイツ、フランス、アメリカの、しかもそれぞれの国をなんらかの意味で代表するこれらのレパートリーを文字どおりいながらにして観劇できたのですから、かえってラッキーだったかも知れません。さすがに日本だけのことはある、と申すべきでありましょう。

これらのうち、『三文オペラ』については前号にすこし書きました(といっても、大阪公演にご期待下さい、と書いただけですが)。——ご感想はいかがでしたか。いずれ、この号の「私の劇評」欄その他でご意見が拝聴できるものとたのしみにしています。

残念なことには、文学座の『守銭奴』はどうしても都合がつかず、観ることができませんでした。ですから書けません。また、民藝の『るつぼ』はこれから観る予定ですので、これも書けません。しかし、創作劇のほうは全部観ましたので、それについてすこし書いてみたいとおもいます。

新人会の『月明らかに……』は、『鈍琢亭の最期』につづく田中千禾夫さんの新作で、四幕六場の構成をもつ一風かわったお芝居です。どんな風にかわっているのか、といわれても、ちょっとうまい言葉が見つからないのですが、ともかくかわった作品です。念のためにプログラムの「あらすじ」を読んでみたのですが、作品にたいへん忠実なあらすじで、読んだだけでは断じて理解できないように書いてあります。それでは、舞台を観ればわかるのか、ということになりますが、さあ、そこが難かしいところです。

泉座の『禿山の夜』はといえば、先年関西芸術座によって上演されたこともある大橋喜一さんの作品で、難解だという定評があるのはみなさんご存じのとおりです。こんどの上演は七稿目の台本によるのだそうですが、たび重なる改稿によってやっと難解ではなくなったかというと、決してそうであるとはいえませんでした。

わからない、あるいは、わかりにくい芝居というものは、観客にとって閉口なものです。芝居に限らず、いかなるジャンルの芸術も、わからないよりわかるにこしたことはありません。しかし、芝居に限らず、わかるものがすべていいものとは限りません。むろん、その逆もまた真なりです。それは、『守銭奴』と『るつぼ』を並べてみるまでもないことです。わかるわからない、ということは、この場合何の意味ももちえないのです。

田中さんにしても大橋さんにしても、いわゆるわかる芝居を書こうとおもえば楽々と書ける作家です。しかし、おかしないい方になりますが、ほんとうにわかる芝居を書くためには楽々とではない努力を作家は強いられるものです。そのための苦心や苦労や工夫の跡をまざまざと感じさせたのが、この二つの舞台でした。

誤解していただいてもいいのですが、作家は自分のために作品を書けばよい、作家は自分の正直であろうとすることによってしか観客に正直たりえない、という考えをぼくはもっています。それこそが、作家＝舞台と観客との間に存在しうる演劇の弁証法なのだ、と考えます。共感だとか感動だとかはくそくらえ、のわからない芝居をこそ作家は書くべきであり、従って、観客はそれに対する容赦ない拒否権を留保するのだ、というそのような関係のむすび方がほしいものだとおもいます。

そういったことを『月明らかに……』と『禿山の夜』の二つの舞台は考えさせてくれたのでしたが、しかし、反戦というテーマに肉迫しようとされた誠実かぎりない二人の作家の試みを観客にわかりにくくさせているもう一つの理由として、戦争というアクチュアルなものをアクチュアルでないやり方でとらえ直そうとされた方法や技法の問題とは別に、戦争をとらえようとする戦後の時点ないし地点についての疑問を感じました。というのは、『禿山の夜』には「戦後はおわった」という意味での戦後しか確立しておらず、『月明らかに……』には永遠の時間の相のなかで戦後がとらえられており、いずれも「戦後はおわった」とあとのもう一つの戦後が設定されていない、ということです。そのことが、作者の意図を裏切って、戦争はやっぱりよくないねといった程度の感想しか観客にもたせない一番の理由ではないかとおもうのです。戦争よりは平和がいいにきまっている、と決めこんでいる人たちへの挑戦こそが作品の意図であったのでしょうに。

紙数がなくなりました。ぶどうの会の『明治の柩』についても書くつもりでいたのですがその余裕もなく、また、自分の作品では書きにくかろう、おれが書いてやろうという親切な人も出てきましたので、次号にゆずります。東京も、十一月はちょっと中だるみのかっこうですが、下旬から十二月にかけて意欲的な舞台が用意されています。来月は、『るつぼ』や『明治の柩』やそれらの舞台についてのお便りを書くことになるでしょう。

なお、十一月の二十五日には大阪で第九回の職場演劇祭があります。創作劇二本をふくむ三つの芝居が上演されます。ぜひ都合をつけて拝見にまいりたいと考えています。これはたのしみです。——では。

（『大阪労演』「東京劇信3」１９６２年12月）

文学座分裂問題の意味

一九六二年がおわって一九六三年がやってきました。東京では一月早々から次のような公演が目白押しに並んでいます。

すなわち、文学座の『クレランバール』(マルセル・エーメ作)、俳優座の『大姫島の理髪師』(田中千禾夫作)、東京芸術座の『忍びの者』(村山知義作)、演劇座ほかの『爆裂弾記』(花田清輝作)。

四本のうち三本までが書きおろしで、しかも田中千禾夫、村山知義、花田清輝という、いずれおとらぬ曲者がずらりと並んだところはなかなかの壮観です。いずれ次号で紹介することになるでしょうが、演劇理念から創作方法にいたるまで何ひとつ共通なもののない三者ないし作品であるだけに、大いに興味をそそられます。一九六三年の新劇は、かくして華々しいスタートを切ったわけです。

ところが、一月の十四日、つまり昨日になってとんでもない大事件がもち上がりました。一月公演の先陣をうけたまわった文学座が、『クレランバール』公演中に〈分裂〉したのです。

新聞が大きく報道しましたので、みなさんもすでにご存じのことでしょうが、劇団幹部の考え方や在り方に反対意見をもつ俳優と演出家二十数名の人たちが退団し、福田恆存さんをリーダーとして演劇集団「雲」を結成したというのです。脱退した人たちのなかには芥川比呂志、岸田今日子、仲谷昇、神山繁、小池朝雄、文野朋子などの中堅俳優、荒川哲生、関堂一などの中堅演出家が含まれており、しかも、文学座は二十六年の歴史をもつ日本でもっとも古い新劇団なのですから、これは大事件です。

ジャーナリスティックな意味では大ニュースですが、しかし、東京の新劇人たちにとってはそれほどの衝撃ではなかったようです。というのは、文学座の内部に融和しがたい意見の対立があり、何かにつけてそれが表面化するということは、かなり以前から取り沙汰されていましたし、「どっちの文学座?　文学座ったって二つあるんだけど」といった言葉をぼく自身も劇団の人から聞いたことがありますます。ですから、来るものが当然に来たという感じを多くの人がもったとしても不思議ではありません。そこがいわゆる「大人の劇団」の本領なのでしょうが、脱退した人たちも残った人たちも、それほど悲壮な表情をしてはいないようです。いってみれば、熟柿が枝を離れて地におちたような、そんな感じなのです。

劇団というのは昔から離合集散のはげしいものですが、多くの場合当事者は〈分裂〉という言葉でよばれるのをきらいます。精神分裂などという言葉と結びつけられるのをおそれるのでしょうか。たしかに、以前の新協劇団の場合などのように、精神分裂とよばれても致し方のないような分裂の仕方もあるにはあったわけですが、こんどの場合はむしろ、生物学にいう細胞分裂にちかいものといえましょう。成り行きが自然なのです。

もう何年も前から、「新劇界の閉鎖性」「新劇部落」「大劇団とその指導者を頂点とするピラミッド」ということが新劇全体についていわれ、新劇が現代をドラマとしてとらえてこれに表現を与えうる創造的な運動たるためには、そういった新劇全体をおおっている閉塞的な状況を打破する必要があることが強調されてきました。

新劇がいずれはかならず解決しなければならぬこの重要な問題は、しかし、中小劇団に属する人たちからの発言が多かったせいか、いわゆる大劇団の人たちからは〝身に覚えのないインネン〟ぐらいにしか受けとられていないようです。しかし、この問題に関する限り、「大劇団といわず、小劇団と限らず、日本の新劇をめざすすべての劇団」の問題だとする野間宏さんの意見にぼくは賛成です。

その理由は、右の野間さんの意見が「小劇団がこのまま成長して行く時、そこに出来上るものは現在ある大劇団と何等異るところのないものと考えられる」危険に対する危惧を前提としている点にぼくも賛成だからにほかなりません。

すべての劇団あるいは大劇団という場合、そこには当然文学座も含められていたにもかかわらず、文学座はこうした論議のいつも圏外に身をおいていたようです。すくなくとも、そんなポーズをとっていたようにみえます。いわば、そういう小うるさい問題に対する不在証明こそが文学座の金看板でもあったわけです。しかし、新劇の病状摘出という課題にもっとも無関係であったはずの文学座がまっさきに発病した、というのが、こんどの〈分裂〉問題に対するぼくの見解なのです。

新聞の記事によると、劇団の運営方法やレパートリの決定に対する劇団幹部の独裁制をはねのけるための努力をいろんな形で試みたが、「その壁は厚く」「全く絶望し」てしまわざるを得なかったというのが退団者の弁です。何よりもまず、このことは組織論の問題です。しかし、このように重大な組織活動上の欠陥を解決することにすら失敗したということが、演劇理念の非創造性と無関係であるはずはありません。事実、一九六二年度における文学座公演の四つの演目、すなわち、『パリ繁昌記』(中村光夫作)、『光明皇后』(有吉佐和子作)、『黒の悲劇』(矢代静一作)、『守銭奴』(モリエール作)をつなげてみて、そのどこから一貫した演劇理念をぼくたちは発見すればいいのでしょうか。その意味では、ぼくたちは本公演よりも、若い俳優と演出家の仕事の場である「アトリエの会」の演目のなかにむしろ新鮮なうずきを感じます。新劇の「閉鎖性」や「部落性」や「ピラミッド構造」の打破をとなえることが、下剋上やナワバリ争いの問題では決してなく、新劇が創造的な芸術運動であるための必要条件を強調しているにすぎないことは、このことでも明らかです。

新劇の世界では、三十才はおろか四十をこえてもなお〈若手〉とよばれます。とすると、〈若手〉に対応する〈古手〉という言葉でよばれるのはいったいどんな老人だろう、と考えてしまいます。呼び名の問題はそれとして、〈若い〉ということがひけ目であるような世界はやはりどこかがすこしゆがんでいるように思えます。考えてみれば戦後もすでに十七年。戦後この道に入った若い新劇人たちも十年から十五年のキャリアをもっていることになります。あと五年たったら、あと十年たったら、どんなことになるでしょう。マルクスをかりるまでもなく、生産力の発展は必然的に生産関係との矛盾を激化させ、生産関係の変革のための条件を準備します。文学座二十六年。熟柿が枝を離れて地におちるの風情、といったのはそういう意味なのです。

文学座を脱退して劇団「雲」を結成した人たちは、当然のことながら新しい集団としての演劇理念を声明したそうです。新聞の断片的な記事を読んだ限りでは、その人たちがリーダーとあおぐ福田恆存さんの従来の主張とまったく一致するようです。その意味では、何も新しくはないわけです。が、〈分裂〉の事情説明や自分たちの立場の正当化だけにおわるのでなく、堂々と理念を表明したことはそれはそれとして立派な振舞いだといわねばなりません。〈分裂〉が痴話喧嘩とちがうのは、そういうところでなければならないからです。しかしながら、脱退した人たちに対してぼくには次のようないくつかの疑問が残ります。

それは、たとえば福田さんが日生劇場のプロデューサーであることや、福田さんの演劇理念にぼく自身は賛成できかねるということやでは直接にはありません。それはそれで今後いろんな形で問題となるでしょう。が、ぼくの疑問というのは、脱退した人たちが福田さんに対し「今後あなたの独裁でやって下さい」との一札を入れ、福田さんは「僕がやるからには相当きついぞ。それでもついてくるか」（いずれも新聞の記事による）という〈契約〉をとりかわされたという事実です。むろん、芸術の問題が多数決や民主々義によってまかなわれるものでないことはぼくも承知です。しかし、文学座のなかで絶望するまでに改善の努力をした人たちが、いかに心酔されての上だとはいえ、なぜ新聞報道のようなヤクザっぽい仁義をお切りになったのか不可解です。その場合、芸術家としての主体性がどのような形で留保されうるのか、どうもよくのみこめません。どういうことなのでしょう。

「食えるようになったからとび出したまでさ」という人もいます。ぼくはそう思いたくありません。それでは、ただ牛を馬に乗りかえただけの話になります。それでは、もう一つの「文学座」ができるだけの話になります。そうだとしたら、つまらない話です。つまらないだけでなく、問題は依然として未解決のまま残っていることになりますから、文学座はあと何回かの〈分裂〉が必要になるでしょうし、それはまた「雲」のほうについても同様です。せっかく〈分裂〉なさったのですから、こんどの事件の意味をもっともっとはっきりさせたいものです。お節介ではありません。はじめに書いたように、新劇全体の問題だからそういうのです。

文学座のことばかりながながと書いてしまいましたが、こんどのことが文学座だけの問題でないから書いたのです。他人事だとおもったら、そうおもった劇団に同じ事件が起きるかも知れません。殷鑑は遠からず、というわけです。

（『大阪労演』「東京劇信５」１９６３年２月）

異端の季節

忍者が高いところからヒラリと舞台にとびおりる。ドスン、という派手な音がする。観客がクスクス笑う。また、とびおりる。ドスン。笑う。――東京芸術座『忍びの者』の舞台である。そして、これら忍者たちに首領の百地三太夫はいう……「努めよや、努めよや。忍をよくすることは難いかな」。作ならびに演出の村山知義氏がこのようにもすぐれたユーモアの感覚の持主だとは知らなかったのだが、しかし、この芝居そこで笑ってはいけない場面である。というのは、そこで忍者は音を出してはいけないということでもあるわけだが、しかし心ならずも音は出てしまう。いってみれば、お見合いの席でのおナラである。むろん、具合いがわるいのは当人だけではない。

これが映画になるとちがう。同氏原作の同名の映画を観ればわかるが、忍者たちは地上×尺の樹上からとびおりても音ひとつたてぬ。ばかりか、逆に×尺の塀の上に音もなくとびあがってみせる。映画でできることがなぜ芝居ではできないか。または、映画でできるものをなぜ芝居にしたのか。という問題。

『パラジ』という芝居がある。同じ問題がある。すぐれた映像作家である今村昌平氏は、映画できるものをなぜ芝居にしたのか。『パラジ』を芝居にしなければならなかった芸術上の理由はなにか。あるいは、芝居にすることで出てきた好都合、不都合はなにか。という問題。

ほとんど同様なことが『爆裂弾記』にもいえる。「活字」によって読みすでにして愉快きわまるこの作品が、花田清輝氏によってなぜ戯曲として書かれたか。また、高山図南雄氏はなにゆえをもってこれを上演しようとしたのか。という問題。

昨年のおわりから今年のはじめにかけて上演されたいくつかの舞台は、かなり安定したポーズを保ちえてきた新劇界に、そういつまでも笑いすててばかりはおれない問題をつきつけはじめたようである。正系が異端に対して正系であり、異端が正系に対して異端であるような、そんなわかりやすい関係が乱れはじめた徴候がみられるのである。むろん、いま挙げたいくつかの作品ないしは舞台だけをいっているのではない。さしあたっては、一九六〇年をいろんな意味での契機にして、六一年から六二年、そして六三年とつづくこの何年かをいまかりに異端の季節とよぶならば、この季節が生んだいくつかの、しかし決して少なくはない数の作品や舞台がつくり出した、易々とはぬきさしのできぬ演劇状況でそれはある。

かくして、戦国乱世である。治に居て乱を忘れずとは易経にいうところだが、乱に居て治を忘れざることは今様では未来のビジョンということであるだろう。とすれば、乱に生きて乱に淫しないがために、乱世を眺望し測量する三角点が打たれねばならないだろう。たとえば、次のごとくにである。

そも舞台芸術において俳優の肉体とは何か、というのがだだっぴろすぎるなら、演劇において俳優の技術とは何か。せまくいえば、劇における俳優術のリアリズムとは何か、という問題点の一つが、さきに挙げた『忍びの者』の……という問題、『パラジ』の……という問題、『爆裂弾記』の……という問題を重ね合わせたときにあぶり出されてくる。

そのことを『爆裂弾記』にひきしぼっていえば、さきにも書いた、花田氏による「視聴覚」劇というよりはむしろ「活字」劇とよばれるにふさわしいこの戯曲、人間を精神と肉体との弁証法的な統一体としてとらえ、その有機的なメカニズムをすべての創造の原点とする方法論に立つ高山氏とが、どのように渡り合ったであろうかという関心になってくる。むろん楽屋話としてではなく、新劇がまじめな形で当面している公開された課題としてである。

まわりくどくなくいえば、リアリズム演劇の正系的方法論ともいうべきスタニスラフスキー・システムの現代における表現の可能性の検証の問題。すなわち、該システムをリアリズム演劇の形式の多様性なる問題に対置した場合の可能性の問題である。花田戯曲に対しては如何、安部戯曲に対しては如何、そしてブレヒトに対しては如何、ということにもなる。両者の関係は、縁なき衆生なのか、袖ふれ合うも他生の縁なのか、それともガップリ四つに組める相手であるのかないのか。『爆裂弾記』の舞台が、俳優の実在感と肉体の有機性によってかなり強く支えられ、完成を助けられていたとみるだけに聞いてみたいところだ。すくなくとも『忍びの者』の「ドスン」におけるような、俳優の精神と肉体との無惨なまでの非弁証法的不統一の例をみたあとだけにそう思うのだ。

それらのことは、当然劇場芸術ないし舞台芸術と劇芸術との関係、ひいては演劇においてドラマとは何か、という問題点とつながって一つの環をつくる。

千田是也氏のさいきんの論文（『テアトロ』三月号・演劇手帖X――批評について――）は、その意味でドラマ主義ひいては該システムへの挑戦状である。「共産党演劇批評家にたいする私の真面目な忠告」でもあるせいか、論旨に多少緻密を欠くのうらみはあるが、再論の予告にもあるごとく挑戦の対象は木下ドラマ論である。偏見や配慮や「事情」がからまない、すっきりした討論を望みたい。そのような討論がいま必要なのだと思う。

折あたかも、ことしはスタニスラフスキー生誕百年記念の年である。お祭りさわぎなんかどうだってよい。ひとつ、どうだろう。戦後くたびれもみせず該システムととりくんできた、しかし刺しちがえるまでの気持はないらしい高山や竹内敏晴あたりが、ここいらで巻き返しの仕事にひと汗かいてみては。その昔、サムライは他流とたたかって自らを鍛えたという。けしかけるつもりはないのだが、ここで会ったが百年目、ではないのか。

うたがうべくもなく、いまは乱世なのである。

（『新日本文学』１９６３年４月）

観客へのいらだち

その時、思いがけなく拍手がおきたのです。ウェスカーの『みんなこまぎれ』(『みんなチップスつき』の日本初演時(一九六三年六月、程島武夫演出)の題名)という芝居。木村光一さんの訳本を自由劇場という劇団が上演した時のことです。こんな場面です。

イギリス空軍の新兵教育、はげしい訓練がつづきます。主人公のトンプソン君の班はかれを入れて九人。かれをのぞいた八人の新兵さんたちはいずれも〈下層階級〉の出身で、だから、元将軍でいます銀行家の父親をもつ〈上層階級〉の出身であるトンプソン君に反感をもっています。しかし、自分の所属する〈階級〉に反発するトンプソン君は、自分が幹部候補生ではなく二等兵を志願した理由について班の新兵たちを説き、かれらの階級的自覚をうながします。つまり、オルグするわけです。

そして、クリスマス・イブの晩。トンプソン君をリーダーとする石炭小屋襲撃が実行されます。見つかったらむろん重営倉です。かれらは、番兵がパトロールしている石炭置場の高い金網をうかがいます。そして、緻密な計算と新兵教育でたたきこまれたチームワークと肉体訓練の成果を十二分に逆用して、石炭を盗み出すのにまんまと成功するのです。まことにスリリングな場面です。

『みんなこまぎれ』という芝居は、この場面（とこれにつづく、新兵たちがトンプソン君を指導者とあおぐにいたる場面）とをクライマックスとする第一幕と、全編の幕切れ、こと志とちがっていまは将校服に身を固めたトンプソン少尉と新兵たちが、荘厳な国歌とともに掲揚される国旗に敬礼を捧げる練兵場の場面——をクライマックスとする第二幕とから構成されているのですが、問題はさきに書いた石炭盗みの場面です。

その時、思いがけなく拍手がおきたのです。ぼくは客席でヒヤリとしました。たしかにその場面、盗みが成功したとたんに思わず手をたたきたくなるような、いかにもスリルとスピードにとんだ舞台なのです。だから、そこで手が入ってもちっとも不都合はないのです。でも、そこで拍手されては困るのです、ウェスカー君としては、おそらく。

なぜというに、その場面からあとの話というのは、石炭盗みにおける〈やんぬるかな！〉の拍手とはまったく逆の、トンプソン君の挫折と転身＝本家がえりの過程が展開していくだけだからです。そして、この作品のテーマは、前半の〈やんぬるかな！〉（第一幕）と後半の挫折と転身（第二幕）との二つの軸の上にしかたぶん成立しないだろうからです。前半のその場面だけで拍手されるのは、だから困るのです。

昔もいまもそうなのですが、日本の左翼演劇は、この芝居でいえば石炭盗みの場面で幕というパターンを固守しています。この芝居の第二幕のような場面を書きでもしようものなら、〈挫折だ〉〈絶望だ〉〈反動だ〉〈反党だ〉〈反労働者だ〉だという漢字ばかりのビラをペタペタはりつけられてしまいます。困ったものです。その点、『今日のマルキシズム』というイギリスの共産党機関誌でのウェスカー君とナントカ氏との論争などをみても、いまにもブッ倒れそうなそんな硬直した姿勢はみられないようです。センター42のような、あどけないまでにナイーブな運動もそんな事情と関係があるのでしょう。あどけないといえば、イギリスという国もなかなかあどけない感じです。日本は、しかしどうもそうではないようです。

とはいっても、自分たちがおかれている状況への民衆の無関心という点では、むろんたいへん共通しているようです。この芝居のなかの新兵たちへのトンプソン君の〈いらだち〉は、だから、イギリスの労働者や民衆へのウェスカー君のそれとかなりな部分ダブっているとみていいようです。とすれば、それはそのまま観客への〈いらだち〉ともダブります。そのためにこそ、ウェスカー君はそんなややこしい芝居の書き方をしなければならなかったのでしょう。舞台からエモーションではなく〈意味〉をみつけてほしい、という作者の声が聞えるようです。ぼくがあの作品からブレヒトを感じたのもそのせいだとおもいます。

拍手はいいのです。でも、拍手などいただく前に、ぜひこのことだけは、という願いをたとえば同じく芝居を書いているぼくなどももっています。そのためになら、客席からの拍手は当分あきらめてもいいとさえおもっているのです。もちろん、それは、ウェスカー君のいうように、「ほんとうは、むかしむかしあるところに……というふうにはじまる芝居を書きたい」からであるのですが。

（「文学座公演『調理場』パンフレット」１９６３年11月）

モスクワ、プラハからの報告

インドネシヤにクーデターが起きたという話を聞きました。新聞のニュースではなく風聞としてです。ですからそれが事実なのかどうかいまのわたしにはわかりません。というのは、九月中旬に日本を離れてすでに一カ月あまり、モスクワ、レニングラードなどを三週間以上わたりあるき、いまチェコスロバキヤのプラハという町にいるからです。ニュースがシャットアウトされているわけではないのです。新聞は出ているのです。でも日本についてのニュースは極めて少ないのです。そんな場所に現在いるわたしが日本の演劇について書かねばなりません。

わたし、夜になると劇場にかよいます。モスクワでもそうでしたし、プラハでもそうですし、これからの旅行先であるポーランドやオーストリーやイギリス、フランス、イタリーでもたぶんそうでしょう。芝居をみなければならぬ義理なんかないのです。にもかかわらず結局芝居をみてしまいます。すきなのでしょうか。

ゆうべみたのは、クリーマーというチェコの劇作家の現代劇『城』という芝居です。こんやみたのは日本でも上演される予定のキップハルトの『オッペンハイマー事件』です。ついでにいうなら、プラハでは、目下カフカ、ハロルド・ピンター、ウェスカー、ヨネスコ、ベケット、アーサー・ミラー、ジャリ、ブレヒト、デュレンマットなどの現代劇が上演されています。そして、わたしはそれらの現代劇を片っぱしからみてやろうとしているわけですが、このひと月の間にみた外国の現代劇からうけた印象と、それを日本の現代劇の問題にむすびつけようとしているわたしは目下かなり複雑な気分です。

『城』という芝居のことから書きましょう。ご存じのとおり、チェコはカフカの本場です。『城』という芝居は、あきらかにカフカの小説『城』に関係があるようです。と同時に城というのはチェコの作家同盟の別荘の名前でもあるのです。わたしもそこに二晩ほど泊りましたが、学校の講堂くらいの部屋に豪華なベッドが二つあるだけのすごい建物なのです。もと貴族の別荘だったというのですが、作家たちは週末の旅行や執筆のためにその城を利用しています。『城』という芝居はその城を舞台に展開します。作家同盟に加入することが許されたある若い作家が、既成の大家たちにその城で殺されてしまうというのがそのお芝居の筋です。へえ、日本の新劇界みたいだなと感心したのですが、これが何シーズンもうけているのです。単なる内幕物をこえるテーマを発見するのにわたしは苦労しましたが、この作品には一九四五年以来チェコが経験して来た重要な問題が提起されているのだそうです。

テーマや作品のよしあしは別として、わたしが感心したことがいくつかあります。それは、この芝居だけではなくモスクワやプラハでみたほかのほとんどすべての芝居にも共通していることですが、旅行者の印象らしく脈絡なしにそれらをあげてみるとこんなふうになります。

現代劇についていうと、考えられがちな社会主義国における表現のある種の不自由といったようなものが全くといっていいほど感じられないことです。ある意味では日本よりも自由なのではないかとさえ考えられます。もちろん、これらの傾向は例のスターリン批判以後のものです。わたしが『城』という芝居をみたのは軍隊劇場というところですが、この劇場はよく上演中止を命ぜられるような芝居をやるところだそうですが、そして、この『城』については二、三の人から上演中止になるかも知れないからぜひみておきなさいとすすめられもしたのですが、なるほどかなり痛烈な描写がたくさんありました。しかし、それらのすべてが——つまり、批判するほうも批判されるほうも、そしてそれらをみる観客たちも大っぴらであけひろげなのです。ここ二、三年来のことだそうですが、ドグマチズムから解放されたあとの自由を謳歌しているのだとわたしの眼にはうつりました。でも、何となく不安定なものを感じないわけにはいきません。その不安定はどこかで日本の新劇と共通しているような気がします。たとえば、外国の新しい現代劇をどんどんとり入れて意欲的に舞台化してしまう力と、それらのレパートリーのごく何分の一の数でしか創作劇はないということ、そしてそれらの創作現代劇が外国のそれにくらべて力よわいという点など、これまた日本の新劇みたいだなと思うのです。

日本のことになるとどうしてもお話がしめっぽくなってしまいます。わたしはこちらの演劇について感心したことを書くはずでした。それを書きます。それは、たとえば観客の問題です。こちらの人たちは実にお芝居がすきです。劇場のキップはなかなか手に入りません。モスクワでもプラハでも、それぞれ三十くらいの劇場があって毎晩ちがうレパートリーを上演しているのですが、ほとんど、満員です。劇場によっては何カ月も前から売切れているところもあります。わたしは外国人の特権で容易に切符を手に入れるのですが、評判のいい劇場の入口に行くと、キャンセルする人を待ちかまえている人たちにわっと取りまかれます。何とか譲ってほしいというのです。そして、その人たちというのが、学生であったり、フルシチョフみたいなおじさんだったり、おばあさんみたいなおばさんだったり、何だったら譲ってやってもいいなと思うような美しい少女だったりなのです。だし物がブレヒトであってもピンターであってもベケットであっても古典劇であってもメロドラマであっても新作の現代劇であってもいわゆる不条理劇であっても、その顔ぶれはかわらないのです。もちろん顔ぶれがかわらないといっても、そこは外国人の旅行者でしかわたしはないのだし、人間だからだし物によっての好ききらいということはあるのでしょうが、しかし日本の場合のように新劇とそれ以外の演劇の観客の層がはっきりわかれているのとはちがっているようです。念のためにこちらの人たちに確かめてみましたが、芝居は芝居であってすきな人がおもしろいからみに行くだけのことであり、純粋演劇と大衆演劇、政治劇と娯楽劇などの区別は舞台にも観客にもないというような返事でした。それは映画や文学にもいえることで、日本での芸術や文化がそんなわかれ方をしているというわたしの説明はなかなか納得してもらえませんでした。

ついでにいうなら、いままでにみた二つの国にはいずれも労演といった観客の組織はないようです。ないようですから、演劇はかくかくなければならぬといったようなきゅうくつな議論にあけくれることもないようであります。こちらでは必要でないからないのでしょうし、日本には必要だからあるのでしょうから、観客組織のあるなしだけを問題にしても意味のないことです。ただ、数日前に定員百七十名の小劇場でベケットの『ゴドーを待ちながら』をみた時、おじちゃんやおばちゃんやBGみたいな女の子たちがゲラゲラ笑いながら舞台をみているのはたのしいことでした。言葉が通じないのが残念でしたが、聞いてみたら案外ひとかどの意見をもった人たちにちがいないようにわたしには思えました。社会や歴史や演劇の成り立ちのちがいがあるとはいえ、何とも妙な気分です。念のためにいえば、わたしはこれらのことを特別にうらやましいと考えているわけではありません。外国の現代劇をうまくこなしたり、堂々とあけっぴろげ（であるためのそれぞれの苦労はもちろんあるでしょうが）であることにある不安定なものを感じたのと同様、演劇行為と観劇行為のこちらのような日常化、慣習化、生活化にもある種の不安定さを感じないわけにはいかないでいるのです。しかし、だからといって日本の新劇のあのとげとげしさを懐かしがっているわけでもありません。

こちらですでにみた芝居、そしてこれからみる芝居については日本に帰ってからあらためて整理してみるつもりですが、もう一つ感心したことをあげてみます。それは幕のことです。日本でもこの頃はときどきやりますからおどろきはしなかったのですが、モスクワでもプラハでも、ベルが鳴って客席の電灯が消えて音楽か何かあっておもむろに幕があがるといった式の芝居にはほとんどおめにかかりません。はじめからあがりっぱなしなのです。芝居がおわっても幕がおりないのさえあります。別に奇をてらっているふうでもなく、ごく自然にやっています。ただそれだけのことです。それだけのことですが、それだけのことがそれだけのことであるためには、これまたたいへんな事情や理由があるわけですが、いまはそのことについて書くゆとりがありません。モスクワではそういった芝居はかならず〈何幕〉などと書かずに〈何部〉というように正確に書いていました。いうまでもなく、このことは〈ドラマ〉の概念と関係していることです。みなさん『イルクーツク物語』ですでにご存じのとおりです。このことについてはいろいろな人といろいろな意見を交換しましたが、機会をみつけてまとめてみたいと思っています。

それから舞台装置の問題です。――いや、もうやめましょう。きりがありません。いずれまた、書きます。要するに、わたしが新しい外国の芝居や観客のことや、幕のことや、舞台装置やについて書きたいと思ったのは、どこそこの景色はよかったとかどこそこの店の料理がどうだったとかの報告ではなく、表面にあらわれた細々としたことが現代の演劇の本質の部分とつながっていること、そこいらから日本の新劇を眺め直してみようと思ったからでした。

たとえば、こんなことがありました。モスクワでのことです。日ソ文学シンポジウムというのがあり、両国の作家たちが〈現代文学におけるヒーロー〉というテーマで討議をしたのですが、そしてわたしもそれに出席したわけですが、その席でわたしはたいへんな口をすべらせてしまいました。こうです。ロシヤ・ソビエトの演劇は、ながい間日本の演劇の先生であった。日本ではこれまでにロシヤ・ソビエトの三十五人の作家による約八十篇の戯曲を上演している。しかし、モスクワで芝居をみせてもらったかぎりでは、日本はソビエトを先生と考える必要はないようだ。ある意味では日本のほうが進んでいると思う。とくにソビエトの現代劇はよくない。メロドラマではないか。このシンポジウムのテーマに即していえば、あなた方はたえず新しい積極的な主人公を求めようとしながらつねにそれに失敗しており、それを歴史上の実在の人物を主人公に求めて劇をつくろうとすることで補おうとしている。それはインチキ(という表現でありませんでしたが)だ。英雄主義の時代はとっくの昔に終っている。あなた方は主人公のいない作品をお書きになるべきではないのか。

本当をいうと、口をすべらせたのではありませんでした。討論がつるつるすべってとらえどころがないようにみえたのでわざと口をすべらせてみたのです。案の定いくつかの反論が出ました。とくに最終日の閉会間際に劇作家のアリョーシンさんがどうしても反論したいと発言を求められました。しかし時間がなかったので、あらためて二日後にそのための討論がもたれました。はりきって出席したのですが、アリョーシンさんは健康上の理由で欠席とのことで、やむなくほかの出席者とだけ討論することになりました。記録はとらないとのことだったので、かなり率直な意見が出されました。たとえば、否定的主人公と積極的なテーマとの問題、政治と芸術の問題（たとえば『イワン雷帝』におけるエイゼンシュテインのスターリニズムへの敗北）、形式主義批判の問題（わたしのように正統的な劇作家でさえ日本では形式主義者とよばれるが、もしそうならあなた方はとびっきりの形式主義者ではないかといったら、わたしたちの体はレッテルだらけだ、それは往々にして政治的なシーズンの問題で、レッテルはりの批評家はシーズンがおわるといつの間にか消えていく、あなたはそんなことが気になるのか）などなどです。あんまり意見が合うので、わたしへの反論はどこへ行ったのですかときいたら、ここにいる人たちは別にあなたの意見に反対ではありません。むしろ賛成ですということで、おかしなふうに友好的におわってしまいました。

しかし、そのあとがすこしたいへんで、劇作家のアルブーゾフ、シャトロフ、ウスチノフといった人たちが毎晩のように劇場にわたしを引っぱって行くのです。ソビエトの現代劇をやっている劇場を片っぱしからみせるのです。これでもか、これでもかといった具合いでありました。わたしの発言がやはり気になっていたのでしょうか。しかし、わたしはなかなかウンといいませんでした。そして、モスクワを離れる前日、ソビエトでみた芝居で一番よかったものをあげろといわれました。わたしはためらわず一つの芝居をあげました。それは残念乍ら現代劇ではなく、ドラマ・コメディ劇場の『セチュアンの善人』（ブレヒト）という芝居でした。かれらは何にもいいませんでした。

リュビーモフという演出家の手になるこの『セチュアンの善人』はかけ値なしにわたしを感心させました。芝居がおわって楽屋に行き、かれに握手をもとめてわたしが生れてこのかたみた芝居のうちで最高のものですとお礼をいったくらいです。あの舞台をつくり出した演出の方法と戯曲のそれぞれの問題については、これまた別の機会にゆずらなければなりませんが、もしかしたらたぶんこの舞台をごらんになっているはずの千田是也さんが何かにお書きになるかも知れません。というのは、劇場の事務所の壁に落書があって〈今日の世界は演劇によって再現できるか〉〈Ja!〉という千田さんの字が残っていたからです。演劇をやることに自信をあたえてくれるような、本当にそんな舞台でした。先生と仰ぐにしろ仰がないにしろ、ソビエト演劇とほぼ同じような足どりで歩いて来た日本新劇との比較の問題に大きな示唆をあたえずにおかない舞台でありました。

メイエルホリド、スタニスラフスキー、社会主義リアリズム、スターリン主義といったソビエト演劇の歴史のなかでの問題は、そっくりそのまま日本新劇の問題でもあるわけですが、日本という国の風土は、何と物を硬直させたままで風化させるところでしょう。

ついでにいえば、その劇場にメイエルホリドの名称をつけたいとリュビーモフさんは考え、申請しているのだと聞きました。が、もうひとつついでにいえば、わたしがスタニスラフスキー・システムについてある劇作家の意見をもとめたとき、かれは肩をすぼめて笑ってみせただけでした。

――日本の新劇の問題について、もっときちんとしたことを書くつもりでした。でも、いまはだめなのです。外国にいると日本がよく見えるかと思ったらその反対なのです。いろんな意味で外国とくにヨーロッパは日本とくに日本新劇への死角であり、死点なのです。ごめんください。できるだけ早く日本へ帰ります。

一九六五・十・二十　プラハにて

（『大阪労演』1965年12月）

東欧でみた『オッペンハイマー事件』

「現代の真実はもはや虚構によっては表現できません。そうは思いませんか」

モスクワ芸術座で彼の新作『七月六日』をみた翌日、若い劇作家のシャトロフ氏がわたしにそう聞いた。『七月六日』という作品は、一九一八年七月の左翼社会革命党員たちの反革命的蜂起を題材にしたドキュメンタリー劇で、新しい手法の芝居として話題のものだった。わたしは、演劇におけるドキュメンタリーの問題はかなりやっかいな問題で、舞台から若干の虚構を排除したからといってそれをドキュメンタリーとよぶよび方には疑問をもっていること、しかし決してよわくはない関心をもっていることなどを述べ、ことのついでにキップハルトの『オッペンハイマー事件』をどう思うかとたずねてみた。そして、もしできるならジャン・ヴィラールの『オッペンハイマー事件〔調書〕』についての意見も聞きたいものだ。

詳しく書くゆとりはないが、シャトロフはその二つの作品についての彼の豊富な知識とオリジナリティにとんだ意見を述べたのち、彼の新作『七月六日』はキップハルトの『オッペンハイマー事件』にヒントを得て書かれたものだといった。モスクワ芸術座の舞台は、わたしのみたところではキップハルトの手法とはすこしちがうものだったが、彼がいわんとすることばの中味はたいそうよくわかった気がした。

そのキップハルトの『オッペンハイマー事件』の舞台をその後わたしは二つもみた。プラハの軍隊劇場と東ベルリンのベルリーナ・アンサンブルである。

東西ヨーロッパ八十日間の旅行中、わたしはこの作品が各地のいろんな劇場のレパートリーにあがっているのにおどろかされたが、この二つの舞台、とくにこの二つの舞台の比較は、ついつい計四十本もみてしまったあれこれの芝居のうちでももっとも印象に残るものの一つであった。プラハの舞台は、徹頭徹尾クールな舞台だった。舞台からあらゆるパセティックな要素を排除し、〈事件〉がもっているひんやりした意味を透明な空間のなかにうかび上らせようとしているようにうけとれた。そのためのさまざまな演出上の工夫がみえた。これに対し、ベルリーナ・アンサンブルは熱っぽい舞台だったといえる。主演のエッケハルト・シャルの力演のせいもあるのだが、〈事件〉は終始ドラマチックに展開し、途中でしばしば拍手のあらしにつつまれるほどであった。いってみれば、プラハの舞台が観客にオッペンハイマー博士をとりかこんだ状況だけでなく博士自身への批評を要求しつづけていたのに対し、ベルリーナ・アンサンブルのそれは、状況とたたかう博士への共感と支持を要求していたとでもいえるだろうか。

そのいずれが、この作品のより正しい解釈でありうるかは明らかである。おもうに、ベルリーナ・アンサンブルのそれは、この戯曲の一見徹底的な討論劇ふうなスタイルをみて、芝居知りの人たちが観客への配慮からよくやるように、戯曲の構造を単純な対立関係に整理してみせようとした結果なのではあるまいか。戯曲を読めばわかるように、この作品は、みてくれのドキュメンタリズムとはうらはらにたいそうドラマチックな構造をもっている。ほうっておいても、三時間や四時間の舞台は楽にもつはずである。劇におけるドキュメンタリズムという問題を考えるにあたって、そこいらに何かの誤算があったのではないか。もしそうなら、この作品がそれを意識しそれをこえようとした『ガリレイの生涯』（ブレヒト）のテーマからすら後退していることになり、極端にいうなら、もはやブレヒトは、ベルリーナ・アンサンブル以外の他国の劇場にしか生きていないことになるといわれても致し方ないではないか。

東ベルリンで、そのような意見をいろんな機会にわたしはいってみた。いろんな人たちからこんな言葉が出てきた。わが国においても、ベルリーナ・アンサンブルは博物館になってしまったという人がいます。しかし博物館になってしまってはいけないのです。わたしは、同じ劇場でみた『三文オペラ』の精緻なまでに完成された舞台を印象的におもいうかべるのである。

そのベルリーナ・アンサンブルでハイナール・キップハルトに会った。おちついた、ジェントルな雰囲気をもつ中年の作家だった。手ちがいから短かい時間しか話せなかったが、彼はアウシュヴィッツを素材にした新しいドキュメンタリー作品について語っていた。近く出版されるから読んでみてほしい、できれば日本で上演してもらえないか。こんどの『オッペンハイマー事件』の上演にも関心をもっている、成功を祈りますと伝えてほしい。――そんなこともいっていたようだった。

（「青俳公演『オッペンハイマー事件』パンフレット」1966年1月）

大衆に対する絶望とオプチミズムの方法
――今村昌平『赤い殺意』

芝居を書いていて、くたびれたり、くさくさしたりすると、ぼく、お酒をのむ。お酒のまないときは映画をみる。時々はパチンコ屋にも入る。どれも、ちょっぴりくたびれ直すとこあるけど、それ我慢すればけっこう楽しめる。ぼくの映画、気晴らしだから、あまりいい映画館に行かない。たいてい駅のちかくの三本立ての小屋。だから、ちょいちょい面白いことに出くわす。

よくあることだが、やってる最中に音がきれる。画面の人物は口をパクパクさせているのだが、声が出ない。しばらくすると、観客が騒ぎ出す。「バカヤロ、音が出ねえぞ」。当然である。が、不思議なことがある。それが日本映画である場合はいい。ところが、外国映画のときもそうなのである。字幕でしかセリフ読んでいないのだから、いまさら声が聞えなくったってと思うのだが、そうもいかぬらしい。不思議である。

テレビ。とくに深夜劇場。ぼく、ちょくちょくやってみるのだが、画面はそのままにして音を消す。むろんセリフは聞えない。おまけに字幕もない。さて、お立ち合いということになるが、どうしてこれがなかなかに面白いのである。セリフがないんじゃストーリーもへちまもないだろうというのはまちがいで、けっこう十二分に話の筋はとおる。むしろ、セリフなどないほうが楽しいと思うくらいである。ご用とお急ぎのない方にぜひおすすめしたい。よし、それならひとつと思われる方に、もうひとつおすすめしたいのは、登場人物のかわりにこちらでセリフをつけてみると更にいちだん面白いということである。画面がつくり出す物語はあなたによって千変万化する。メロドラマもドタバタも社会劇もお気に召すままである。『明治天皇と日露大戦争』で、二〇三高地を攻めあぐねた乃木大将がガイセンする。多大な日数と将兵の命を失った彼が天皇に拝謁をおおせつけられる。天皇は、その時たぶん自分の息子まで戦死させた乃木将軍の労をねぎらったのかも知れない。が、天皇の口からもれるセリフは、「なんや、へまなマネしくさって、このアホ」——というのはどうだろう。乃木将軍、頭をたれ、ハラハラと落涙、と画面はうけてくれるのだから、うれしいではないか。

ぼく、なぜこんなことを書いたかというと、二つある。一つは、映画という表現は、セリフがなくとも成立するものだなあという単純な羨望。もうひとつは、一つの画面、ひいては一つの映画が、複数のテキストによる置換が可能であるということ、いいかえれば、その生命であるべき映像がいかに不確実ないし不安定なものであるかということである。

はじめの問題につけくわえていえば、いつだったかある雑誌のシナリオ講座みたいなところで、高名なライターが、「シナリオにはセリフも無視できません」と書いておられるのを読み、その時あわてふためくほどおどろいたことがある。むろん、いまはおどろかない。それこそが映画で、そうでないのが芝居だと観念したからである。あとの問題でいえば、明治天皇と乃木大将の話は、それはまあ一種のパロディの面白さというべきものであって、そして、そういうゲテじみた面白さが通用するのは出来のよくない作品に多いということである。すべての作品の映像が不確実だということではむろんない。

ぼく、なぜこんなことを書いたかというと、今村昌平さんの『赤い殺意』という映画をみ、そのシナリオを読み、以前読んだ『パラジ』という戯曲を思い出したりなどしているうち、芝居と映画のちがいは、とどのつまりいったい何だろうと考えてしまったからである。『赤い殺意』は、ぼくにそんなことを考えさせるような、ドラマチックな映画だったということでもある。

たいへん面白かった。ただの気晴らしというわけにはちょいといかない感じであった。今村さんが大正十五年の生まれで、たまたまぼくもそうであったり、ぼくがつい先日書き上げた戯曲のモチーフがたまたま『赤い殺意』とダブっていたりという事情も、人間だからどこかでどのようにか作用しているかも知れない。が、それはそれとして、面白くてたまらなかった。

ドラマチックな映画だということは、たとえば、ほとんど同時にみた篠田正浩さんの『暗殺』とならべてみるとはっきりする。一方がドロドロと農村的で、片方がヒリリと都市的であるということのほかに、『赤い殺意』がしつようなまで俳優の肉体それ自体を媒体にしようとしているのに対し、『暗殺』は四角い空間にある観念をデザインしようとする。『暗殺』には十数人の新劇俳優が一団となって出演しているにもかかわらず、舞台的であるのは『赤い殺意』のほうである。せまい試写室の、しかもスクリーンから一米《メートル》の場所でみたせいもあるのだろうが、俳優のツバキがとんでくるような気がして何度も眼をつぶったくらいである。

が、ドラマチックだと思ったのは、そんなことより、やはり構造の問題である。前作『にっぽん昆虫記』にあるものがストーリーだとすれば、『赤い殺意』はプロットで支えられている。立体的なのである。たとえば、『昆虫記』の松木とめは、彼女の人生にくりかえし訪れてくるクライシスを、例のあやしげなる和歌の朗詠でその都度きり抜けていくのだが、発想はおなじにしても、『殺意』の貞子には論理の発展がある。強盗にやられたあとの「死なねば、死なねば」から「どうせ死ぬんだ。勝さ会ってから死ぬべ」「許してくんなければ死ねばいいだ」になり、「なしてわだし、笑ってしまったべ」になり、「云えない。死んだっていえない」といいながら強盗との関係をつづけ、「私、どうしたんだべ」になり、「なしてこんなに不幸なのがしら、私って」になり、ついに夫から証拠の写真をつきつけられても、「私でねけど、もし、私だったらどんすんです」「んだら、私、やっぱり出て行くべか、そんなに疑うなら」に至るのである。観客は、ラストにちかく、産婦人科の病室でついにヘゲモニーをにぎった貞子をみてひとりの女の歴史がエポックをきざんだことを知る。ひとつの感情がゆさぶられる。『昆虫記』にくらべ、そこにはコンパクトなイメージがある。というより、論理がある。

インターナショナルという概念が空間を媒介にして成り立つなら、ナショナルは時間を媒介とするだろう。とすれば、今村さんのモチーフは当然のこととして、素材を時間ないし歴史の網ですくいあげる。あるいは構成する。複数の世代の身分的、生理的結合、それが家となり、近親婚ないし近親姦となる。主人公の人生の終りが初めに輪廻するプロットになる。『昆虫記』もそうだし、『殺意』もそうである。

映写中にサウンドがきれて「バカヤロ!」とどなる映画の観客をもふくめ、およそ大衆をとらえるなどということは至難のわざである。至難のわざであるなどということはたやすいが、いざ表現するとなるとやっかいな仕事である。今村さんの近年のいくつかの作品には、大衆あるいは民衆に対する絶望とオプチミズムが、というより、民衆に対する絶望をオプチミズムでとらえようとするねばっこい努力がみなぎっている。そして、タッチのダイナミズムなどという小手先の芸ではどうにもならぬ土着のバイタリティを造型化するという作業においてはなはだ個性的な力を示している。これからの作品がまた楽しみだ。とはいっても、こんどの『殺意』のなかのいくつかの場面で、たとえば、洗濯物が空に舞い上ったり、無人電車が走ったりするのをみていると、土着のものを土着のままでとらえようとするモチーフと方法がある曲り角にきているような気もした。あのやり方ではなく、もっといまの方法をおしすすめるやり方はないものだろうか、とついぼく自身のかかえている問題にくっつけて考えてしまう。手許にあるＣＯＤをことのついでに引いてみると、オプチミズムとは、ほかのどんな世界よりも Actual world を最上だとする Doctrine だと書いてある。そうかも知れんな、という気もするのである。

（『映画芸術』１９６４年９月）

あとがき

一九二六年（大正十五年）、熊本に生まれた父は、一九五〇年代中期より一九八八年二月に没するまでの三十年余りの間に、戯曲三十編、脚色による舞台作品十編、ラジオ・テレビドラマ七十数編、シナリオ三本などを創作するかたわら、約五百点、三千枚以上に及ぶ評論、エッセイを書き残している。父の指示で母が作成していたリストをもとにそれらを読みかえしながら、私は公刊の必要性を痛感していたが、これまで、没後一年目に白水社より刊行された『宮本研戯曲集』全六巻にそのごく一部が収録されたのみで、大半はまとまった形で出版される機会が得られぬままになっていた。

そうした中、昨年春に「セゾーノお別れの会」という小さな集いが表参道の青山荘で開かれ、そこで十数年ぶりに松本昌次氏にお会いしたことがきっかけとなり、本コレクションが生まれ、貴重な記録の数々が散逸をまぬがれることになったのだった。セゾーノとは、一九六〇年前後より「ぶどうの会」の解散にいたるまでの約五年間、木下順二氏を中心に頻繁に集まりを持っていた若手劇作家、演出家、評論家のグループで、メンバーは、和泉二郎、遠藤利男、定村忠士、椎名輝雄、島地（牧原）純、菅井幸雄、高山図南雄、竹内敏晴、田原茂行、福田善之の各氏と宮本研だった。

メンバーの大半が故人となり、遠藤、福田両氏の発案で開かれた「お別れの会」に、松本氏は、未來社、影書房で木下氏の著作の多くを手がけ、『明治の柩』など父の初期の作品の刊行を企画・担当し、高山氏と共に演劇座を旗揚げした、セゾーノにゆかりの深い編集者として出席されていた。氏のスピーチをお聞きしながら、私はあらためてエッセイ集刊行へのご協力を依頼する決意を固め、会後に全点を分類、整理したリストをお送りした上でその旨打診すると、旬日を経ずして快諾のご返事をくださったのだった。

作業は、初めにまず私が内容の重複などを避けて原稿の点数を絞り込み、それを松本氏にお渡しすると、氏が全体を四期に分け、編年体と分野別を併用することを提案され、各巻の章立てと、大まかな分類の指針等を示してくださった。それをもとに、私がその精巧な鋳型に個々のエッセイを流し込んでいくとあっという間に四巻分の目次ができあがったのだった。こうした経緯から、編集上の最終的な責任は私にあると同時に、松本氏のご協力がなければ本コレクションの刊行は実現をみなかったということを、あらためて明記しておきたい。

この第一巻（一九五七年―六七年）には、上京後、職場演劇から出発、やがて法務省を退職して劇作家として独立したのち、ぶどうの会に作品を提供、同会の解散をきっかけに俳優座で作品が上演され、同時に演劇集団変身への書き下しを始める、作家活動初期の文章が収められている。初期にして既に職場演劇、専門演劇、小劇場運動などすべての分野にわたる活動が含まれており、一方で五十年代末の冨田博之氏との出会いを機に、日本演劇教育連盟主催の「未来をつくる演劇大学」で講師を務めるなど、演劇教育との関わりも始まっていたので、晩年まで続く父の演劇活動の原点が見いだせるような時期であるとともに、その時期の終わりに十代を迎えた私にとっては、父の作品を舞台で見た記憶が始まるなつかしい時代でもある。

あらためて年譜的な記述をすれば、父は一九二六年（大正十五年）十二月二日（戸籍上）熊本県宇土郡松合に生まれ、本籍地の天草大矢野島柳に移ったのち、佐世保、諫早を経て一九三八年（昭和十三年）父親の勤務地であった北京に渡り、敗戦の前年に帰国。大分経済専門学校（現大分大学経済学部）を経て九州大学法文学部経済科に進み、卒業後は大分県立第二高校（現大分商業高校）で一年間教諭を務め、演劇部を創立。翌五一年五月に上京し、在日本韓国人厚生会勤務を経て、五二年七月より法務省に勤務し、十一月に別府在住の野口静と結婚。勤務のかたわら五五年に発足した演劇サークル「麦の会」で活動を始め、五六年『僕らが歌をうたう時』を執筆したのを皮切りに『人を食った話』『五月』『反応工程』『はだしの青春』『日本人民共和国』を麦の会及び職場演劇懇談会等に、『メカニズム作戦』を青年芸術劇場（青芸）に書き下ろし、六二年三月に法務省を退職。その後は、ぶどうの会の委嘱により『明治の柩』『木口小平氏は犬死』『ザ・パイロット』を執筆。六四年九月の同会の解散により公演を目前にしてその演じ手を失った『ザ・パイロット』は翌年俳優座により上演され、のちに、上記の解散から生まれた演劇集団変身によって再演される（六六年八月、竹内敏晴氏演出、代々木小劇場）。『とべ！ここがサド島だ』『俳優についての逆説』もまた、旗揚げ公演を含め、演劇集団変身のために書き下ろされたものである。この間、一九六二年には、『日本人民共和国』『メカニズム作戦』の二作で八木柊一郎氏とともに第八回岸田戯曲賞を受賞している。

一九六五年秋には新日本文学会とソ連作家同盟の交流を契機とするモスクワでの日ソシンポジウムに参加（団長長谷川四郎、他に泉大八、井上光晴、小田実、工藤幸雄、島尾敏雄、菅原克己、中薗英助、中村真一郎、針生一郎、江川卓、原卓也、木村浩の各氏。『新日本文学』六六年一、二月号に議事録掲載)、その後ヨーロッパ、アジアを回る三カ月ほどの旅をしている。その間のことは「西遊雑記」全四回(本コレクション第四巻に収録)、『新・西遊記』(ドリーム出版、一九六七年)に詳しい。また、職場演劇時代の年譜を補完する重要な資料として挙げておかねばならないのは、『麦・宮本研の――宮本研の肖像：一九五四～一九六二年』(麦の会編・発行、一九八九年)、『宮本研戯曲集』第一巻(白水社、一九八九年)の大笹吉雄氏による解説、『尾崎信遺稿集・運動族の発言――大阪労演とともに四十年』(同刊行委員会編、一九九九年)などである。

最初の巻として上京に至るまでの経歴にもふれる必要から、やや長い記述になったが、個々のエッセイはそれがそのまま自伝の一節ともいうべきものなので、あとがきでは生涯、作品等について詳述することはせず、エッセイそのものをして語らしめるという方針でいきたい。なお、第四巻には年譜、書誌、及び各巻の対象時期ごとのジャンル別作品一覧を付す予定である。

「戯曲を作りながら、よくこれだけのものを書いたねえ」というのが、リストに目を通されたあとの松本氏の感想の第一声だったが、私自身もまた職場演劇時代の論文などを読んでいて、自らの活動を総括しながら前へ前へと進む力はいったいどこからくるのだろうかと不思議に思われてならなかった。そうしたとき、あらためて思い浮かぶのは、父が二十歳前後で敗戦を迎えたという事実である。多感な時期を軍国少年として過ごし、敗戦で一挙に価値が転換するなか、なぜあのような形で八・一五を迎えねばならなかったのかという問いが、理不尽な死に至らしめられた数多くの人々への追悼の思いとともに、父をかりたてていたように思う。

書き残された文章の行間には文字として現れることのない多くの死者が埋め込まれているような気がする。十代の約七年間を北京で過ごしたことを考えれば、それらの死者の中には大陸に住む人々も含まれていたはずであり、海を隔てた両岸から戦争を見つめた経験は、後年、故国への鋭いまなざしをもって、近代を扱う作品を書き継いでいくことへとつながっていったにちがいない。ピンク色の雲と敗戦のイメージを脳裏にきざみつけながら、死者への鎮魂の思いを胸に歩み続ける。戦前・戦中に生まれた者にとって、昭和を生きるとはそういうことではなかったかと思う。

一九六七年三月末、文学座の木村光一、中里郁子両氏が新作依頼のため上落合のわが家を訪ねる。中里氏の回想によれば、木村氏と顔を見合わせつつ何度もためらったのち、玄関のベルを押されたということである。この出会いから『美しきものの伝説』という作品が生まれ、戦後史四部作（『反応工程』『日本人民共和国』『メカニズム作戦』『ザ・パイロット』）から革命伝説四部作へと新たな幕が切って落とされることになったのだった。

宮本　新

2017年11月2日

宮本　研（みやもと・けん）　1926.12.2―1988.2.28
劇作家。熊本県生まれ。幼少期を天草、諫早で過ごし、1938年父親の勤務地の北京へ渡り、44年帰国。50年、九州大学経済学部卒業。高校教員を経て法務省に勤務。在職中に演劇サークル「麦の会」で作・演出等を担当、演劇界へ。62年に法務省を退職し、以後劇作家一本に。同年、『日本人民共和国』『メカニズム作戦』で第8回岸田戯曲賞、翌63年『明治の柩』で芸術祭奨励賞を受賞。
その他の作品に、『僕らが歌をうたう時』『人を食った話』『五月』『反応工程』『はだしの青春』『ザ・パイロット』『美しきものの伝説』『阿Q外傳』『聖グレゴリーの殉教』『櫻ふぶき日本の心中』『夢・桃中軒牛右衛門の』『からゆきさん』『ほととぎす・ほととぎす』『冒険ダン吉の冒険』『花いちもんめ』『ブルーストッキングの女たち』『次郎長が行く』『うしろ姿のしぐれてゆくか』など多数。『筑紫の恋の物語』(近松)、『雪国』(川端康成)、『嘆きのテレーズ』(ゾラ)などの脚色も。エッセイは500篇を超える。

宮本 研エッセイ・コレクション 1［1957―67］
夏《なつ》雲《ぐも》の記《き》憶《おく》

2017年12月2日　初版第1刷発行
定価　3000円+税

著　　　者　宮本　研
編　　　者　宮本　新
発　行　者　和田悌二
発　行　所　株式会社　一葉社
〒114-0024　東京都北区西ケ原1-46-19-101
電話 03-3949-3492 ／ FAX 03-3949-3497
E-mail : ichiyosha@ybb.ne.jp
振替 00140-4-81176
装　丁　者　松谷　剛
印刷・製本所　モリモト印刷株式会社

ISBN978-4-87196-066-3